SNOW GLOBE

스노볼

SOYOUNG PARK

Traduit du coréen vers l'anglais (États-Unis)
par Joungmin Lee Comfort

Traduit de l'anglais (États-Unis)
par Lucie Calmanovic-Plescoff

NATHAN

CASTING

ACTEURS

Jo Miryu

Goh Haeri

Goh Maeryung

Goh Sanghui

Goh Rhim

Goh Shihwang

Goh Wooyo

Kim Jehno

Bae Serin

Hwang Sannah

Jo Yeosu

RÉALISATEURS

Cha Seol

Cha Guibahng

Cha Hyang

PRODUCTEURS

Yibonn Media Group :

Yi Bonyung

Yi Bonshim

Yi Bonwhe

Partie I

MOI

L'ÈRE DE SNOWGLOBE

Enfoncée dans son fauteuil au milieu du salon, grand-mère regarde son émission de télé préférée, une lourde couverture posée sur les genoux. Je jette un œil au bandeau météo qui défile en bas de l'écran.

-45 °C.

Trois degrés de moins qu'hier. Une icône en forme de nuage apparaît à la suite de la température, annonçant des bourrasques tout au long de la journée. Grand-mère se hisse hors de son siège, et traîne les pieds jusqu'au radiateur électrique, une bouilloire à la main. Mon frère, Ongi, surgit dans le salon, avec sa tête du matin : une brosse à dents dans la bouche et les sourcils froncés.

– Si seulement on allait encore au lycée ! gémit-il.

À partir de -45 °C, les écoles ferment.

– Contente-toi de te laver les dents, s'il te plaît, je réponds platement, mais ça sort comme un gargouillis car je suis encore en train de brosser les miennes.

Je me retourne vers la télévision. Comme d'habitude, grand-mère a mis Channel 60, la chaîne qui passe *Let's Goh* vingt-quatre heures sur vingt-quatre.

– Non ! Écoute-moi, insiste Ongi en se postant devant moi. Il y a dix mois, j'avais seize ans et j'allais au lycée. J'ai toujours seize ans, mais simplement parce que maintenant, je suis diplômé, on attend de moi que j'endure ce froid de gueux ?

Sa tête m'empêche de voir la télé. Qu'est-ce qu'il veut que j'y fasse ?

– Arrête de cracher du dentifrice partout, tu veux ? je le coupe.

Ongi est mon frère jumeau, né exactement dix minutes avant moi. Il aime jouer au plus vieux et au plus sage, ce qui est parfaitement ridicule. Il devrait savoir que je ne suis arrivée deuxième que pour m'assurer qu'il était bien sorti – comme un capitaine qui abandonne le bateau en dernier. Je m'occupe de lui depuis qu'on a partagé un utérus.

Grand-mère, de retour dans son fauteuil défoncé, se tourne vers nous.

– Ongi, mon chéri. Ne fais pas le bébé devant ta petite copine.

Il fait les gros yeux, et se précipite vers l'évier de la cuisine, où il crache la mousse de son dentifrice de toutes ses forces.

– Grand-mère ! Jeon Chobham n'est *pas* ma petite amie !

Grand-mère souffre de démence. Elle me prend pour la petite amie imaginaire de mon frère depuis un moment, maintenant.

Je laisse Ongi enrager et retourne dans la salle de bains, où j'ouvre le robinet pour remplir la bassine en métal en dessous. Quand je prends un peu d'eau glacée entre mes mains et me rince la bouche, le froid envoie une décharge à travers mes dents jusque dans ma mâchoire. Ensuite, vient le tour de mes cheveux. Je fixe le fond de la bassine, me prépare à me glacer le cerveau, quand grand-mère apparaît à la porte la bouilloire à la main, une volute de fumée s'échappant de son bec.

– Attention, ma puce, dit-elle, et elle se penche pour verser l'eau chaude dans la bassine. C'était pour Ongi, mais il veut que je te la donne à toi.

Je la regarde plonger la main dans l'eau et la remuer pour harmoniser la température. Au-dessus de la vapeur qui s'élève, son visage rayonne de fierté et de joie à l'idée que son petit-fils soit devenu un jeune homme si attentionné – un vrai gentleman, qui sait prendre soin de sa petite amie. Pendant ce temps, ledit jeune homme se lave les cheveux dans l'évier de la cuisine, poussant des cris chaque fois qu'il met la tête sous le jet d'eau glacé. Je ne peux pas m'empêcher de rire à ses pitreries, tandis que grand-mère retourne à la porte à petits pas avec sa bouilloire vide.

– Merci, grand-mère.

Elle s'arrête net. Se tournant lentement, elle étudie mon visage de ses yeux humides.

– On dirait ma petite-fille, répond-elle d'une voix pleine de nostalgie.

Puis elle repart en direction de son vieux fauteuil.

Dans l'entrée, Ongi et moi nous débattons pour enfiler nos grosses bottes de neige. La tâche est rendue d'autant plus difficile par les couches de vêtements isolants – tee-shirts, pantalons et collants – qu'on porte sous nos épaisses combinaisons. Viennent ensuite nos parkas, nos moufles et nos passe-montagnes. Puis, on relève nos capuches, et nous voilà fin prêts.

– On y va, grand-mère ! À plus tard ! crie Ongi vers le salon.

Mais alors qu'il tourne la poignée, la voix pressante de grand-mère nous retient.

– Attendez ! Mon Dieu, Ongi ! Chobham passe à la télé ! (Ongi et moi échangeons un regard tandis qu'elle s'extasie devant l'écran.) Ooh… Chobham ! Ma petite chérie.

Je n'ai pas besoin de regarder pour savoir que c'est Goh Haeri qu'elle voit. Ongi refuse de le reconnaître, mais l'actrice adorée de tous et moi, nous nous ressemblons énormément. Nous partageons même notre date d'anniversaire et, ça vaut ce que ça vaut, nous sommes toutes les deux gauchères. Mais personne, à part grand-mère, ne me confondrait jamais avec elle, avec mes joues rugueuses perpétuellement rougies par l'exposition quotidienne à des températures en dessous de zéro, et mes cheveux rêches coupés court pour les laver plus vite dans l'eau glacée. Au contraire, la peau de porcelaine de Haeri, ses pommettes roses et ses longs cheveux noirs et brillants qui font sa marque de fabrique irradient son origine : Snowglobe.

À ce propos : le monde subissant maintenant une température annuelle moyenne de -45 °C, Snowglobe est le seul lieu à conserver un climat tempéré – l'unique endroit, sur toute la planète, avec de la chaleur et de la couleur. C'est une colonie spéciale construite sur un conduit géothermique et enfermée sous un gigantesque dôme de verre résistant aux intempéries. Seulement, tout le monde ne peut pas vivre là-bas. Parmi ses heureux résidents, on compte les acteurs, dont les vies non scriptées sont filmées en continu puis montées en séries diffusées dans le monde entier. Goh Haeri n'est pas juste une actrice, c'est une mégastar, et elle vient d'être nommée nouvelle Miss Météo – l'un des postes les plus convoités de Snowglobe. Elle détiendra le record de la plus jeune présentatrice météo dans l'histoire de la colonie.

Blasée, je jette un œil à la télé. Dans son tailleur élégant, Haeri a l'air d'être née pour le job.

« Bonjour, c'est Goh Haeri, salue-t-elle les spectateurs d'un ton enjoué. Je suis ravie et honorée de servir notre communauté en tant que nouvelle Miss Météo. Assurez-vous de regarder le *Journal de 20 heures* le Jour de l'an ! »

Elle nous régale de son sourire parfait, puis la caméra s'éloigne.

Je me demande, ce n'est pas la première fois, si je pourrai un jour la rencontrer en vrai. Si mes cheveux poussaient à une vitesse proportionnelle à mon désir de vivre à Snowglobe, je pourrais me raser la tête tous les soirs et me réveiller avec des cheveux jusqu'au sol. Est-ce parce que j'ai tellement envie de vivre là-bas que grand-mère me confond avec Haeri ? Comme si elle pouvait voir mon esprit se languir de fuir ce congélateur paumé pour vivre la vie de la jeune actrice.

Ongi se retourne contre la porte, faisant claquer sa langue.

– Quoi ? je siffle, lui lançant un regard noir.

– Si seulement tu n'avais pas raconté tellement de bêtises, comme quoi tu serais la jumelle perdue de Haeri et…

– Arrête, je le coupe. (Je sens le rouge me monter aux joues à la mention de ce souvenir.) À moins que tu veuilles te faire enterrer sous la neige !

Mais il est trop bien emmitouflé pour que ça l'impressionne, et il continue de médire. Je le pousse, il en fait autant, et nous voilà qui nous attrapons et nous cognons contre les murs – jusqu'à rire si fort que nous ne pouvons plus nous battre. Nous reprenons alors nos esprits, et sortons.

Quarante-cinq degrés en dessous de zéro. Le monde glacé nous accueille en nous arrachant l'air des poumons. Mon nez gèle instantanément et me pique. En quelques clignements d'yeux, des cristaux de glace se forment sur mes cils et troublent ma vue.

– Il fait tellement froid, dit Ongi, frissonnant de tout son corps.

Depuis nos six ans, nous allions à l'école ensemble tous les jours. Puis il y a eu la remise de diplômes en février, et notre trajet quotidien se fait maintenant jusqu'à la centrale électrique.

Je lève les yeux vers le ciel marbré, son gris acier annonce une deuxième tempête en trois jours. Dans le monde morne en dessous, des petits chalets en bois maculent les étendues blanches entre les grands pins aux branches lourdes de neige.

Ongi et moi partons en direction de l'arrêt de bus. Nous pourrions nous rendre à la centrale à ski, mais sous ce ciel menaçant, il est plus prudent de prendre le bus. Nous nous frayons un chemin dans la neige qui nous monte jusqu'aux genoux, et en peu de temps, mon passe-montagne est changé en glace par ma respiration. Enfin, mieux vaut ça que mon visage. Quelques mètres devant moi, Ongi fait une pause sous un arbre et attend que je le rattrape. *Il est tellement gentil, parfois*, je pense. Mais à peine suis-je arrivée, il saute sur une branche pour m'envoyer une avalanche de neige avec un rire hystérique.

Furieuse, je ramasse une poignée de poudre et en fait une boule ferme. Il déguerpit en criant :

– Le premier à l'arrêt de bus a gagné !

– Attends ! je m'époumone, déjà en mouvement. Jeon Ongi, espèce de tricheur !

À chaque pas, la neige semble retenir nos pieds, et transforme nos tentatives de sprint en une lutte chancelante.

– Le perdant fait la lessive pendant un mois ! lance-t-il.

– Oh... Tu perds rien pour attendre, Jeon Ongi !

Je donne tout. Et quand nous plongeons vers l'arrêt de bus, c'est ma main qui touche le poteau tordu en premier.

– Ha ! C'est qui le perdant ? je lâche, triomphante mais à bout de souffle.

Certes, j'ai gagné d'un cheveu, mais une victoire est une victoire. Pliée en deux, les mains sur les genoux, j'essaie de reprendre ma respiration, quand Ongi m'attrape le bras et me tire derrière lui.

Agacée, je me redresse et le vois envoyer un regard noir à une silhouette devant nous.

C'est juste quelqu'un qui attend le bus, qu'est-ce qu'il y a? Mais soudain, la personne se tourne vers nous. Elle nous adresse un salut de la tête. Aucun de nous deux ne lui répond.

Cette femme, c'est Jo Miryu, une ancienne star de Snowglobe. Découverte à dix-neuf ans, elle a vécu sept ans dans la colonie, où elle tenait le premier rôle dans une série noire à succès. Il y a quelques années, elle est rentrée chez elle, car la chaîne a décidé d'un coup d'annuler l'émission. Aujourd'hui, à vingt-neuf ans, elle a toujours le visage d'une fée et un mètre soixante-treize de pure grâce. Avec son air innocent, on a du mal à croire que la série devait son succès aux multiples homicides que Miryu a commis tout du long. Au moment où ils ont décidé de l'annuler, elle avait sauvagement assassiné neuf hommes, et son réalisateur avait remporté la Médaille nationale des Arts. Comme des millions de fans, je peux réciter une longue liste d'anecdotes autour de la starlette. Je connais même son groupe sanguin : A.

Quand Miryu est rentrée, toute la ville l'a fuie pour la violence qu'elle avait déchaînée à Snowglobe. Même sa propre famille a déménagé à la nouvelle de son retour, incapable d'accepter l'idée d'accueillir une meurtrière. Ongi et moi avions treize ans. La ville était hystérique. Les adultes nous mettaient en garde contre elle – on ne devait pas lui parler, ni même croiser le regard de cette femme si on la voyait dans la rue.

Je ne sais pas ce que cela dit de moi, mais elle m'a toujours plus intriguée que terrifiée. J'aurais tellement de questions à lui poser à propos de Snowglobe. Ongi, qui me connaît comme personne, enfonce ses talons dans la neige et m'envoie un regard d'avertissement : *N'y pense même pas.*

Tout à coup, le rugissement d'un moteur déchire l'air, et le bus à impériale vert et rouillé s'arrête devant nous. Les bus – le seul moyen de transport dans notre ville – emmènent régulièrement jusqu'à une centaine de voyageurs à la fois, pendant les heures de pointe. La porte grince en s'ouvrant, et la file commence à avancer, puis s'arrête.

– Hors d'ici ! éclate M. Jaeri, le chauffeur, dans un cri de colère.

Je lève les yeux. Miryu vient de monter les marches.

– S'il vous plaît... Je veux juste aller à la poste.

Mais M. Jaeri sort un bras pour la stopper.

– J'ai dit : Hors. De. Mon. Bus.

Tous les commerces et services essentiels – poste, épiceries, laverie, hôpitaux, etc. – se trouvent à l'intérieur de la centrale électrique. Pour la majorité d'entre nous, qui travaillons là-bas, c'est pratique, mais pas pour les parias comme Miryu. Ils sont réduits à se nourrir du gibier qu'ils parviennent à attraper ou des poissons qu'ils pêchent dans la nature, et ne se rendent à la centrale que lorsqu'ils n'ont plus le choix.

– Je vous en prie, supplie Miryu. J'ai la cheville blessée, je peux à peine marcher. Puis-je monter, juste pour cette fois ?

– Oh, pauvre petite chose, dit-il en éclatant de rire. Non !

– Pourquoi vous lui parlez ? crie quelqu'un à l'intérieur du bus. Laissez monter les autres, et allons-y !

– Oui, monsieur Jaeri, allons-y ! Ou on sera tous en retard à l'école ! se joint une poignée d'enfants.

Miryu baisse le regard et, sans un mot, fait demi-tour pour descendre. La queue avance petit à petit et nous avec. Je m'apprête à monter derrière Ongi quand j'entends un léger : « Excusez-moi. »

– Oui ? je bredouille.

– Pourriez-vous passer à la poste et demander s'il y a du courrier pour moi, s'il vous plaît ? Mon nom est Jo Miryu.

Il me faut un moment, mais je me surprends à acquiescer, trop sonnée pour parler.

– Merci. Merci mille fois. Je peux vous retrouver ici à la fin de la journée ?

Je murmure un « oui » à l'instant même où la queue s'impatiente et me pousse dans le bus. Puis les portes grincent, et Ongi crie avant qu'elles se referment complètement :

– Vous, vous n'avez pas intérêt à l'attendre ! (Puis il se tourne vers moi en chuchotant.) T'es malade ? Tu ne sais pas de quoi elle est capable ?

Je hausse les épaules, évitant son regard.

– OK, elle a tué neuf hommes. Mais je ne suis pas un homme.

– Quoi ? souffle Ongi, exaspéré.

M. Jaeri démarre en se mordant la lèvre. Il doit sûrement maudire cette journée. Comment pourrait-il ne pas s'inquiéter d'avoir contrarié Miryu ?

LA POPULACE

— Coucou, mes chéris ! nous appelle maman, faisant des signes depuis un coin du hall principal de la centrale, où elle discute avec des amis.

Rien que de la voir, je me sens plus légère. On ne se croise pas souvent. En tout, il y a quatre équipes à la centrale, tirées au sort, et en tant que membre de la première équipe, elle travaille de six heures à seize heures tous les jours.

Je lui fais signe en retour et file vers les piles de *Guide TV* gratuits sur le kiosque non loin. *Guide TV* est un hebdomadaire qui donne les programmes à venir pour les centaines de chaînes de Snowglobe disponibles chaque jour, essentielles à la vie quotidienne. Honnêtement, selon les semaines, le magazine peut être encore plus divertissant que les émissions elles-mêmes. C'est toujours fascinant de découvrir quelles séries vont sortir et lesquelles vont se terminer, peu importe si je les regarde ou pas.

– Génial ! je m'exclame discrètement tandis que mes yeux s'arrêtent sur l'article spécial de la semaine.

Une interview de Cha Seol, réalisatrice de *Let's Goh*, aussi connue comme la personne que j'admire le plus de l'univers. Je feuillette les pages, et réfléchis à mes options. C'est tentant, de dévorer l'entretien en entier dès maintenant, mais une partie de moi veut attendre et le savourer dans le confort de ma chambre après une dure journée de travail. Je fourre finalement le magazine dans la poche intérieure de ma parka. Quelques instants plus tard, je me surprends à le sortir de nouveau.

Je jette juste un œil aux Astuces.

La rubrique Astuces, avec ses conseils de carrière pour les aspirants réalisateurs et acteurs, est ma section préférée.

– Hé, Jeon Chobham, tu m'écoutes ? (La voix d'Ongi me sort de ma concentration, et je suis instantanément irritée.) J'ai dit, ne parle plus jamais à cette femme, c'est compris ? lance-t-il, tendant la main vers la pile de *Guide TV* pour prendre le sien.

– Oh mon Dieu, détends-toi, Jeon Ongi, je réponds, retournant aux Astuces.

Une minute plus tard, je suis de nouveau interrompue par le cri du superviseur de la centrale.

– Hé, Jeon Ongi, espèce de tire-au-flanc ! (L'homme se tient près du quai de chargement de l'autre côté du hall, l'air constipé, comme d'habitude.) Qu'est-ce que tu fiches ? hurle-t-il encore plus fort. Ramène-toi et décharge tout ça !

Ongi décolle comme une fusée.

– J'arrive, monsieur !

C'est la routine, entre eux. Je suis en train de ricaner, quand quelqu'un me tape dans le dos.

– Jeon Cho ! lance gaiement une voix.

Je me retourne et vois mon amie Jaeyun qui me fait un grand sourire.

– Jaeyun, t'es revenue ! Ton périple s'est bien passé ?

– Oui ! Enfin, je suis de retour en un seul morceau. La tempête a duré trois jours, dit-elle, l'air épuisée.

Jaeyun est conductrice de train sur la Ja-line, l'une des quatorze lignes constituant le réseau de fret qui s'étend comme des artères depuis un cœur, Snowglobe, jusqu'aux colonies extérieures. C'est par les rails que la nourriture et les denrées de base sont distribuées au monde extérieur, avec occasionnellement des biens non essentiels livrés par la poste à ceux qui ont les moyens de payer un sérieux supplément. Les colis sont déposés à la centrale électrique de chaque colonie sur la route. De la Ga-line à la Ha-line, les conducteurs sont sélectionnés dans des villes situées au terminus de chaque ligne – des colonies aux marges de la civilisation, comme celle d'où je viens. Jaeyun, à peine plus âgée que moi, est en poste depuis six ans, maintenant.

– Tu savais que la télé dans la cabine du conducteur s'éteint par mauvais temps ? dit-elle en levant les yeux au ciel. Il ne me restait plus qu'à fixer devant moi les rails infinis, toute seule, sans rien pour m'occuper. Le vent qui hurle. La neige qui vole dans tous les sens. Et comme si ça ne suffisait pas, le tonnerre qui gronde pile au-dessus de ma tête. L'instant d'après, je me retrouve à genoux, en train de prier pour la première fois de ma vie.

Elle marque une pause et frissonne, mais je sais que c'est surtout du cinéma pour me faire rire. En vérité, c'est l'une des personnes les plus courageuses que je connaisse. Autrement, elle ne ferait pas ce métier. Mais je joue le jeu.

– C'est pas vrai ! Il faut que tu racontes ça à Ongi. Cette poule mouillée croit qu'il veut devenir conducteur de train.

En fait, si Ongi se porte volontaire pour faire de la manutention, c'est seulement pour garder un œil sur tout ce qui a un rapport avec les trains. Jo Woong, l'autre conducteur de la Ja-line, approche de la retraite, et il paraît que le superviseur va bientôt lui chercher un remplaçant.

– Ongi ? lâche Jaeyun, surprise. Je croyais qu'il voulait rester près de la maison. (Je lui envoie un regard vide. Si c'est le cas, je ne suis pas au courant.) Vu l'état de santé de votre grand-mère ? poursuit-elle. Qui s'occupera d'elle quand tu seras à l'école de cinéma, si Ongi doit passer six mois dans un train ? Il devrait rester, pour elle.

Oh, l'école de cinéma... Je me replie sur moi-même. La phrase toute faite dans la lettre de refus standard que j'ai reçue la semaine dernière est encore trop fraîche dans ma mémoire : *Malgré vos compétences et votre potentiel impressionnant, nous regrettons de vous informer que nous ne pouvons vous admettre...*

L'Académie de cinéma de Snowglobe est l'institution d'éducation la plus prestigieuse au monde, formant les meilleurs réalisateurs année après année. C'est la deuxième lettre du genre que je reçois, la même que celle de l'an dernier.

Jaeyun, qui n'a aucune idée de la nouvelle qui me tracasse, feuillette *Guide TV* et tombe sur l'article spécial de la semaine. L'encadré qui contient une petite biographie de Mme Cha, que je connais déjà par cœur, me saute aux yeux. C'est l'une de ces personnes brillantes qui ont été acceptées du premier coup à l'Académie, et elle a décroché son diplôme avec la meilleure mention, par-dessus le marché.

– Tu ne m'oublieras pas, quand tu seras célèbre, hein ? me taquine Jaeyun, me poussant doucement du coude.

– Bien sûr que si. Qu'est-ce que tu crois ? je réponds en luttant contre la honte qui monte en moi.

On éclate de rire.

Je tente d'apprécier le moment, et repousse la lettre de refus de mon esprit. Après tout, l'important, c'est que je vais créer la série la plus incroyable de tous les temps, du genre qu'aucun réalisateur n'a jamais produit. Tant que je sais ça, je ne peux pas me torturer avec le *quand*. Qu'est-ce qu'un délai de quelques années dans le grand ordre des choses ? Rien. Au moins, c'est ce qu'il faut que je me dise. Parce que si j'arrête de croire en mon avenir, j'ai peur de ne plus pouvoir endurer la dure monotonie et le désespoir de ce que j'appelle ma vie. Pas une minute de plus.

– **Deuxième équipe ! Bougez-vous !** crie le superviseur, et les deux cents et quelques travailleurs éparpillés dans le hall se mettent en route vers le gigantesque moteur au centre.

– Allez ! nous presse-t-il. On s'agite !

Il entame son insupportable marche en tapant un rythme dans ses mains, que nous suivons pour nous mettre en position à nos postes : des roues de hamsters à taille humaine connectées au moteur central. Ceux dont le numéro d'identité est impair commencent par marcher dans la roue, tandis que les autres s'asseyent à côté, actionnant les leviers attachés aux demi-essieux des roues. L'énergie cinétique ainsi produite est envoyée dans un amplificateur mécanique couplé à un collecteur d'énergie électromagnétique, dont la sortie fait tourner le moteur central pour générer de l'électricité. Dit simplement, la production d'énergie dépend entièrement du travail physique humain, sans quoi notre monde s'arrêterait d'un coup. Plus de trains de fret ni de bus, sans parler des bouilloires électriques qui peuvent faire chauffer de l'eau glacée en quelques minutes. La puanteur de tous ces travailleurs transpirants qui ne se laveraient plus poserait un sérieux problème de santé publique.

Je prends place dans la roue, et adopte une marche rapide afin de garder la vitesse minimale de six kilomètres par heure requise pour le fonctionnement de la télévision intégrée. Sinon, au-delà de mon besoin de divertissement, mon écran resté en veille attirera le superviseur à ma roue comme un trombone à un aimant, et j'aurai à supporter ses insultes de près.

« Où est ton sens de la communauté ? »

« Si tu n'es pas prête à contribuer à la société, pourquoi tu ne sors pas simplement d'ici pour mourir de froid ? »

… et j'en passe.

Je mets le casque audio relié à la télé et sélectionne Channel 60 – *Let's Goh*. C'est mon choix de référence, quand je veux éteindre mon cerveau. Comme j'ai déjà vu tous les épisodes disponibles à part quelques-uns, je peux laisser mon attention s'égarer tout en continuant de suivre l'histoire générale de la série.

– Tous ceux qui travaillent à un rythme d'exactement six kilomètres par heure, perce la voix du superviseur dans mes oreilles, sont des bons à rien sans ambition, sans volonté et sans avenir. La lie de la société.

Je tourne la tête. Il est juste à côté de moi, un mégaphone porté à la bouche.

– Comment quelqu'un peut-il se satisfaire de faire le strict minimum ? Ça vous tuerait, de vous rendre utiles ? tonne-t-il.

Appuyé de côté sur mon guidon, il me fixe avec un mépris affiché.

Ça le tuerait d'être juste un tout petit peu moins détestable ? Tout à coup, le visage de Miryu m'apparaît. Je me demande s'il aurait le cran de lui parler comme ça. Ça m'étonnerait. Tentant d'ignorer son regard mauvais, je me rappelle mon échange avec elle ce matin. De qui attend-elle du courrier ? De la famille qui l'a fuie ? Ou de son ex encore en vie à Snowglobe ?

– Faites chauffer, vous tous ! aboie le superviseur, qui pivote enfin sur ses talons pour s'éloigner. À ce rythme, on pourra à peine payer le service de streaming !

Un grognement collectif s'élève à cette menace en particulier. Ça a tout de même l'effet escompté. Tout le monde accélère, s'agitant un peu plus vigoureusement.

La majorité de l'électricité que nous produisons, nous les travailleurs du monde extérieur, est envoyée à Snowglobe, où elle alimente la vie des acteurs qui habitent à l'intérieur de la superstructure en dôme. En échange, ils partagent avec nous leur existence sous forme d'émissions de télé-réalité.

Le ronronnement et la vibration du moteur central s'intensifient. Il ne faut pas longtemps avant que mes vêtements thermiques imbibés de sueur se mettent à me coller à la peau.

– Citoyens, il y a seulement deux générations, la norme pour les toilettes, c'était la fosse, nous parvient la voix amplifiée du superviseur depuis l'étage, cette fois.

Et c'est reparti. J'accroche mon regard à l'écran de télé et monte le volume.

Noël étant dans deux jours seulement, Channel 60 diffuse un marathon de tous les épisodes de *Let's Goh* autour du thème. Actuellement, Haeri a quatre ans et joue en silence avec une poupée, un bracelet en diamants autour de son petit poignet. Sa mère, assise à côté d'elle, la regarde jouer, et lui demande si elle aime le bijou, son cadeau de Noël. Haeri ne répond pas. En fait, on dirait qu'elle n'entend même pas sa mère.

J'ai déjà vu cet épisode. Dans cette saison, Haeri est devenue muette, depuis la fête d'Halloween deux mois plus tôt, quand elle a fait une crise de terreur après avoir vu quelqu'un déguisé en fantôme. Bien que je sache que Haeri va recouvrer la parole et son sourire au printemps, cet épisode me brise toujours le cœur.

La caméra zoome sur le visage d'ange de Haeri.

– La fosse, c'était le pire cauchemar des enfants.

La voix du superviseur s'insinue de nouveau à travers mon casque et se superpose à la scène sur mon écran comme une voix off absurde.

– Et à juste titre ! Vous savez combien de personnes sont tombées dedans pendant leurs visites nocturnes ?

Je ne suis pas particulièrement sensible, mais c'est assez désagréable d'être ramenée aussi brutalement dans le monde des fosses d'aisances alors que mes yeux sont posés sur la vie de rêve de Haeri. Contre ma volonté, l'image des toilettes à la turque dans ma propre maison me saute à l'esprit. En arrière-plan, le superviseur radote. Il ne s'arrête jamais.

– Vous auriez aimé devoir baisser votre pantalon et vous accroupir au-dessus de la fosse fumante par -50 °C ? Vous croyez que ça vous aurait gelé le cul ?

Avant l'invention de la technologie de stockage d'énergie électromagnétique, l'électricité était une denrée extrêmement rare. Puisqu'on n'y avait pas accès, il n'y avait pas moyen d'empêcher la tuyauterie de geler ou d'exploser, rendant impossible l'acheminement de l'eau courante chez les ménages.

– Quelle belle époque nous vivons ! entonne le superviseur, sortant une pomme de la poche de sa veste et la portant à sa bouche. Vous vous rendez compte de la chance qu'on a ?

Sans attendre de réponse, il croque dans le fruit.

Tous les jours, chaque travailleur reçoit une ration de fruits et de légumes frais, cultivés à l'intérieur de la centrale. Bien évidemment, le coût d'entretien d'une telle serre est déduit de nos fiches de paye. Le repas d'aujourd'hui comprend exactement un huitième de pomme. Mais ça ne concerne pas le superviseur, apparemment.

– Chanceux ? Ha ! C'est lui qui a dû récupérer toutes nos parts de chance, alors, pour s'enfiler une pomme entière comme ça, grogne ma mère depuis sa roue, à côté de la mienne. (Elle jette un rapide coup d'œil alentour.) C'est vrai, ce que m'a dit Ongi ? chuchote-t-elle en se penchant vers moi. Tu as parlé à cette femme ?

Elle pense à Miryu, bien sûr. Cette femme. Ce monstre. Cette pétasse. Quelques-uns des noms d'oiseaux que les gens ont adoptés pour éviter de prononcer son infâme prénom.

– Oui, je réponds en essayant d'avoir l'air détendue. Mais ce n'était rien. M. Jaeri ne voulait pas la laisser monter dans le bus, alors elle m'a demandé de passer à la poste pour elle.

– Ma chérie ! s'exclame-t-elle, l'air alarmée. Tu sais à quel point cette femme est dangereuse ?

Elle semble sur le point de sauter sur ma télécommande et de zapper sur *La tueuse d'à côté* pour me le prouver. À la maison, ma mère a interdit la série, parce qu'elle juge son contenu violent et scandaleux, inapproprié aux esprits en cours de développement. Ce qu'elle ne sait pas, c'est que Ongi et moi avons déjà regardé toutes les saisons – de la une à la sept – en secret, pendant les vacances de Noël de notre année de troisième, quand elle était au travail et que grand-mère faisait la sieste.

– Je sais, maman.

Je repense au regard vide de Miryu dans un épisode, quand elle a braqué son pistolet sur l'homme dont elle était tombée follement amoureuse. Comment peut-on faire ça ? Que se passait-il dans sa tête ? Je sais que maman me tuerait si elle pouvait entendre mes pensées, là, mais je ne peux pas m'en empêcher, les questions fusent d'elles-mêmes.

Et je ne pense pas qu'à Miryu. Qu'aurais-je fait, si j'avais été sa réalisatrice ? Quel genre de décisions aurais-je prises – pas seulement en tant que réalisatrice, mais en tant qu'être humain ? Est-ce que moi aussi, j'aurais continué à travailler sur une série pleine de trahisons et de meurtres brutaux ? On pourra dire ce qu'on voudra, mais les records d'audience de l'émission restent encore à battre, des années après la diffusion du dernier épisode.

Les images dans mon esprit passent à l'un des prestigieux réalisateurs de Miryu, Cha Guibahng, recevant la Médaille nationale des Arts pour sa série. L'instant suivant, son visage solennel prend la forme du mien, et me voilà debout devant un océan de flashs crépitants, cette même médaille en or scintillant sur ma poitrine. Mon pouls s'accélère, et je ressens une étrange vague d'énergie dans mes jambes qui font tourner la roue.

Quand je reviens à moi, je suis en train de courir. De sprinter, même.

Un jour, je m'enfuirai de ce congélateur, de ce tombeau de privations et d'uniformité triste à pleurer. J'irai à Snowglobe, où je suis certaine que mon histoire m'attend – une histoire à laquelle moi, et moi seule, peux donner vie. À l'intérieur de cette roue qui ne va nulle part, je m'y vois déjà.

DE MYSTÉRIEUX VISITEURS

À la fin de mon service, je me rends à la poste en passant par la longue place étroite qui relie le hall central du moteur à l'entrée principale. De chaque côté sont alignés les commerces essentiels, tous d'un gris terne, presque impossibles à distinguer les uns des autres. Même la poste n'est qu'un trou dans un mur – rien à voir avec les bâtiments rouge pomme de Snowglobe. Mais qu'est-ce que ça peut faire ? On a déjà de la chance d'avoir un bureau de poste. Sans ça, on perdrait tout contact avec les amis et la famille partis vivre autre part, et les livraisons depuis Snowglobe ne seraient qu'un rêve lointain. Enfin, à cause des frais de port élevés, peu de gens reçoivent du courrier, et commander quelque chose venant de là-bas est un luxe rare.

Chaque année, maman nous accorde tout de même une folie pour notre gâteau d'anniversaire, qu'elle fait venir d'une pâtisserie spéciale à Snowglobe. Le magnifique gâteau, confectionné sur commande par le pâtisser – un acteur, bien sûr –, fait tout le chemin jusqu'au bureau de poste en train. Rien que d'y penser, mon cœur se gonfle ; dans deux jours seulement, mon frère et moi allumerons nos bougies et écouterons notre famille nous chanter «Joyeux anniversaire».

– Bonjour, Chobham! lance joyeusement Suji de derrière le comptoir, comme si elle m'avait attendue toute la journée.

Suji est en fauteuil roulant, car elle est née sans l'usage de ses jambes. Étant donné qu'elle ne peut pas faire tourner de roue de hamster, elle accomplit son devoir civique à la poste.

Je la salue également.

– Est-ce que tu aurais du courrier pour...

Je n'ai même pas le temps de prononcer le nom de Miryu que Suji me jette une enveloppe dorée au-dessus du comptoir.

– Regarde le recto, dit-elle, contenant à peine son excitation.

Perplexe, je retourne l'enveloppe et découvre un sceau de cire rouge embossé du logo le plus reconnaissable entre tous, celui du Yibonn Media Group. Le Yibonn Media Group, que tout le monde appelle le Yibonn, possède et contrôle l'audiovisuel à Snowglobe. De même, l'éminente dynastie Yi, descendante de la fondatrice éponyme, Yi Bonn, est communément appelée «les Yibonn», par opposition à *Yi*, nom de famille trop ordinaire. Ça reflète bien l'estime de la société pour le rôle de cette famille dans la création du cadre institutionnel qui fait tourner Snowglobe depuis toutes ces années.

– C'est de Yujin! s'écrie Suji.

J'écarquille les yeux et incline l'enveloppe de la taille d'une carte postale sous la lumière pour en observer le brillant élégant.

– Et c'est pas fini, poursuit-elle, reculant son fauteuil de quelques mètres jusqu'à un petit tas au sol recouvert d'un tissu gris.

Avec un geste de magicien, elle soulève la couverture, et les bras m'en tombent.

C'est une boîte de la taille d'une bassine, pleine de brownies. J'ai vu ces gâteaux un nombre incalculable de fois à la télé, puisque ce sont les préférés de Haeri. Mais jamais dans la vraie vie. Et ceux-là sont adorables – décorés de petits sapins de Noël en glaçage vert et rouge. Un stylo à la main, Suji coche les colis sur sa liste de livraisons.

– Dix bouteilles de jus d'orange : check. Une boîte de fraises fraîches : check.

Mon nez se met à me brûler, comme quand les larmes sont sur le point de monter. Yujin, ma meilleure amie, est la première actrice à venir de ma ville depuis Miryu, il y a dix ans. Mon cœur se gonfle de nouveau, et je suis touchée qu'elle ait trouvé le temps de m'envoyer un mot – et tous ces cadeaux incroyables – seulement deux mois après son départ pour Snowglobe.

Snowglobe.

– Ah, c'est vrai, je chuchote, me rappelant soudain ma mission. Tu as du courrier pour Jo Miryu ?

Suji lève les yeux et m'envoie un regard interrogateur. Quand elle voit que je ne me reprends pas, elle affecte un air contrarié.

– Qui voudrait lui envoyer quoi que ce soit ?

Je hausse les épaules. Elle retourne à sa liste, et je cache la carte de Yujin dans ma poche de poitrine comme un précieux trésor.

– Shin Yujin t'a offert des fraises fraîches ? Une boîte entière ? s'écrie Ongi, ébahi, en m'aidant à ranger la luge pleine dans la soute du bus.

Suji a insisté pour que j'emprunte une luge afin de rapporter mon butin à la maison.

Je lui fais signe de baisser la voix, gênée par la présence de tous les gens s'apprêtant à monter dans le bus avec nous, dont la plupart n'ont jamais goûté de fraises fraîches.

– Combien de bouteilles de jus d'orange, tu dis ? demande-t-il à mi-voix.

– Neuf, j'articule sans bruit, omettant le fait que j'en ai donné une à Suji.

Des fraises fraîches, du jus d'orange, des brownies… Je salive à l'idée de partager tout ça avec maman et grand-mère en rentrant.

On approche de notre arrêt, et je suis surprise de ne pas voir Miryu. Elle avait l'air tellement désespérée, ce matin. Au-dessus de nous, le ciel menaçant s'obscurcit avant la nuit, donc Ongi et moi sortons nos lampes frontales.

Je lève la mienne pour balayer les environs et sens un pincement de déception.

– Tu veux bien écouter ton grand frère ? m'avertit Ongi. Tu ne t'approcheras plus jamais de cette femme. Plus jamais !

Il chausse ses skis et j'attrape la corde de la luge pour l'attacher à son harnais. Ongi s'est porté volontaire pour jouer les bêtes de trait en reconnaissance de sa chance, et parce qu'il est le *grand* frère d'une sœur qui a des contacts à Snowglobe.

Je cherche Miryu des yeux une dernière fois, sans prêter attention au regard impatient d'Ongi, et j'aperçois une vague forme dans l'obscurité, au pied d'un arbre non loin. Sans réfléchir, je me mets en marche.

– Hé ! Tu vas où ? crie Ongi. Reviens !

Il se précipite derrière moi, mais le traîneau chargé le retient et j'arrive seule jusqu'à l'arbre. Le tas noir se révèle être une personne recroquevillée sur le sol. Je tombe sur un genou à côté du corps et le retourne, puis descends son passe-montagne sous son menton pour chercher une respiration. Mon cœur s'arrête. C'est Miryu. Du sang coule de son crâne et gèle sur son front. Luttant contre la terreur qui monte en moi, j'approche mon oreille de sa bouche et son nez. Elle respire.

– Jeon Chobham ! Recule tout de suite ! hurle Ongi, bataillant contre la corde dans laquelle il s'est emmêlé.

Je me retourne vers Miryu.

– Mademoiselle, vous m'entendez ? Ouvrez les yeux, je vous en prie !

Pas de réponse. Je la secoue par les épaules.

– Miryu ! Réveillez-vous !

Ses paupières frémissent légèrement.

– S'il vous plaît ! Vous ne pouvez pas dormir ici !

Je glisse mes mains sous ses bras pour la tirer dans la neige jusqu'au traîneau.

Mais mes deux couches de moufles ne cessent de glisser et je n'arrive pas à la saisir. Je les enlève et les coince entre mes dents.

– Qu'est-ce que tu fiches ?! s'agace Ongi.

Enfin libéré, il se plante devant moi. Mais ce n'est pas le moment de se disputer.

– Vide la luge, s'il te plaît, je lui demande, le souffle court. Vite. Il faut qu'on l'amène à la centrale.

Sans attendre sa réponse, je continue d'avancer vers la route principale avec Miryu, le cœur battant. Je ne m'attendais pas à ce qu'elle soit si lourde. Un poids mort. Je crois que je comprends enfin le sens profond de l'expression. Merci à la montée d'adrénaline qui court actuellement dans mes veines.

La centrale abrite la clinique, mais la prochaine navette ne passe pas avant le lever du jour, et Miryu a besoin d'un médecin tout de suite.

– On va devoir l'emmener nous-mêmes en traîneau, dis-je à Ongi.

– T'es malade ? explose-t-il en m'agrippant le poignet. Pour sauver une meurtrière ?

– Parce qu'on a le choix ? Tu veux la laisser mourir ici ?

Ça semble le déstabiliser un moment, mais il resserre sa main autour de mon poignet.

– Viens. Il fait presque -50 °C, répond-il d'un ton suppliant. C'est dangereux de rester dehors plus d'une demi-heure !

Il a raison. À vrai dire, je ne suis pas du tout certaine de pouvoir aller à la clinique en moins de trente minutes, pas en tirant une femme derrière moi sur une luge. Mais je dois essayer. Je suis douée, sur des skis.

– C'est pour ça que j'y vais, moi, je réplique, libérant ma main d'un coup et lui arrachant les bâtons de ski de l'autre.

– Tu vas mourir de froid au milieu de nulle part !

– Si papa avait été une poule mouillée comme toi, on n'aurait jamais existé ! Tu le sais, ça, Jeon Ongi ?

Ça l'arrête net. C'était peut-être excessif, mais je suis trop fébrile pour débattre calmement.

– Je ne vais pas mourir aujourd'hui, lui dis-je. Il y a trop de choses que je veux faire. Ça n'arrivera pas. Je te le promets.

Il me fixe. Puis il tire son épais bonnet de laine sur son visage et se met à hurler dedans. Quand il a fini, il vide le traîneau et m'aide à charger Miryu dessus.

– Je rentre à la maison et je m'équipe, lance-t-il. Je te rattrape dès que je peux.

Il part, soulevant de la neige derrière lui.

Mon frère jumeau viendra me sauver si je m'effondre en chemin. Je ne proteste pas, pas le temps.

Trente minutes, c'est tout ce dont j'ai besoin. Ça va aller. Je ramasse la corde, prends une grande inspiration, plante mes bâtons dans la neige, et pousse avec mon pied gauche. Le lourd traîneau rend le départ difficile. Malgré tout, j'atteins vite un rythme soutenu

Ffffff, ffffff…

Mes skis glissent sans difficulté tandis que je m'élance sur la route, sur les traces laissées par la navette. Un millier de pensées s'entremêlent dans ma tête, mais je reste concentrée. On ne sait jamais, un élan ou un cheval sauvage pourrait surgir à tout moment.

De temps en temps, je ne peux pas m'empêcher de jeter un œil sur Miryu par-dessus mon épaule. Après tout, il n'y a que moi et la tueuse sans pitié, ici, dans le noir… L'idée me donne une sueur froide chaque fois qu'elle me traverse l'esprit. « Concentre-toi, concentre-toi… » je scande tout haut pour repousser le malaise rampant, fixant mon regard sur la route en face.

Je ne sais pas combien de temps s'écoule. Le chemin faiblement éclairé me paraît s'étirer indéfiniment. Dans le faisceau de ma frontale, les arbres projettent des ombres sur le sol enneigé qui semblent tomber sur moi comme des dominos. Ma respiration s'accélère derrière mon passe-montagne qui m'étouffe presque. Je meurs d'envie de l'arracher.

Tirer à ski un traîneau chargé, c'est du sport, pas de doute : je suis en nage. Malheureusement, mon corps perd de la chaleur plus vite qu'il n'en génère. Mes jambes semblent ralentir, et peut-être mon esprit aussi, quand le ciel – sans petites bourrasques ni flocons pour me prévenir – décide de déchaîner une véritable tempête. C'est bien ma veine. Je me penche contre le vent.

Ravalant le sentiment de désespoir qui monte en moi, je me rejoue l'histoire que maman aime nous raconter.

C'est le début de la carrière de chauffeur de bus de M. Jaeri. Un matin après une tempête, le volant lui échappe et le bus se met à patiner sur la route glissante jusque dans un fossé. Tout inexpérimenté qu'il est, M. Jaeri essaie d'accélérer, ce qui ne fait qu'enfoncer un peu plus les roues dans la couche de glace cachée sous la neige, et le bus s'immobilise, penchant dangereusement. Nul besoin de préciser que l'engin ne peut pas être soulevé et remis sur la route par M. Jaeri et ses passagers malchanceux. Pire encore, il reste juste assez de carburant pour garder le moteur, et donc le chauffage, allumé environ une heure. Après ça, la température à l'intérieur du véhicule chutera jusqu'à atteindre celle de la toundra gelée, pour le transformer en congélateur géant. La probabilité qu'un autre véhicule passe et remarque l'engin coincé est proche de zéro, l'autre voiture de la ville étant un genre d'ambulance utilisée par le médecin de la centrale pour les déplacements à domicile.

Heureusement, mon père et sa femme très enceinte, ma mère, sont parmi les passagers en ce jour fatidique. Ne voyant aucun autre moyen de sauver sa femme et ses jumeaux à naître, papa part à ski vers la centrale.

Il s'écoule presque deux heures avant que les passagers, transis de froid, serrés les uns contre les autres dans le bus en panne, entendent les sirènes approcher. Quelques minutes plus tard, ils sont évacués vers la clinique pour être soignés d'urgence. C'est là que maman revoit enfin papa, dans un lit en soins intensifs, la peau grêlée de bleu et de noir par les engelures.

Papa avait toujours rêvé de voir l'océan, alors, trois jours plus tard, maman a loué les services de l'ambulance – à un prix exorbitant – pour répandre ses cendres sur la plage. Ce mois de décembre là, Ongi et moi sommes nés. À 2,6 kg et 2,5 kg, on était plutôt robustes pour des jumeaux prématurés.

Maman ne nous raconte jamais l'histoire sans nous rappeler que papa aurait fait la même chose si elle n'avait pas été dans le bus avec lui, qu'il était le genre de personne qui passait à l'action, peu importaient ses chances, plutôt que d'attendre que le sort le rattrape.

La tempête fait rage. Je ne sens plus mes mains ni mes pieds, ou quoi que ce soit d'autre d'ailleurs, mais je me force à avancer, portée par ce récit.

La neige me fouette sans répit, en jets rudes et aveuglants, comme une présence blanche et monstrueuse décidée à m'effacer. Engourdie par le froid, je n'arrive même pas à concevoir combien de kilomètres il me reste avant d'arriver, ou si même je parviendrai jusqu'à la centrale. Je baisse les yeux, étonnée de voir mes skis continuer d'avancer péniblement dans la neige. C'est dans cet état, l'esprit embrumé, que j'aperçois enfin la lumière de la centrale qui brille au loin comme dans un rêve.

J'entre dans la clinique en titubant. La médecin pousse un cri de surprise quand elle me voit moi, puis Miryu. Une vague de soulagement, suivie d'épuisement, me frappe. Mais même si je meurs d'envie de m'effondrer en un petit tas, ça va devoir attendre. Je rassemble ce qui me reste de forces pour aider la docteure à déposer Miryu sur la table d'examen.

Rapidement, elle se met au travail. Elle enlève les vêtements d'extérieur de Miryu, incrustés de neige. J'essaie pour ma part de lui ôter les grosses bottes doublées de fourrure, mais mes doigts gelés n'attrapent rien. En fait, j'ai tellement sommeil que j'ai l'impression d'être dans un rêve éveillé.

– C'est pire que ce que je croyais.

La voix de la docteure glisse vers moi comme si elle me venait de très loin, déformée.

Je jette un œil, et aperçois d'énormes bleus sur l'épaule et la jambe de Miryu. Une attaque d'animal ? Peu probable. Miryu est une chasseuse expérimentée. D'un autre côté, il ne manque pas de gens nourrissant une haine éternelle envers elle. Sont-ils finalement passés à l'acte ? Ça aussi, c'est peu probable, vu la peur qu'elle inspire. Je n'arrive pas à imaginer un habitant lambda avoir le cran de s'approcher suffisamment pour lui infliger ce genre de blessures.

L'air sombre, la médecin augmente le chauffage du matelas sous sa patiente. Je tire la couverture en peau d'élan jusque sous son menton. Il faut qu'on ramène sa température corporelle à la normale.

Tout en tamponnant le visage ensanglanté de Miryu avec des cotons imbibés d'antiseptique, la docteure se tourne vers moi.

– Je peux te poser une question, Chobham ? demande-t-elle, s'adressant à moi par mon prénom. (Étant les seuls jumeaux en ville, Ongi et moi avons une petite notoriété depuis la naissance.) Pourquoi as-tu décidé d'aider Miryu ?

Est-ce qu'elle vient de prononcer le nom de Miryu ? Je n'ai jamais entendu d'adulte le faire. Voyant ma surprise, elle me sourit doucement.

– On était assez proches, enfants. On s'est même croisées plusieurs fois à Snowglobe, quand je faisais mes études.

Toutes les institutions d'éducation supérieure, y compris les écoles de médecine, se trouvent à Snowglobe. Par conséquent, durant leurs années d'université, les étudiants en médecine sont dans l'obligation d'apparaître dans des séries médicales, mais pas en tant qu'acteurs officiels. En échange, leurs études sont gratuites. Cette pratique présente aussi l'intérêt pour les spectateurs d'avoir un aperçu des aptitudes professionnelles et relationnelles de leurs futurs médecins et chirurgiens.

Mais pourquoi ai-je aidé Miryu ? Je ne saurais pas dire. Tandis que je me penche pour ramasser ses vêtements éparpillés au sol, la médecin reprend, une note de tristesse dans la voix :

– J'ignorais à l'époque qu'elle assassinait des gens à droite à gauche.

Il est important de rappeler ici que les acteurs ne peuvent regarder aucune série, pas tant qu'ils vivent et travaillent à Snowglobe. Ça évite les spoilers qui pourraient influer sur leur comportement et saper le plaisir des spectateurs. Par exemple, un mari peut être cocu, or sans accès à sa propre série, il sera le dernier à l'apprendre. C'est dur, oui. Mais c'est la loi du divertissement télévisuel.

La docteure me suggère de me réchauffer avec une tasse de thé. J'enlève ma parka et traîne mes pieds en train de décongeler jusqu'à la cuisine, tout à coup affamée. Le contenu des placards est décevant, c'est le moins qu'on puisse dire : une boîte de poudre de cacao vide gît à côté d'un pot de grains de café presque terminé. Je me rabats sans enthousiasme sur les choix de thé – thé vert ou feuille d'olivier – quand un cri perçant déchire le silence. C'est Miryu. Je me précipite jusqu'à elle.

– Chut… Je sais, je sais, dit la médecin doucement. Tout va bien. Encore quelques sutures.

Je n'ai jamais été recousue ni même piquée par une aiguille, mais je grimace rien que d'imaginer la douleur.

Trop chers pour être utilisés en cas de procédures mineures, les antidouleurs sont réservés pour les cas d'extrême souffrance, comme l'accouchement. Les traitements lourds et inhabituels sont tous effectués dans le véritable hôpital de Snowglobe. Autrement dit, les gens lambda n'ont qu'à serrer les dents en attendant que la chance leur sourie ou que la mort les libère.

– N-noire… Elle était… noire… marmonne Miryu, les yeux s'agitant frénétiquement sous ses paupières.

Ses lèvres gercées et blanchies par le froid ne parviennent pas à articuler d'autres sons. Je dois détourner le regard pour réprimer la compassion que je ressens soudain. Cette femme est fuie de tous pour une bonne raison. Je retourne à la cuisine et plonge un sachet de thé vert dans mon mug.

La médecin lève les yeux.

– Il faut que tu t'occupes de ces engelures, me dit-elle. Prends la pommade dans le petit pot bleu et recouvres-en ton visage. Puis rapporte-la chez toi et remets-en toutes les heures. Tu ne voudrais pas garder des cicatrices sur ce joli minois. Je facturerai ça à Miryu.

Ce n'est qu'à ce moment que je me demande à quoi je ressemble. Je pose ma tasse pour chercher la pommade.

– Et ne refais jamais une chose pareille, ajoute-t-elle. Tu as pensé une seconde à ta mère, si elle te perdait ?

Qu'est-ce que ça lui ferait ? Ça la tuerait, bien sûr. Le seul vœu de maman pour nous, c'est qu'on soit heureux et en sécurité. Je n'arrive pas à croire qu'il fallait que quelqu'un me le rappelle. *Comment ai-je pu être aussi stupide ?*

– Je suis désolée, je murmure.

Devant le miroir, je suis choquée de voir que mon nez et mes joues ont pris différentes teintes, textures et patines. J'enfonce un doigt dans l'épaisse pommade, l'étale soigneusement sur ma peau abîmée, et me raidis. Ça brûle ! Mais la douleur s'atténue vite, et laisse place à une sensation douce. Tout à coup, je suis frappée par le souvenir de mon frère jumeau avec la force d'une masse.

– Ongi ! je m'écrie. (À la table d'examen, la docteure se retourne.) Ongi n'est toujours pas arrivé ! Il était censé me rattraper !

Là-dessus, je ramasse ma parka et me précipite vers la porte. Je suis presque sortie de la clinique quand la docteure plonge vers moi et me saisit le bras.

– Tu n'imagines quand même pas retourner dans le froid ?

– Il faut que je trouve Ongi ! Il doit avoir des ennuis !

– Tout doux ! exige-t-elle, m'agrippant maintenant à deux mains. Tu as eu une sacrée veine de ne pas mourir tout à l'heure. Tu es folle de penser que tu auras de nouveau autant de chance.

Je tente de me libérer, mais la petite docteure est étonnamment forte.

– Laissez-moi partir ! je hurle, hystérique. Je ne peux pas la sauver *elle* et laisser mon propre frère mourir ! Je vous en supplie !

Soudain, on frappe à la porte. D'un geste, nous nous tournons toutes les deux vers la sortie.

– Ongi ? je m'exclame.

Mais la personne qui fait son entrée n'est pas Ongi. Rien à voir.

– Bonjour, s'annonce un homme avec un sourire révélant des dents parfaites.

Le riche éclat de sa longue cape de fourrure me saute aux yeux, ainsi que l'élégant costume noir d'encre qu'il arbore en dessous. Ici, personne ne porte autre chose que des grosses bottes sans intérêt, mais les richelieus au bout de ses longues jambes brillent avec éclat. Et ce visage sous un somptueux chapeau en fourrure de renard… J'ai l'impression de le reconnaître. Je l'ai déjà vu, j'en suis certaine.

– Vous devez être mademoiselle Jeon Chobahm, commence-t-il. Je reviens de chez votre mère. Votre frère m'a dit où vous trouver.

Mon frère ? Cet homme l'a vu chez moi ? Toute la peur et la tension s'évacuent, et je me tourne vers la docteure. Elle m'envoie un sourire soulagé, puis jette un œil intrigué à l'homme, comme si elle aussi essayait de le resituer.

– Vous avez une minute, mademoiselle Chobham ? demande-t-il, les yeux rivés sur moi, comme si j'étais la seule personne présente.

Il n'a même pas adressé un regard à la docteure, sans parler de Miryu étendue sur le lit dans le coin.

– Je vous connais ?

– La directrice de l'école de cinéma vous attend à l'extérieur, mademoiselle Chobham, répond-il avec un sourire.

Un long moment s'écoule, et je m'entends enfin lui faire écho.

– La directrice de l'école de cinéma ?

Un frisson m'électrise.

UNE MORTE

On sort de la clinique, et je suis l'homme dans l'obscurité à travers la place qui mène à l'entrée de la centrale.

– Elle nous attend au coin, dit-il.

– Dans le froid ?

L'homme sourit et m'ouvre la lourde porte. Le cuir souple et brillant du gant qui épouse sa main hurle Snowglobe. Ça me revient.

– Cooper Raffaeli ! je m'exclame.

C'est lui : le protagoniste d'une série à succès qui s'est terminée il y a deux ans !

– Bingo. Le champion de biathlon, aussi dur à cuire que du tofu, lance-t-il avec un rire plein d'autodérision.

Blague à part, il a l'air content que je l'aie reconnu. En fait, il semble sincèrement heureux, bien plus à l'aise qu'à l'écran.

À Snowglobe, Cooper était biathlète professionnel, et participait à des compétitions qui mêlaient ski de fond et tir au fusil. Lors du round final de chaque course, des condamnés à mort étaient présentés comme cibles, une pratique à laquelle Cooper n'a jamais pu s'habituer. Chaque victoire venait avec son lot de culpabilité, assez pour écraser tout sentiment de triomphe, mais il a persévéré. Épisode après épisode, les fans de partout s'installaient devant leur poste pour assister à l'effondrement psychologique de l'athlète vainqueur, compatir, pleurer et se torturer avec lui.

Je n'arrive pas à croire que c'est lui, devant moi, en chair et en os, *le* Cooper Raffaeli.

– On regardait votre émission tous les mercredis et jeudis pendant le dîner ! je m'extasie.

Nous autres qui trimons dans le monde extérieur vivons à travers nos séries télé préférées, traversons les hauts et les bas des destins des personnages comme si c'étaient les nôtres. C'est notre façon d'échapper au fardeau de notre triste existence, pour un moment seulement : en nous immergeant dans la vie de ceux qui habitent là où le soleil brille. Leurs échecs, en particulier, que ce soient leurs problèmes financiers, d'affreux divorces ou la pire peine de cœur, nous inspirent parfois un étrange sentiment de paix, l'impression que le monde n'est peut-être pas aussi injuste qu'on le croit.

– Vous n'êtes pas parti de Snowglobe quand la série s'est terminée ?

– Si, en effet. Mais j'ai eu de la chance. Il s'avère que Snowglobe a besoin de beaucoup de monde, pas seulement d'acteurs.

Je laisse échapper un couinement d'émerveillement. Tout à coup, perdue dans mes pensées, je trébuche comme une idiote. Mais Cooper, avec ses réflexes félins, me rattrape par le coude et m'évite l'humiliation. Je détourne le regard, tentant de cacher le sourire qui s'étend sur mon visage.

Plus que deux portes et nous voilà à l'extérieur de la centrale. La tempête semble s'être calmée. À travers les dernières bourrasques, j'aperçois une limousine noire étincelante contre le trottoir. Comme pour les brownies, c'est la première fois de ma vie que j'en vois une en vrai. À la télé, en revanche, il y en a tous les jours, la plupart du temps pour déposer les acteurs à la propriété Yibonn quand il y a des événements.

Une main gantée sur la poignée scintillante de la portière, Cooper se penche vers moi.

– Essayez de ne pas avoir l'air trop surprise, chuchote-t-il.

Il ajoute un clin d'œil.

Je rêve ou est-ce que Cooper Raffaeli vient vraiment de me faire un clin d'œil ? Ongi ne me croira jamais.

Il ouvre enfin la portière, et je me baisse pour regarder à l'intérieur. Je suis un peu étonnée de constater que ce n'est pas aussi grand qu'on le croirait. Mais surtout, il n'y a pas de directrice de l'école de cinéma qui m'attende. Hésitante, je monte tout de même, et m'enfonce dans un luxueux fauteuil dos à la vitre teintée qui sépare le compartiment du chauffeur de celui des passagers. Quelques instants plus tard, Cooper s'installe au volant. Alors que je me demande s'il m'emmène autre part pour rencontrer la directrice, j'entends un léger bourdonnement. La paroi devant moi est en train de se soulever doucement, révélant une paire de jambes galbées. À travers de longues bottes transparentes, je peux voir des pieds fins aux ongles vernis de vert émeraude et ornés de dessins complexes peints à la main. Les gros orteils sont surmontés d'un zircon cubique d'un vert plus profond, élevant le nail art déjà splendide à un tout autre niveau. Les cuissardes transparentes, les ongles sophistiqués, la palette émeraude… Un style tout droit sorti des tendances du printemps de Snowglobe.

– Comment font les gens pour vivre ici ? se demande la voix désincarnée de la passagère.

Je ne la vois pas encore entièrement, mais je peux maintenant distinguer une robe crème sans manches en fil bouclé qui rappelle un petit agneau. Elle protège ses bras nus contre l'air gelé que j'ai dû faire entrer avec moi. Au bout de quelques secondes, la paroi s'est entièrement levée, et avec un léger sourire, elle se présente. Mais ce n'était pas nécessaire.

– Tu sais déjà qui je suis, n'est-ce pas ? dit-elle, secouant son célèbre carré rouge.

Est-ce que je la connais ? Bien sûr que oui. C'est Mme Cha, la réalisatrice qui à elle toute seule a fait de Haeri la superstar qu'elle est aujourd'hui. Cette femme n'est autre que mon idole, mon étoile polaire, voilà tout.

– Salut ! Bonjour ! je bafouille d'une voix suraiguë.

– Heureuse de faire ta connaissance, Jeon Chobahm, répond-elle avec un petit rire.

Mon cœur se met à battre la chamade quand elle prononce mon nom. Mille clins d'œil de Cooper ne parviendraient pas à me faire le même effet.

– Je suis désolée pour l'école de cinéma cette année, poursuit-elle. Je ne peux qu'imaginer ta déception.

Je n'arrive pas à y croire. Elle sait des choses sur moi ! Mon esprit n'est plus que gratitude et révérence.

– Je… oui. Un-un peu déçue. Mais pas trop ! je lâche, sans pouvoir m'arrêter. Je veux dire, ça va parce que je… je postulerai de nouveau l'an prochain, et celui d'après. Et celui encore d'après ?

Argh ! Mais quelle idiote ! Pourquoi je ne peux pas répondre d'un ton calme et mature « Ça ne fait rien », suivi de « Je travaille sur une idée de série que les spectateurs vont adorer », ou bien « C'est vous qui avez inspiré mon rêve de devenir réalisatrice ».

Mais peut-être que ce n'est pas la peine d'énoncer ces vérités. Mme Cha m'adresse un regard chaleureux, comme si elle comprenait tout ce que je n'arrive pas à exprimer.

– Très bien. Mais que dirais-tu si tu pouvais mettre tes talents à profit pour m'aider tout de suite ?

L'aider ? Moi ? Je la regarde fixement, l'air perdue.

– Ce n'est pas vraiment une faveur personnelle, continue-t-elle sur un ton plus sérieux. C'est pour Snowglobe, ou plutôt, pour ses spectateurs.

Dans tous mes rêves les plus fous autour de l'école de cinéma ou des masterclass de Mme Cha, lui être d'une utilité particulière ne m'était jamais venu à l'idée. Il me faut un instant pour lui donner la seule bonne réponse qui me vienne.

– Bien sûr, madame Cha. J'aimerais beaucoup aider. Comme vous voudrez.

Un large sourire de satisfaction s'installe sur son visage. Puis elle passe à la question suivante.

– À quel point penses-tu ressembler à Goh Haeri ? Beaucoup, répond-elle pour moi. Évidemment, il faudra un peu de travail – mais rien d'excessif. Une petite correction ici ou là, et tout le monde te prendra pour elle, j'en suis certaine.

Où veut-elle en venir ?

– Autrement dit, reprend-elle, laissant traîner la dernière voyelle tout en me regardant dans les yeux, j'aimerais que tu deviennes la nouvelle Haeri. Hier, elle s'est ôté la vie, annonce-t-elle en perdant son sourire.

Ses mots me font l'effet d'une bombe. Je la dévisage, sous le choc. C'est une blague ? Si c'est le cas, elle a un sens de l'humour tordu. Non. Mme Cha a dû se tromper. Il faut qu'elle se ressaisisse, immédiatement. Mais il n'en est rien. Elle attend simplement que j'enregistre l'horreur de la situation.

Goh Haeri, la chouchoute du monde entier, enveloppée de soie et protégée des difficultés de la vie dans le Snowglobe ensoleillé ?

Elle s'est suicidée ? Pourquoi ? N'allait-elle pas bientôt devenir notre nouvelle Miss Météo ? Sa fête préférée, Noël, n'est que dans deux jours. Ça n'a pas de sens !

– Mais je l'ai encore vue ce matin, je proteste. À la télé !

Mme Cha me regarde sans un mot, serrant ses lèvres tremblantes. Je respire à peine. Haeri – ma jumelle d'anniversaire, qui a grandi avec moi de l'autre côté de l'écran – *morte ?* La première larme d'une longue série s'échappe et tombe sur mes genoux.

UN JOB SUR MESURE

J'avais dix ans. Yujin m'a dit :

« Mais en vrai. Tu te rends compte à quel point tu ressembles à Haeri ? Même quand tu parles, on dirait elle.

– Peut-être, lui ai-je concédé, étrangement intimidée. Ma voix aussi ? Je ne l'entends pas. »

Cette nuit-là, après que tout le monde est allé se coucher, je suis retournée sur la pointe des pieds dans le salon vide et j'ai allumé la télé, coupant le son au moment où l'écran s'est illuminé. Puisqu'on avait éteint le chauffage pour la nuit, je me suis mise à claquer des dents presque immédiatement, mais je suis restée collée à Channel 60, pour examiner les traits de Haeri. Ses sourcils, ses yeux, son nez… la courbe de ses dents du haut quand elle rit. J'ai dû l'admettre. Nous sommes des copies conformes. Et si Haeri, et non pas Ongi, était ma jumelle ? Et s'il y avait eu un échange à la naissance ?

Une fois cette idée passée dans ma conscience, je ne pouvais penser à rien d'autre. Je mourrais d'envie de questionner maman, mais je n'arrivais pas à faire sortir les mots. À la fin de l'année, mes soupçons s'étaient mués en conviction. Une nuit, maman m'a surprise en train de ravaler des sanglots dans mon lit, et tout a éclaté.

« Ce n'est pas juste pour Haeri... j'ai bafouillé. Pourquoi elle doit vivre loin de nous ? »

L'incident est tout de suite devenu un classique familial encore raconté à ce jour. Grand-mère, qui a assisté à notre naissance, à Ongi et moi, à la clinique, était le témoin vivant qui a étouffé ce qui me restait de doute. Comme pour se moquer un peu plus de cette théorie absurde, Ongi s'est mis à ressembler de plus en plus à maman, jusqu'à la forme des mains et des pieds. Dommage qu'il n'ait pas hérité de sa personnalité.

Malgré ce souvenir embarrassant, mon impression d'être liée à Haeri n'a fait que se renforcer au fil des années. La voir tournoyer dans une nouvelle robe d'été me donnait le cœur léger, et je m'imaginais dans ses vêtements. Bien sûr, il y a eu des moments où j'étais jalouse, mais je ne rêve pas vraiment de la vie d'acteur, pas même de celle de Haeri. Je veux devenir *réalisatrice*.

Chaque mois de septembre, les gymnases scolaires du monde extérieur grouillent d'élèves passant des auditions pour Snowglobe. La participation est obligatoire, donc chaque année de ma scolarité, j'ai dû m'afficher pendant une demi-heure devant des caméras.

La première moitié de l'audition se déroule devant un panel de professeurs qui posent au candidat toutes sortes de questions. Pendant la deuxième moitié, le candidat est libre de montrer ce qu'il a à apporter à Snowglobe.

En cinquième, quand est arrivé mon tour de briller devant l'éminent jury, je me suis lancée dans une présentation crispée d'idées que j'avais concoctée. Malheureusement, j'ai été interrompue par un professeur agité, sans imagination. Mais c'était il y a longtemps. À présent que, diplôme en poche, je suis libérée de ce spectacle obligatoire, je ne songe pas à m'y inscrire de nouveau. Les réalisateurs n'ont pas le droit de jouer, et les acteurs ne peuvent pas réaliser, c'est ainsi depuis la création de l'école de cinéma. L'idée, c'est que ce serait injuste de toucher aux deux.

– **Sauf votre respect, madame Cha,** dis-je d'une si petite voix que j'en chuchote presque, j'aimerais vraiment beaucoup faire de la réalisation, un jour.

Elle lève un sourcil, et je baisse les yeux. Il n'y a personne au monde que je voudrais impressionner autant qu'elle. Je prends mon courage à deux mains :

– Si je deviens actrice, je ne pourrai plus entrer à l'Académie de cinéma.

Je sens son regard peser sur moi, mais je n'ai pas la force de le croiser. Un long moment s'écoule, puis elle laisse enfin échapper un rire.

– Je crois que tu as mal compris ma proposition, répond-elle, quittant son siège pour s'installer à côté de moi. Ton nom n'apparaîtrait pas dans la base de données de Snowglobe, donc tu pourras toujours postuler à l'école – si c'est ce que tu veux, bien sûr. Imagine un peu. Une réalisatrice comme aucune autre, capable de vraiment comprendre le point de vue des acteurs.

Elle baisse la tête pour accrocher mon regard.

Une réalisatrice comme aucune autre. Je déglutis.

– Si tu m'aides maintenant, poursuit-elle, je t'aiderai ensuite à devenir réalisatrice. C'est une promesse. (Elle sourit, mais ses yeux intenses couleur d'ambre sont aussi durs et intimidants que ceux d'un tigre.) Ça ne veut pas dire que je peux te faire intégrer l'école à coup sûr. Je suis réalisatrice en activité, complètement indépendante de l'Académie. Mais c'est un début. Imagine à quel point une année à Snowglobe pourrait élargir tes horizons, voire renforcer ta candidature. Et à l'entretien… Je me sens déjà mal pour le reste des candidats.

Elle s'arrête et attend ma réponse, l'air triomphant et plein de complaisance.

– Je détesterais bénéficier de la mort de Haeri, m'entends-je dire.

Mme Cha se redresse, toute trace de son sourire disparue. J'ai la gorge sèche. Suis-je devenue folle ? Qu'ai-je fait ? Mais son sourire revient. Un rictus, à vrai dire. Elle s'appuie contre son dossier.

– Je n'ai pas fait le chemin jusqu'ici par charité, si c'est ce que tu crois. Haeri *doit* rester en vie. Elle ne peut pas abandonner comme ça.

Il est tout juste minuit et la neige s'est enfin arrêtée de tomber, mais le vent se lève de nouveau et fait trembler les fenêtres. Je jette mon sac à dos sur une épaule et sors du salon. Je craignais que ce sac, que je porte depuis mes neuf ans, soit trop petit, mais il n'est même pas à moitié plein. Apparemment, il n'y a pas grand-chose à prendre avec soi quand on part pour une destination qui ne requiert pas d'enfiler un équipement arctique chaque fois qu'on met le nez dehors. Les parkas, les grosses bottes, les sous-vêtements isolants, les passe-montagnes… tout ça peut rester à la maison. Et même, Mme Cha m'a dit qu'à ma place, elle ne prendrait rien du tout, puisque tout ce dont j'aurai besoin me sera fourni à Snowglobe.

– Tu as pris un change de sous-vêtements et de chaussettes, au moins ? demande maman, ouvrant le sac à dos pour y glisser une bouteille de jus d'orange.

– Maman, je t'ai déjà dit, je ne prends rien du tout. Garde ça pour Ongi et grand-mère, s'il te plaît. (Je sors la bouteille, pour découvrir les barquettes de fraises et de brownies qu'elle y avait déjà cachées.) Maman ! Je pourrai en avoir autant que je veux, je soupire, m'apprêtant à sortir les boîtes aussi, mais elle retient ma main.

– Tu sais ce qu'on mange, toi, à l'école de cinéma ?

Pour autant que maman sache, je vais à l'école de cinéma, grâce à un candidat qui s'est désisté. C'est l'histoire que Mme Cha et Cooper lui ont racontée pendant que je traînais Miryu à travers la tempête. Je n'ai le droit de révéler à personne, pas même à ma famille, que je vais à Snowglobe pour remplacer Haeri. Tout le plan est de garder sa mort secrète.

L'émission bihebdomadaire est diffusée depuis seize ans maintenant. Les fans ont observé Haeri grandir, de la petite enfance à l'adolescence. Qui n'a pas retenu sa respiration quand, à trois ans, Haeri chancelait avec un pot en verre entre les mains ? Qui n'a pas fondu pour l'adorable et timide fillette de sept ans quand on l'a présentée à un nouvel ami, Yi Bonwhe, l'héritier du Yibonn Media Group qui avait huit ans à l'époque ? Qui n'a pas eu des papillons dans le ventre quand son premier amoureux lui a offert un serre-tête ? Et qui n'a pas eu le cœur brisé quand elle a découvert qu'il sortait déjà avec une autre fille ?

Tout au long de ses seize ans d'existence, Haeri a été une amie privilégiée et un membre de la famille pour des fans dévoués partout dans le monde. La montrer se pendre à un lustre ? Impensable. Même annoncer sa mort dans *Guide TV* sans fournir les images serait une violation claire de la loi selon laquelle aucune partie de la vie d'un acteur en exercice ne peut être intentionnellement cachée au public. Un abandon total de leur vie privée, c'est le prix qu'ils acceptent de payer pour la chaleur et le confort de Snowglobe.

Et puis, il y a l'effet Werther, l'épidémie de suicides par imitation, comme me l'a expliqué Mme Cha. Je ne connaissais pas le concept, mais ça m'a terrifiée. Surtout vis-à-vis de grand-mère, qui me reconnaît dans Haeri. La nouvelle de sa mort la détruirait. Conserver le secret est peut-être la meilleure solution.

Voilà comment je me retrouve à adhérer à la vision de Mme Cha, qui veut que la série se termine avec les adieux de Haeri à Snowglobe le jour de ses dix-huit ans, le moment où les jeunes nés dans une famille d'acteurs ont l'opportunité de choisir entre leur vie privée et une vie exposée à la vue de tous. La décision de Haeri de poursuivre son existence à l'extérieur de Snowglobe surprendra tout le monde, mais rien ne serait aussi traumatisant que sa véritable fin.

Le temps fera son œuvre. Snowglobe continuera de pondre une émission après l'autre. Les étoiles naissent et meurent. Et même si les admirateurs les plus fervents se demanderont de temps en temps ce qu'est devenue leur actrice chérie, elle finira par s'effacer de leur mémoire aussi.

« C'est une mission que toi seule peux accomplir » m'a dit Mme Cha, dissipant tous mes sentiments contradictoires.

C'est ma chance de m'échapper d'une vie ordinaire, de sortir d'un destin régi par une roue de hamster qui tourne à l'infini. Moi seule peux changer la fin de Haeri. Pourquoi se poser plus de questions ?

– Tu ne dis pas au revoir à grand-mère ? me lance Ongi, faisant un signe de la tête vers sa porte.

– Je la laisse dormir. Elle pense que je suis ta petite amie, de toute façon.

– Souviens-toi. Tu es sa petite-fille préférée.

J'acquiesce. Quand nous étions à l'école, Ongi et moi ne recevions qu'une maigre ration de fruits à la cafétéria, et grand-mère insistait toujours pour nous donner celle qu'elle recevait à la centrale.

Je me rappelle son air concentré quand elle coupait les portions déjà ridicules en deux. Elle me tendait chaque fois la part un peu plus grosse. C'était sa façon de prendre soin de la jumelle faiblarde, née avec de l'arythmie, et dont les premières années avaient été marquées par des séjours fréquents chez le médecin.

Aussi discrètement que possible, j'entrouvre la porte de sa chambre. J'aperçois son visage endormi.

– Au revoir, grand-mère. Je vais passer à la télé pour de vrai ! Tu m'encourageras, s'il te plaît ? Je t'aime. À bientôt.

UN REMÈDE CONTRE LA DOULEUR

Je prends maman dans mes bras une dernière fois. Elle se détourne pour cacher ses larmes, et mes yeux se posent sur un petit cube en verre au centre de la table, renfermant une caméra miniature en or pur, avec un minuscule diamant étincelant au centre de son objectif. Cooper l'a offerte à ma mère, comme un souvenir que l'on offre à toutes les familles d'étudiants de l'école de cinéma. J'ignorais que cette tradition existait, mais le bibelot brillant ajoute de la crédibilité à notre histoire.

– Je m'occupe de tout, compte sur moi. Toi, concentre-toi sur tes études, me dit Ongi, allant chercher dans les graves de sa voix, comme lorsqu'il veut passer pour le grand frère mature et digne de confiance.

Il se mord la lèvre pour lutter contre les larmes qui montent. Je me contente d'acquiescer, tentant moi aussi de rester forte.

Je me retourne vers maman, qui se retient de pleurer.

– Oh, maman, on dirait que je pars pour un camp de la mort ou je ne sais quoi, dis-je, histoire de faire de l'humour.

– Je sais, ma chérie, je sais, répond-elle en s'essuyant les yeux du dos de la main. Maman en fait trop, n'est-ce pas ? On viendra vite te rendre visite.

Je lui rends son sourire du mieux que je peux. Contrairement aux autres étudiants de Snowglobe, ceux de l'école de cinéma ne peuvent pas rentrer chez eux, pour la simple et bonne raison qu'ils n'ont pas de vacances. Le côté positif, c'est que leur famille peut venir leur rendre visite. Seulement, je ne vais pas vraiment à l'école de cinéma, donc je ne pourrai sans doute pas les inviter.

Sur un dernier au revoir, je m'échappe de l'entrée. C'est toujours dur, de faire des adieux, mais la culpabilité de mentir à mes proches rend les choses dix fois plus difficiles. Ravalant mes larmes, je pose le sac à dos rose avec ses brownies et son jus d'orange par terre contre le mur. Mais j'imagine le regard déçu de ma mère, et je ramasse ce fichu machin.

Avec Cooper derrière le volant, c'est presque trop silencieux dans la limousine. Mme Cha ouvre le mini-frigo et en sort une longue bouteille en verre.

– Je crois que c'est le moment de trinquer, lance-t-elle, enlevant la coiffe d'aluminium autour du goulot.

L'âge légal pour consommer de l'alcool est de vingt et un ans, dans et hors de Snowglobe.

– Une petite coupe pour fêter ça, ça n'a jamais tué personne, m'assure Mme Cha avec un clin d'œil.

Pop !

Le bruit me fait sursauter légèrement.

Elle me tend la flûte, qu'elle remplit d'un liquide doré. Fascinée, je regarde les petites bulles monter et éclater à la surface mousseuse. Puis elle se sert aussi, et fait tinter son verre contre le mien, sourire aux lèvres. Soudain, elle renverse la tête en arrière et engloutit le tout en une longue gorgée. Je ne sais pas quoi faire d'autre, donc je prends une lampée hésitante.

Berk! Je fais la grimace à cause de l'acidité.

C'est ça, le goût du champagne ? J'imaginais que ce serait sucré. Sans m'en rendre compte, je sors la langue comme un animal malade, jusqu'à ce que je remarque l'air amusé de Mme Cha.

Tout à coup, l'aspect surréaliste du moment me frappe pour la première fois. Quand je me suis réveillée ce matin, je n'étais qu'une ado démoralisée en route pour la centrale électrique. Et maintenant, ça. Je suis dans une limousine avec l'une des réalisatrices les plus célèbres, en direction de Snowglobe pour accomplir une mission spéciale. Je vais remplacer Haeri, qui est morte, pour épargner au monde la douleur de son suicide. En échange, ma famille recevra une gratification financière et on me promet un avenir brillant comme réalisatrice. Et Haeri… Haeri. Qu'est-ce qu'elle y gagne, elle ?

Tandis que Mme Cha se sert un autre verre, je me mets à parler avant même d'en être consciente.

– Madame Cha… Vous savez si Haeri a laissé une lettre d'adieu ?

Sa main, qui levait sa flûte vers sa bouche, s'arrête net, et elle me dévisage un instant.

– Qu'est-ce qui te fait croire qu'il y avait une lettre ? répond-elle enfin, ses yeux de tigre perçant les miens. Et puis, tu ne crois pas que c'est un peu indiscret, comme question ?

Sa réaction me laisse perplexe. Indiscret ? Par rapport à l'intimité de Haeri ? Depuis quand Haeri avait-elle une vie privée ? Tous ses faits et gestes étaient diffusés pour divertir les téléspectateurs, sans limite. Même son premier rendez-vous – qui s'est fini en désastre à cause d'un caprice de ses intestins – n'a pas fait exception.

Les caméras ont continué de tourner, jusqu'à ce que la pauvre fille, le visage tordu de douleur et de honte, abandonne son rencard, coure aux toilettes publiques les plus proches et disparaisse dans l'un des cabinets.

Mettre sa vie à nu. C'est ce qu'on demande aux acteurs de Snowglobe, et je m'apprête à faire de même. La compréhension soudaine me coupe la respiration. D'un bond, je me retourne sur mon siège, et appelle Cooper, dans le compartiment du chauffeur.

– Excusez-moi, monsieur Raffaeli !

Il n'y a aucune raison de paniquer, quand la seule chose qu'on me demande, c'est de me glisser dans une vie, et pas n'importe laquelle : l'existence placide et prodigieusement confortable de Haeri. Pourtant, il faut que je l'entende de la bouche de quelqu'un d'autre. De quelqu'un qui sait.

Cooper ne semble pas m'entendre à travers la vitre qui nous sépare, donc je recommence, plus fort.

– Monsieur Raffaeli ! Est-ce qu'on peut s'arrêter rapidement à la centrale ? (Toujours pas de réponse. La limousine continue sur sa lancée.) J'ai oublié une chose importante ! S'il vous plaît ! je crie.

Mais en vain.

Mon cœur bat plus vite, je me soulève maladroitement de mon siège et lève les poings vers la vitre, pour tenter d'attirer son attention en toquant, quand Mme Cha m'attrape le poignet.

– Tu la rachèteras à Snowglobe, dit-elle.

Quelque chose dans son ton me rappelle le superviseur de la centrale, me donnant envie de la défier.

– J'ai laissé la crème contre les engelures à la clinique, je rétorque en me retournant pour la regarder droit dans les yeux.

C'est la vérité, et j'en suis infiniment reconnaissante.

– Il y aura toute la crème anti-engelures qu'il te faut et même plus à Snowglobe, répond-elle en prenant un ton plus doux, mais ça ne me plaît pas non plus.

– Oui, mais je suis censée en mettre toutes les heures pour éviter les cicatrices. Je ne peux pas imaginer Haeri avec des marques sur le visage.

Quelques instants passent et on se regarde en silence. Finalement, elle laisse un rictus s'immiscer aux coins de ses lèvres.

– Très bien, fait-elle en lâchant mon poignet. Mais à partir de maintenant, tu me demanderas la permission avant de faire quoi que ce soit. (Elle appuie sur le bouton noir à côté de son siège.) À la centrale, Cooper.

La limousine prend un virage serré à gauche, et le rayon de lune qui passe à travers le toit vitré se déplace, faisant scintiller des bris de verre sur la moquette. Je lève les yeux vers le support installé au-dessus du bar. Il y a la place pour quatre flûtes. Il en manque trois, dont deux sont dans nos mains. *Et alors ?* Je m'apprête à mettre ça sur le compte des routes abîmées, quand la limousine roule dans un nid-de-poule. Vite, je jette un œil au support. La flûte remue à peine, avant de retrouver sa complète immobilité.

La docteure a dû s'absenter un moment. Miryu dort dans un coin de la pièce, derrière des rideaux. Par un espace, je la vois allongée sous la couverture en peau d'élan, son visage blême luisant de crème anti-engelures.

Je m'approche d'elle sur la pointe des pieds, et la secoue doucement.

– Excusez-moi, je chuchote en me penchant vers son visage. Miryu, il faut que je vous parle.

Peut-être que c'est le fait rare d'entendre son nom qui capte son attention. Ses paupières se mettent à frémir, puis, d'un seul coup, ses yeux s'ouvrent grand et elle me saisit le bras. Mon cœur bondit.

– À l'aide ! hurle-t-elle d'une voix rauque.

– Tout… tout va bien. Vous êtes à la clinique. On s'occupe de vous.

Ses yeux pleins de terreur semblent regarder à travers moi.

– La limousine… la limousine noire, marmonne-t-elle, s'agrippant désespérément à ma parka de ses mains tremblantes.

Un nœud d'effroi se forme dans mon ventre.

– La limousine noire ? je répète. Vous aussi, vous avez rencontré les gens de Snowglobe ?

Elle pousse un cri sauvage, les yeux fermés et la tête dans les mains. Un grand hématome pas beau à voir couvre le haut de sa main droite.

– Qu'est-ce qu'il y a ? C'est la migraine ?

– Arrêtez ! Arrêtez ça ! hurle-t-elle.

Je la regarde sans rien pouvoir faire tandis qu'elle se balance d'avant en arrière, la tête toujours entre les mains.

L'image du verre brisé sur le sol de la limousine me revient. Est-ce que les suspensions dernier cri d'une limousine peuvent absorber le choc d'un impact avec… un humain ?

– C'est elle qui vous a renversée ?

Miryu se fige. L'air autour de nous semble s'immobiliser aussi. J'imagine la limousine conduite par Cooper la percuter dans le noir. Mais pourquoi seraient-ils partis, la laissant mourir dans le froid ? Ça n'a pas de sens.

– Ne t'approche pas de ces gens, murmure Miryu. Et de cet endroit. Ce n'est pas…

Elle se plie en deux, prise d'un haut-le-cœur.

Ce n'est pas *quoi* ?

– Qu'est-ce que vous voulez dire par *ces gens* ? et *cet endroit* ?

– Snow...

À l'instant où elle prononce cette syllabe, une bile verte jaillit de sa bouche et coule sur la couverture en peau.

Tout à coup, la docteure sort en trombe de la salle de bains, les cheveux trempés, en appelant Miryu. Derrière elle, la double porte de la clinique s'ouvre à la volée, et Cooper entre.

– Miryu ? répète-t-il, balayant la pièce des yeux. Ce nom me dit quelque chose.

Mon instinct me crie qu'il ne faut pas que Cooper la voie derrière les rideaux, donc je m'empresse de le mettre dehors.

– Pardon d'avoir été si longue, je gazouille, le tirant par le coude. Mais je suis prête, maintenant. Allons-y. (J'attrape le pot bleu sur la table en passant.) J'ai la crème ! Merci, docteure ! Au revoir !

Cooper ne cesse de se retourner au son affreux de Miryu qui vomit.

– Ça a l'air dur, dit-il alors que nous sortons enfin.

– Cancer de l'estomac. C'est terrible. Encore plus ici, vu qu'on n'a pas assez d'antidouleurs.

Cooper acquiesce d'un air sombre.

– C'est ce qui a poussé ma mère à se tuer. La douleur.

Je murmure un « désolée » gêné, avec l'impression d'avoir été démasquée.

– Quand j'étais à Snowglobe, j'y pensais tous les jours, continue-t-il. Et si elle avait tenu deux jours de plus, jusqu'à ce que je reçoive ma lettre d'acceptation ? J'aurais enfin pu lui obtenir de quoi la soulager.

Il laisse échapper un soupir résigné, et se tourne vers moi avec un sourire qui semble demander pardon pour avoir déversé son chagrin sur moi. Je me sens encore plus coupable.

On marche un moment en silence vers la sortie de la centrale. À la porte, je lui pose la question que j'aurais posée à Miryu en d'autres circonstances.

– La vie est vraiment merveilleuse à Snowglobe, pas vrai ?

Une main sur la poignée, Cooper me dévisage un instant.

– Absolument, répond-il enfin. Je ne dirais pas qu'elle y est sans souffrance. Mais il y a toutes sortes de remèdes contre la douleur là-bas, et en abondance.

– Est-ce qu'ils ont des antidouleurs qu'on fait infuser dans de l'eau chaude ? Comme des sachets de thé ?

– Tu auras la réponse à toutes tes questions une fois là-bas, lance-t-il avec un gloussement.

Et il lève un pan de sa cape pour se protéger le visage avant de pousser la porte.

De retour dans la limousine, je tourne et retourne dans ma tête la remarque de Cooper sur les antidouleurs. Haeri a-t-elle pris quelque chose avant de commettre l'irréparable ? L'absence de douleur aurait-elle rendu sa fin un peu moins affreuse ? Et… pourquoi s'est-elle suicidée ? À Snowglobe, qui plus est ? Et Miryu ? Pourquoi a-t-elle si peur de cet endroit ?

ET UN DE MOINS

– Nous y voilà, lance la voix de Cooper à travers le haut-parleur de la limousine.

Mme Cha ouvre son accoudoir et un téléphone en sort – un appareil ancien à cadran avec dix trous marqués de zéro à neuf. Il y en a un identique au bureau de l'usine, le seul et unique de tout le village, mais qui ne peut appeler que le bureau central.

Elle décroche, met un doigt dans le trou marqué zéro, puis fait tourner le disque vers la droite jusqu'au bout. Il retourne alors à sa position initiale avec une série de clics.

– Préparez-vous au décollage, dit-elle dans le combiné.

Soudain, la limousine est inondée de lumière, m'aveuglant à moitié. Quand mes yeux s'accommodent enfin, je suis stupéfaite de découvrir un énorme avion derrière la vitre. Je n'en avais jamais vu en vrai. Et ce n'est pas un de ceux qu'on utilise pour les voyages d'affaires ou les vacances. C'est un engin de transport militaire de l'Âge de Guerre, de l'époque où les civilisations se sont violemment affrontées sur toute la Terre, tandis que le climat changeait et devenait de plus en plus extrême.

– Ouvrez la soute, ordonne Mme Cha.

Une rampe se déploie à l'arrière de l'avion. La limousine se remet en marche, montant doucement dans l'espace obscur. On s'arrête, et la soute se referme avec un lourd bruit métallique.

Tout à coup, après un à-coup, l'avion se met à rouler à travers la plaine vide. Je meurs d'envie de sortir de la voiture pour regarder la vue pendant le décollage. Mais Mme Cha m'explique que, pour des raisons de sécurité, nous devons rester où nous sommes jusqu'à ce que l'appareil atteigne son altitude de croisière. Peut-être qu'elle ne veut tout simplement pas sortir, car il doit geler. Si c'est le cas, je ne lui en veux pas. Venant de Snowglobe, elle pourrait avoir une peur bleue du froid.

Le bruit du moteur devient de plus en plus fort alors que nous prenons de la vitesse, et je suis plaquée contre mon dossier par le décollage. Un instant, me voilà en apesanteur, et le suivant, nous volons. J'ai toujours l'impression d'avoir les oreilles sous l'eau quand le haut-parleur se met à crépiter pour nous informer que l'appareil a fini sa montée. Cooper descend de la voiture, nous ouvre la portière et, ébahie, je sors dans l'arche gigantesque. À l'avant, une paroi en verre allant du sol au plafond sépare la soute de la cabine – ou devrais-je dire l'appartement, tant elle est somptueusement meublée, avec salon et salle à manger luxueuse.

Je reste plantée là, bouche bée, et Mme Cha me passe un bras autour des épaules pour me guider jusqu'au mur de verre. Un capteur au-dessus de nous clignote en rouge, une fois, deux fois, et une porte vitrée coulisse, juste assez pour nous laisser entrer.

Mme Cha me pousse vers l'avant puis se tourne vers Cooper, quelques mètres derrière nous.

– Qu'est-ce que tu fais ? lâche-t-elle sèchement. Va ramasser le verre.

Cooper se fige, incrédule.

– Vraiment ? Il faut que je m'occupe du ménage, maintenant ?

– Tu dois prouver ta valeur. Enfin, si tu veux rester à Snowglobe.

– Pardonnez-moi, madame. J'y vais de ce pas, répond-il l'air penaud, et il repart en direction de la limousine.

Mme Cha me rejoint dans la cabine, et pendant que la porte se referme derrière nous, elle me montre un canapé crème qui fait face à la vitre.

– C'est la meilleure place, déclare-t-elle, me faisant signe de m'asseoir.

La meilleure place ? *Pour une vue imprenable sur la soute, peut-être,* me dis-je à moi-même. Pourquoi m'installer là alors que je pourrais regarder le ciel par le hublot ? Mais je fais ce qu'on me dit, puis Mme Cha attache gentiment ma ceinture et se dirige vers un interphone. Elle appuie sur un bouton et ordonne :

– Ouvrez la soute.

Je la regarde, perplexe. Elle vient de demander à Cooper de rester là-bas pour nettoyer le sol de la limousine. Un fracas assourdi retentit depuis le fond de l'avion dont l'arrière, à ma grande surprise, se rouvre. Un rayon de lumière déchire l'espace obscur. Épouvantée, je jette un œil à Mme Cha devant l'interphone, et son air impassible me glace le sang.

De l'autre côté du mur de verre, à l'intérieur de la voiture, Cooper passe la tête par la portière, pour voir d'où vient le bruit.

– Cooper ! je lui hurle.

Mais il n'a pas l'air de m'entendre.

Dans un accès de panique, j'essaie de me lever pour aller frapper contre la paroi et attirer son attention, mais je suis retenue par ma ceinture. Je crie et recrie son nom, me bats avec la boucle en métal, en vain. J'agite les bras comme une folle, tentant d'activer le détecteur de mouvement, mais la porte vitrée reste fermée.

– Cooper, je hurle à m'en donner envie de vomir. Revenez ! Vite !

L'air extérieur s'engouffre violemment, tandis que l'arrière de l'appareil continue de s'abaisser, faisant tanguer la limousine, et que la soute s'éclaire de plus en plus. Je peux voir le moment précis où Cooper prend conscience du danger. Sous le choc, il blêmit et regarde dans notre direction. Puis il passe à l'action. Il sort de la voiture et titube jusqu'à la paroi, plié en deux pour lutter contre l'aspiration de l'air.

– Madame Cha ! crie-t-il en frappant la vitre des deux mains. Ouvrez la porte !

Mais elle se contente de le regarder sans broncher. Il se décompose. Il a compris. La limousine derrière lui se met à reculer vers la gueule bientôt béante de l'avion, et je la regarde tomber de l'appareil en tournoyant frénétiquement, puis disparaître de notre champ de vision. L'aspiration à l'intérieur de la soute attire Cooper vers le vide. Il lutte pour rester debout, ses paumes vidées de leur sang tentant de trouver une prise sur la surface lisse et impitoyable du verre.

– Il paraît qu'il vaut mieux tomber que mourir d'hypothermie, suggère Mme Cha dans l'interphone.

Je ne peux pas détacher mes yeux de lui. Son visage se tord de rage, il se jette contre la paroi, hurlant et jurant. Mais ses efforts sont vains, le verre tient bon. Finalement, Mme Cha s'avance et s'arrête à quelques centimètres de son chauffeur, qui continue de griffer désespérément le mur entre eux.

– Merci pour tes services, dit-elle en levant une main dans un dernier adieu.

Trop tard pour la colère, la haine ou le dégoût. Dans les yeux de Cooper, les vaisseaux gonflent et rougissent, et à l'instant où une unique larme roule vers sa tempe, il est aspiré hors de l'avion, la bouche ouverte dans un hurlement muet.

En un clic, ma ceinture se détache d'elle-même. Je me relève tant bien que mal, mais mes genoux se dérobent et je m'effondre. Incapable de bouger, je reste prostrée sur le tapis, hébétée, à fixer l'endroit où Cooper se trouvait quelques instants plus tôt, suppliant pour sa vie. Au fond de la soute, la porte se referme, bloquant la lumière extérieure. De nouveau un grand bruit, puis le rugissement de l'air laisse place à un silence étourdissant.

Tremblante, je me tourne vers Mme Cha.

– Qu'avez-vous fait ?

Elle n'a pas l'air joyeuse. Son expression me rappelle celle d'Ongi, quand je me suis assise sans faire attention sur le mobile en papier qu'il avait passé tellement de temps à fabriquer en cours d'arts plastiques. Elle laisse échapper un soupir las et va s'asseoir dans un fauteuil en cuir près d'une table basse en marbre blanc, sur laquelle se trouve une bouilloire électrique.

– Tu peux t'installer où tu veux, maintenant.

– P-pourquoi vous l'avez tué ? je crache, d'une voix rauque.

Mes joues sont collantes de larmes et de crème anti-engelures. Même si je devais vivre mille ans, je n'oublierai jamais l'expression du visage de Cooper. Comment Miryu a-t-elle pu ? Tuer quelqu'un... pas une fois, mais neuf ?

– Il est arrivé au bout de son rôle, répond Mme Cha d'un ton détaché. C'était écrit.

Mon sang se glace. Qui est cette personne ?

Elle allume la bouilloire.

– Cooper parlait trop. Et il était faible. Pas le bon choix pour un rôle aussi substantiel.

– Alors vous l'avez tué ?

Elle me dévisage un instant.

– C'est dommage. (Elle s'approche et se penche sur moi.) Si Haeri ne s'était pas suicidée, Cooper serait encore parmi nous.

Mon cœur s'arrête. Ai-je bien entendu ? Je me répète ses mots pour m'en assurer, mais je me sens encore plus perdue. Elle est folle, et tout ça est complètement tordu.

– Viens prendre un café avec moi, reprend-elle.

Elle me tapote l'épaule et retourne à la table basse, où elle se met à broyer des grains de café avec un petit moulin manuel, comme si tout était normal.

– Est-ce que la même fin m'attend, moi aussi ? dis-je, m'efforçant de contrôler ma voix.

– Je croyais que tu voulais devenir réalisatrice, répond-elle avec un rire. Tu te souviens de notre marché ? Tu m'aides, puis je t'aide.

Je soutiens son regard autant que je peux, essayant de ne pas me laisser envahir par la sensation froide de terreur et d'impuissance qui s'abat sur moi. Mais je n'y arrive pas. Je ne peux pas retenir mes larmes.

– Oh, ma chérie. Pourquoi es-tu si contrariée ?

Pourquoi ? Tout ce que j'arrive à penser, c'est combien je la hais. Elle a tout gâché, pour moi, pour tout le monde.

– Je n'oublierai jamais l'expression de Cooper, je hoquette. Ça me hantera jusqu'à ma mort.

Je n'aurais jamais imaginé ressentir ça face à elle, mon idole de toujours.

Elle s'approche de moi, s'agenouille et me prend dans ses bras.

– J'avais peur que tu veuilles rentrer à la maison, souffle-t-elle.

Le soulagement dans sa voix est palpable. Et c'est là que je me rends compte, sous le choc, que ça ne m'avait même pas traversé l'esprit.

– Il y a des gens qui meurent tous les jours à Snowglobe, poursuit-elle en me caressant le dos. De meurtre, d'accident, de maladie, de vieillesse. Mais on ne peut pas tous les pleurer. (Elle marque une pause et me soulève le menton d'un geste doux, pour me regarder dans les yeux.) Et Cooper ? Quand l'as-tu vu à la télé pour la dernière fois ? La vie est trop courte pour regretter un has been comme lui. (Une autre pause.) Ne te sens pas coupable de penser à toi en premier. C'est comme ça que ça devrait être.

Ses mots me réconfortent, malgré tout ce que j'ai vu. Quand je m'arrête enfin de pleurer, je lui demande :

– Avez-vous vu les derniers instants de Haeri ?

– Pas encore.

Et je me souviens : bien sûr que non – j'avais oublié que même les réalisateurs n'ont pas accès aux images la première semaine après l'enregistrement.

– Allez-vous regarder ?

Elle ne répond pas immédiatement. Mais une expression de dureté s'installe sur son visage.

– Oui. Il le faut. Je suis la réalisatrice.

Oui. Comme pour tout ce qui s'est passé ces seize dernières années, Mme Cha visionnera le dernier acte de Haeri, capturé sous tous les angles possibles. Je peux l'imaginer examinant les images, l'œil sec. Est-ce étrange de ma part de penser que si elle peut le faire, ce n'est pas parce que la mort de Haeri ne l'a pas dévastée, mais parce que c'est une femme forte ?

Je me dégage de Mme Cha, chancelle jusqu'au fauteuil le plus proche, à côté d'un hublot, et me laisse tomber sur son coussin moelleux. Quand la cabine commence enfin à s'emplir de l'arôme de café fraîchement préparé, mes larmes ont complètement séché.

Mme Cha m'apporte une tasse, que je refuse d'un faible geste de la main.

– Bon, d'accord. Pourquoi ne dormirais-tu pas un peu ? (Elle s'assoit dans le fauteuil en face du mien.) Tu auras beaucoup à faire dès notre arrivée.

Elle sort un journal et l'ouvre en grand sur ses genoux, sirotant son café. Je pivote vers le hublot, vide et engourdie. Tout à coup, je pense à ma famille et mon cœur se serre.

– Ma famille croit que je suis partie à l'école de cinéma, je lâche d'une voix rendue stridente par la panique. Je vous jure, Mme Cha. Je ne leur ai rien dit !

– Je sais, dit-elle, tournant paresseusement les pages de son journal. Et à partir d'aujourd'hui, ta famille est celle de Snowglobe.

Partie 2

TOI

CHAPITRE 1

LA TERRE PROMISE

Chaque fois que je suis sur le point de m'assoupir, l'image des yeux injectés de sang de Cooper me réveille en sursaut. Au bout d'un moment, j'abandonne l'idée de dormir et regarde l'immensité vide du ciel noir d'encre. Les étoiles commencent à faiblir et avec la lumière de l'aube qui pointe, le noir passe peu à peu au violet. Je ne sais pas combien de temps s'est écoulé. Quand le ciel entier devient rose et que l'horizon au loin brûle d'un rouge incandescent, la voix dans le haut-parleur annonce notre arrivée imminente à Snowglobe. L'avion vire à gauche, et mes yeux tombent sur le dôme de verre en dessous, brillant dans les premières lueurs du jour. *Suis-je toujours sur la planète Terre ?* La vision est surnaturelle. Ce point géant est un cercle d'un vert intense, isolé au milieu d'une vaste plaine blanche.

L'avion descend et le point vert grossit, révélant un spectacle miniature de bâtiments, gratte-ciel et véhicules aux couleurs de bonbons, de la taille de fourmis rampant sur des autoroutes. Le cœur battant, je cherche l'école de cinéma, dont je peux reconstituer de mémoire le majestueux campus, après l'avoir étudié chaque jour dans la brochure affichée au mur de ma chambre.

– Qu'en penses-tu ? Ça te plaît ? me demande Mme Cha.

J'acquiesce, les yeux rivés sur la vue au-dehors. Je suis survoltée, mais je ne veux pas qu'elle le remarque, pas encore.

– Tant mieux, Haeri, dit-elle.

Sans le vouloir, je tourne la tête. Je ne sais pas comment le prendre.

– Eh oui. C'est toi, dorénavant, en public comme en privé, poursuit-elle en me couvant d'un regard chaleureux.

Mme Cha sortait à peine de l'école de cinéma quand on l'a mise aux commandes de *Let's Goh*. Je n'arrive pas à imaginer ce qu'elle a ressenti, après seize ans à suer sang et eau pour faire ressortir le meilleur de la star et de sa famille. Je ne suis qu'une fan, et j'arrive à peine à respirer quand je pense que Haeri est partie.

Toutes les séries de Snowglobe sont des émissions de télé-réalité non scriptées, donc personne ici n'est ce qu'on aurait autrefois appelé un acteur professionnel. La théorie derrière, c'est que même la meilleure fiction du monde n'est qu'une pâle copie de la vraie vie, et par conséquent, une forme inférieure de divertissement. Or regarder des gens ordinaires dans leur quotidien, ça n'amuse personne. C'est là que l'intervention d'un réalisateur de talent devient essentielle, à l'affût du drame et du suspense, et qui peut insuffler de la vie à ce qu'il y a de plus commun en choisissant les bons plans, puis en les assemblant en une séquence artistique cohérente et divertissante. Plus simplement, il prend le matériau brut qu'est la vie des autres et utilise sa vision créatrice pour le développer en une histoire vivante.

Néanmoins, malgré tout le talent et le travail investis dans une série, c'est l'audience qui va déterminer sa longévité ainsi que la carrière de son réalisateur. Si une émission attire moins de dix mille spectateurs en six mois, on l'arrête, peu importent ses prouesses artistiques ou socioculturelles, et les réalisateurs qui perdent cinq séries de cette façon sont expulsés de Snowglobe. On les envoie dans le village des retraités, un lieu dont on ne sait presque rien, hormis le fait qu'il existe quelque part en dehors du paradis sous verre.

Bien évidemment, la réalisatrice et son casting d'acteurs entretiennent une relation de symbiose dans la poursuite d'un but commun qui, fondamentalement, est de rester à Snowglobe. Enfin, c'est ce que j'ai appris en cours d'études sociales au lycée.

– Jeon Chobahm n'existe plus, reprend Mme Cha.

Je comprends ce qu'elle veut dire, mais ce n'est pas moins bizarre de l'entendre. Elle prend ma main et la serre doucement.

– Je te le promets, Haeri. (Le son de sa voix m'appelant par ce nom commence à effacer la fille qu'est Jeon Chobahm.) Tout va bien se terminer pour toi. Pour tout le monde.

Comme si c'était son signal, il y a une petite secousse, et l'avion atterrit.

Le dôme est une structure hermétique constituée de panneaux de verre trempé, il est impossible d'y faire voler un avion. J'enfile le chapeau, le masque et les lunettes noires que Mme Cha me tend, et la suis hors de l'appareil dans une nouvelle limousine noire et brillante qui nous attend sur le tarmac. Elle se précipite pour ouvrir la portière et me pousser dedans, puis elle prend elle-même la place du conducteur.

Agrippant le volant, elle jette des coups d'œil nerveux à travers les vitres très sombres du véhicule.

– Haeri, ma puce, tu peux te cacher ? dit-elle à travers le haut-parleur.

Son ton s'est nettement adouci depuis qu'elle a commencé à m'appeler par mon nouveau nom.

J'obéis, et me couche sur le côté, à l'abri des regards. La joue contre le siège moelleux, j'écoute le moteur ronronner tandis que Mme Cha conduit.

Rapidement, les bruits d'une ville animée filtrent dans la limousine. Mon cœur bondit. D'où je suis, je ne peux rien voir, mais les sons des voitures et des gens me confirment que nous sommes bien à Snowglobe.

Une série de piaillements familiers résonne chaque fois que la limousine s'arrête. Il me faut une minute, mais je comprends que ce que j'entends, ce sont les signaux des feux aux passages piétons que j'ai vus à la télé. À l'un de ces arrêts, une voix explique qu'elle aimerait qu'il neige pour Noël. C'est demain, ça passe tellement vite, répond une autre. Ensuite, il y a les aboiements excités d'un chiot. Apparemment, il vient d'apercevoir un congénère.

– Il faut qu'ils soient amis avec tout le monde, pas vrai ? lance l'une des maîtresses, un sourire chaleureux dans la voix.

– Oh, j'adore sa petite tenue ! chantonne l'autre humain. Le plus petit père Noël du monde !

– Haha. Merci. C'est ça, et il a même des bonbons dans les poches. Tenez, prenez-en, et joyeux Noël !

Une demi-heure passe avant que Mme Cha m'annonce que nous sommes arrivées chez elle. Peu de temps après, la limousine semble sursauter, et une plateforme rotative nous soulève du sol pour la garer.

Des routes pavées sans neige ni nids-de-poule, des passages piétons et des feux rouges, des gens qui promènent des chiots déguisés en père Noël, des étrangers partageant des bonbons, des maisons avec des ascenseurs à voitures… Je ne peux pas m'empêcher de sourire.

– Enfin à la maison ! annonce Mme Cha.

Je me redresse et sors de la limousine. Dans le garage couleur pêche, se trouvent deux autres voitures, rutilantes dans la lumière basse. C'est tellement grand qu'on pourrait y mettre toute ma maison. Mme Cha m'observe depuis une porte qui doit mener à l'intérieur, un sourire léger sur les lèvres.

– Commence à te rappeler les anciens épisodes, dit-elle. Ça t'aidera à t'habituer à ta nouvelle vie à Snowglobe.

– Vous pensez que ce sera suffisant ? je demande d'une petite voix.

Je croyais tout connaître de Haeri et de sa vie, mais je n'avais jamais imaginé qu'elle se suiciderait. Avais-je la moindre idée de qui elle était vraiment ?

– Selon vous, je saurai me comporter comme elle ? *Penser* comme elle ?

Il est un peu tard pour m'inquiéter, mais je ne comprends que maintenant que ce sera tout aussi important que mon apparence physique.

– Tout ce que je sais de Haeri vient de la télé, j'ajoute.

– Et c'est tout ce que tu dois savoir, répond Mme Cha sans attendre. Aie confiance en toi. J'ai confiance.

Étrangement, en ce moment, Mme Cha me rappelle ma maîtresse préférée à l'école, qui me disait toujours combien elle croyait en mon potentiel de future réalisatrice.

– Ça va aller, ma puce. Entre, on va se détendre un peu. Il n'y a pas de caméras dans les maisons des réalisateurs, mais ça, tu dois le savoir, non ?

Je murmure un oui, prends une grande inspiration et la suis à l'intérieur.

En entrant dans le salon, je suis immédiatement frappée par la vue plongeante sur la ville et son lac bleu étincelant. Je traverse la pièce jusqu'à l'immense baie vitrée, quand quelqu'un se met à crier.

– Haeri !

Surprise, je me retourne et vois une femme âgée qui se rue sur moi depuis le canapé, les bras ouverts. Sa tête… me dit quelque chose ?

– Oh Seigneur ! C'est vraiment toi, mon bébé ! s'écrie-t-elle, les yeux humides.

Mon cerveau en état de choc comprend enfin ce que voient mes yeux. C'est Goh Maeryung, la grand-mère de Haeri. Avec ses longues mèches poivre et sel enroulées en chignon au-dessus de son visage qui vieillit joliment, elle est l'image même de la beauté et de l'élégance naturelles. Son regard magnétique, encore plus charismatique en vrai, me saisit instantanément, et je la dévisage, entre émerveillement et incrédulité.

Il y a trente-neuf ans, Goh Maeryung, dix-neuf ans et enceinte de son premier enfant, est entrée à Snowglobe. Aujourd'hui, elle est mère de quatre enfants et grand-mère d'une petite-fille, et c'est la matriarche de la seule famille biologique multigénérationnelle d'acteurs sous le dôme.

– Comment s'est passé ton voyage ? Tu dois être épuisée, ma chérie. C'est une si longue route, roucoule Maeryung, me serrant contre sa poitrine.

Je ne peux pas m'empêcher de remarquer la douceur incroyable de son cardigan bleu ciel contre ma joue. Si elle est surprise de me voir habillée d'un sac à patates, elle ne le montre pas. Elle me tient à bout de bras et examine mon visage.

– Qu'est-ce qui t'est arrivé ? demande-t-elle, un pli soucieux apparaissant entre ses sourcils.

– C'est juste des engelures, je balbutie, complètement abasourdie par sa présence.

Maeryung se couvre la bouche d'une main, visiblement choquée. Je comprends alors que cette blessure banale est peut-être perçue comme rare et dangereuse ici, à Snowglobe.

– Des engelures ? s'écrie-t-elle. Sur ce joli minois ?

Je ne sais pas comment réagir. Malgré le sentiment profond d'intimité que j'ai développé vis-à-vis d'elle et de son clan à travers l'écran, devant l'actrice en chair et en os, je perds mes moyens. De son côté, Maeryung, qui n'avait jamais posé les yeux sur moi auparavant, n'a pas tant de scrupules. Elle me caresse les cheveux avec la tendresse qu'on témoignerait à sa vraie petite-fille, perdue et maintenant revenue.

J'esquisse un sourire maladroit, et Mme Cha laisse échapper un rire.

– Détends-toi, me dit-elle. C'est normal qu'une grand-mère chouchoute sa petite-fille, non ?

– Oui, bien sûr, madame Cha.

Alors comme ça, tout le monde prétend déjà que je suis Haeri – jusqu'à la grand-mère, qui doit être folle de douleur ! Il ne devrait pas y avoir des présentations ? Je sens la main de Maeryung me serrer l'épaule.

– Passons, lance-t-elle. Tes oncles et tantes ne sont au courant de rien. Dieu merci, il n'y avait que ta mère et moi à la maison.

Elle pousse un soupir de soulagement.

En plus de Haeri, la maisonnée de six personnes, présidée par Maeryung, comprend tous ses enfants : la mère, les deux tantes et l'oncle de Haeri. Son oncle, le plus jeune de la fratrie, est né à peine deux mois après elle. Quand la nouvelle de la grossesse de Maeryung à un âge avancé a été annoncée, elle a fait l'effet d'une bombe. De nombreuses personnes, y compris ma mère, ont levé les yeux au ciel, supposant que la matriarche vieillissante désespérait tellement de rester dans le circuit qu'elle a voulu faire de l'ombre à sa propre fille, dont la grossesse générait beaucoup d'attentes.

– Tu sais combien tes tantes et ton oncle t'aiment, ma chérie. Faisons en sorte qu'ils ne l'apprennent jamais, d'accord ?

Je la dévisage, déconcertée. Est-ce même *possible* de les tromper ? Les tantes et l'oncle ne sont pas des étrangers que je croiserais dans la rue, ni de simples fans. C'est la famille avec qui Haeri a toujours vécu. Peu importe à quel point je lui ressemble, s'attendre à ce que je ne sois jamais démasquée me paraît délirant.

– Grand-mère, dis-je, et la facilité avec laquelle les mots roulent sur ma langue me surprend.

– Oui, ma chérie, s'extasie Maeryung, heureuse de me voir prendre le pli.

– Grand-mère, je ne sais pas si on devrait cacher des choses à notre famille. Je ne crois pas que je puisse…

Un éclair de douleur jaillit du côté de mon visage, me coupant net la parole.

– C'est quoi, son problème ? crie Maeryung d'une voix stridente.

Il me faut un instant pour comprendre qu'elle vient de me frapper. Sonnée, je reste stupide, sous le choc de sa main ouverte giflant la chair à vif de mes joues brûlées par le froid.

Puis Mme Cha intervient, postée devant moi pour me protéger.

– Qu'est-ce que tu fiches ? lance-t-elle, envoyant un regard noir à Maeryung.

– Tu n'as pas entendu ? Elle sort des inepties avant même qu'on ait commencé. Qu'est-ce qu'on va faire d'une idiote pareille ?

– Et donc tu frappes ? Ça ne va pas, la tête ?

Maeryung ne bat pas en retraite.

– Ça t'ennuie, que je corrige ma propre petite-fille ?

Un éclair me transperce le cœur. *Je ne suis pas sa petite-fille. Et même si je l'étais, en quoi est-ce une correction ?* Maintenant, je tremble, submergée par l'adrénaline. J'ai envie de me défendre contre la vieille femme, mais que dois-je faire, si elle me frappe à nouveau ? La gifler à mon tour ?

– Corriger ? siffle Mme Cha. Prends garde, ajoute-t-elle en se penchant tout près de Maeryung. Enfin, si tu veux rester à Snowglobe. Il n'y a pas de place pour une vieille démente dans ma série.

– Chère réalisatrice, lâche Maeryung avec un rire qui sonne comme un aboiement. N'oublie pas que tu es arrivée jusque-là grâce au succès de ton grand-père. Moi, j'ai dû me battre seule pour chaque centimètre de mon ascension, puis lutter pour conserver ma position. Souviens-toi, ça va faire quarante ans que je suis dans le métier.

Sa voix déborde de la conviction que personne ne pourrait se mesurer à elle, pas même Mme Cha. En vérité, même si Mme Cha mettait sa menace à exécution et virait Maeryung, une actrice de son envergure aurait toutes les chances d'être récupérée par un réalisateur opportuniste.

– Tu n'en serais jamais arrivée là sans la charité de mon grand-père, réplique Mme Cha en ricanant.

Son regard d'ambre fixe Maeryung avec un avertissement : *Reste à ta place.*

Maeryung a été sélectionnée par le réalisateur légendaire Cha Guibahng, le grand-père de Mme Cha. Si sa famille est l'unique clan multigénérationnel de Snowglobe devant les caméras, celle de Mme Cha est son homologue de l'ombre.

– Qui parle de charité ici ? se moque la matriarche en retour. Ce n'est pas toi qui vis grâce à la chair de ma chair ? (Puis, se tournant vers moi, elle prend ma joue encore cuisante dans sa paume.) Pardonne-moi, ma chérie. Je n'aurais pas dû lever la main sur mon trésor.

Le changement brusque et total de son ton me fait reculer de dégoût. Mais elle se contente de me caresser le dos, et continue :

– Ta grand-mère est tellement remuée par ce qui s'est passé hier qu'elle n'est plus tout à fait elle-même.

C'est alors que quelque chose d'acide et brûlant monte en moi. Avant que je puisse me censurer, je repousse sa main d'un haussement d'épaules.

– Vous traitiez Haeri comme ça aussi ? Vous la frappiez, pour jouer les grand-mères aimantes juste après ?

Son visage se durcit, et je me prépare à encaisser un nouveau coup. Mais elle jette la tête en arrière et éclate d'un rire sincère.

– C'est bien ma petite-fille ! s'exclame-t-elle en me regardant fièrement. Oui ! Il faut de la trempe pour survivre à Snowglobe. (Les coins de sa bouche se soulèvent en un sourire sinistre.) Mais tu ne parleras pas à ta grand-mère comme ça devant les caméras, d'accord ma puce ? Haeri et grand-mère sont les meilleures amies du monde – depuis toujours. J'imagine que je ne te l'apprends pas.

Avant que Haeri ne soit choisie pour être la nouvelle présentatrice météo, elle voulait devenir styliste, pour suivre les pas de sa grand-mère chérie. C'est ça, la force du lien qui unit les deux femmes, ou du moins, c'est ce qu'on veut nous faire croire.

– D'accord grand-mère, je réponds à mi-voix.

– C'est bien, mon cœur, dit-elle d'un ton mielleux. (Puis elle prend ma main dans la sienne, la presse tendrement, et me regarde dans les yeux.) Maintenant, au travail.

– Oui, reprend Mme Cha. En tant que future Miss Météo, tu es invitée à la fête de Noël chez les Yibonn. Ce soir.

LE YIBONN MEDIA GROUP

Mme Cha me guide jusqu'à une salle de bains et ferme la porte. J'allume la douche et écoute le bruit de l'eau emplir la pièce. Quand la vapeur chaude commence à monter, je m'avance sous le jet, levant nerveusement les yeux vers un limiteur qui n'existe pas. À la maison, les douches à jetons déversent un filet d'eau tiède et s'arrêtent sans pitié quand le temps est écoulé. Au début, je me dépêche, mais peu à peu, les yeux fermés, j'ai la sensation d'être dans une cabine magique, sous une cascade réconfortante. *C'est donc ça qu'on appelle une* bonne *douche,* me dis-je. *La première de ma vie.* Je finis tout de même par couper l'eau, sortir et me sécher. Et cette serviette moelleuse... J'y enfouis un moment mon visage, pour apaiser mes nerfs à vif.

Enfin, j'enfile les sous-vêtements et le peignoir en soie que m'a donnés Mme Cha et la rejoins dans son dressing. Cette pièce, dédiée aux vêtements, accessoires et maquillage, est la norme dans toutes les maisons de Snowglobe, bien que son opulence dépende de la célébrité de ses occupants. Quel concept. Chez moi, on se contente d'empiler nos vêtements dans un coin gelé de la maison.

Sans surprise, le dressing de Mme Cha est gigantesque, encore plus spacieux que son garage. J'en admire tous les détails, quand mes yeux s'arrêtent sur une silhouette immobile qui m'observe depuis une coiffeuse richement décorée. C'est Goh Sanghui, la mère de Haeri. Contrairement à Maeryung, elle ne me saute pas dans les bras ni ne crie de joie ou de surprise. À la place, elle se raidit ostensiblement sur sa chaise. On m'a appris que c'est elle qui a découvert le corps de Haeri. Je ne sais pas quoi dire, et encore moins comment trouver la force de l'appeler *maman.*

– Comment… comment allez-vous ? dis-je, me recroquevillant à l'absurdité de ma question.

Sanghui ne dit rien, son regard opaque fixé sur moi.

– Allons, ma chérie… intervient Maeryung.

Je me retourne et vois la vieille femme entrer dans la pièce en marche arrière avec un plateau de petits sandwichs et des verres de jus d'orange.

– C'est quoi cette histoire ? « Comment allez-vous », à ta propre mère ? demande-t-elle avec un sourire.

– P… pardon.

Maeryung pose le plateau sur un comptoir au milieu de parfums et de produits de beauté et vient jusqu'à moi. Elle garde le sourire, mais il est clair qu'elle bout d'impatience. Elle m'attrape par les épaules et m'entraîne vers la coiffeuse, où elle m'assied près de Sanghui.

– Pardon ? répète-t-elle en se penchant, levant les sourcils dans le miroir.

– Pardon… je reprends. Je veux dire, c'était stupide de ma part, n'est-ce pas, grand-mère ?

– C'est bien, ma petite.

Sanghui prend un tube sur la table, en fait sortir le contenu transparent et visqueux dans sa paume, puis se met à l'appliquer sur son visage impassible.

– Haeri, mon cœur, tu dois mourir de faim. Mange ! lance Maeryung, et avant que j'aie le temps de réagir, elle approche un mini-sandwich de mes lèvres.

Comme par réflexe, j'ouvre grand pour accepter le morceau, quand un jet parfait de salive jaillit de ma bouche. Je baisse les yeux, consumée de honte. Maeryung, elle, semble satisfaite.

– Dis-moi, ma chérie, claironne-t-elle avec un éclat de rire, les sandwichs au saumon et à l'aneth de grand-mère, ce sont les meilleurs, pas vrai ?

J'acquiesce en silence. Du saumon fumé calé entre des tranches de concombre frais et du pain moelleux comme des oreillers. Cette combinaison exquise de saveurs et de textures ne ressemble à rien de ce que j'ai mangé auparavant. Au diable la honte, je tends déjà la main vers un autre carré, suivi d'un autre, et encore un autre, tout en jetant des coups d'œil à Sanghui, qui continue d'appliquer un assortiment de liquides et de crèmes de différentes teintes sur son visage. Pour ma défense, je n'ai rien avalé depuis le déjeuner hier, à part les deux gorgées de champagne dans la limousine. Je suis encore en train de mastiquer quand Sanghui parle pour la première fois.

– Il faudra que tu te maîtrises à la fête, dit-elle sèchement.

– Quoi ? je marmonne, la bouche pleine.

– On dirait que tu t'apprêtes à manger l'assiette avec, rétorque-t-elle, sans même me regarder.

Je sens le rouge me monter aux joues et déglutis avec grand bruit.

– Ce n'est rien, Haeri, intervient Mme Cha. (Elle a dû se glisser dans la pièce discrètement.) Tout le monde aime les filles avec un bon coup de fourchette. Mange devant la caméra.

Mais tout ce que je veux, c'est essuyer le saumon fumé sur ma bouche, et l'humiliation avec.

– Très réussi, dit Mme Cha à Sanghui, en contemplant mon reflet dans le miroir en pied. Tu n'as pas volé ton titre de meilleure maquilleuse de Snowglobe.

Même à mes propres yeux, je suis l'incarnation de Haeri, le visage encadré par les mèches folles d'une sublime perruque chocolat. Un maquillage expert cache les horribles morsures du froid sur mes joues et mon nez, sans parler des boutons et imperfections de ma peau. Et je ne sais pas ce que Sanghui a fait à mes lèvres éternellement gercées, mais elles sont maintenant pleines de vie. C'est de la magie.

– Tu penses toujours que je suis une vieille sorcière, chère réalisatrice ? la taquine Maeryung.

– Je ne renierai jamais les compétences de couture démentielles de notre dame Goh, concède Mme Cha, amusée.

Mal à l'aise entre ces femmes se félicitant de ma transformation, j'étudie mon reflet. J'ai les épaules nues dans une robe bustier jaune conçue et réalisée par Maeryung, à l'ourlet ample bordé de centaines de plumes qui descendent jusqu'au sol. Pour s'assurer que mon teint ait l'air parfait dans cette robe unique, Sanghui m'a même maquillé le cou, les bras et les mains. Pourtant, son dégoût était douloureusement palpable, car elle sursautait chaque fois que sa peau entrait en contact avec la mienne.

Maeryung me tend une paire de chaussures transparentes et je les prends, émerveillée par leur beauté.

– J'ai fait faire ces chaussures de verre sur mesure pour toi il y a un mois, dit-elle.

Elles ne sont pas en verre – pas vraiment. Elles sont sûrement faites du même matériau que les cuissardes de Mme Cha. Tout de même, je suis réticente à mettre mes pieds crevassés et pleins de cales dans ces élégants souliers. Il y a une demi-heure, Sanghui a refusé la suggestion de Maeryung de me faire un soin des pieds, affirmant que personne ne les remarquerait sous la robe. Cela sous-entendait qu'elle préférait ne pas avoir à s'approcher de moi à moins que ce ne soit absolument indispensable. Et qui pourrait lui en vouloir ? Peu importe ma ressemblance avec Haeri, je suis une parfaite étrangère qu'on lui a envoyée pour remplacer son enfant mort. L'aversion de Sanghui est naturelle. Ce qui ne l'est pas, c'est cette grand-mère, qui prend mon pied dans sa main et l'enfile dans la chaussure, gazouillant sa fierté pour sa petite-fille, la toute nouvelle présentatrice météo qui se rend à la fête de Noël des Yibonn.

– Elles te vont à merveille ! s'écrie-t-elle.

Et je suis forcée d'admettre que c'est étrange comme des chaussures faites sur mesure pour Haeri me vont bien. Je les contemple, désolée que ces fins souliers finissent sur mes pieds grossiers, mais Maeryung ajuste l'ourlet plein de plumes de la robe, qui tombe et les dissimule.

– Et voilà, déclare Mme Cha en serrant mon épaule. Tu dois te concentrer, maintenant. Reste alerte.

Alerte ? Je n'ai pas dormi une seconde depuis que j'ai été emportée dans ce tourbillon d'événements. Enfin, je suppose que tout ça m'a gardée sur le qui-vive.

– Mais ne t'en fais pas, poursuit-elle. Souviens-toi que la plupart des invités viennent d'arriver à Snowglobe.

Heureusement que le premier événement public auquel j'assiste en tant que Haeri est le banquet de Noël annuel pour les nouveaux acteurs. Bien qu'elle soit elle-même une actrice expérimentée, Haeri est aussi la future présentatrice météo, donc elle y est conviée à titre d'invitée spéciale. En d'autres termes, je serai surtout avec des gens qui ne l'ont jamais rencontrée en personne. En plus, la résidence privée des Yibonn est une zone sans caméras, hormis celles embauchées spécialement pour l'occasion, et toutes les images enregistrées seront revues par la famille avant d'être montrées au public.

Bien évidemment, aucun Yibonn n'est tenu de gagner sa vie en tant qu'acteur. Étant la famille fondatrice et gardienne de Snowglobe, les Yibonn sont exemptés des devoirs fondamentaux du commun des mortels, qui sont de participer soit à la production d'électricité, soit à celle du divertissement.

– En résumé, conclut Mme Cha, fais de ton mieux pour respecter l'étiquette que l'on a revue ensemble, et oublie tout le reste.

Si seulement c'était aussi simple. Elle m'observe avec un sourire satisfait, comme si j'avais pu absorber toutes les règles obscures qu'elle m'a énumérées pendant qu'on me relookait : le service se fait par la droite, dans le sens inverse des aiguilles d'une montre, en commençant par l'invité d'honneur. Les boissons arrivent depuis la gauche, dans l'autre sens. L'argenterie. Toujours commencer par l'extérieur et progresser vers l'intérieur pour chaque plat, etc., etc. Mais ce sont les titres de déférence qui m'inquiètent le plus.

– On s'adresse à la présidente et à la vice-présidente par leur titre. Leurs enfants et petits-enfants doivent être appelés Jeune Maître ou Jeune Maîtresse. Par exemple, pour Yi Bonwhe, leur héritier, ce sera Jeune Maître Bonwhe. Pour tous les autres, ce sera monsieur ou madame.

J'ai l'habitude de l'appeler *M.* Yi Bonwhe, puisque c'est comme ça que les journaux d'information le nomment. Mais *Jeune Maître* Bonwhe ? C'est aussi ridicule que *Bonwhe, mon chou, bébé, bebou* ou tous les autres surnoms gênants dont mes amies l'affublaient à la maison, y compris Yujin quand elle n'était encore que l'une d'entre nous.

– Je vous jure que je retiens tout ce que je vois à la télé, dis-je à Mme Cha. Mais apprendre par cœur, ça n'a jamais été mon fort.

Ça provoque un rire franc de Maeryung.

– Ça, c'est ma Haeri ! lance-t-elle, enchantée. Ne t'inquiète pas, ma chérie. Tout le monde sait la pression que ça représente de devenir la nouvelle présentatrice météo, et la plus jeune de l'histoire, qui plus est. Si tu penses que tu as fait une gaffe, montre-leur ton joli sourire et rejette la faute sur le stress.

Leur montrer mon joli sourire. Et comment je suis censée faire ça ? Je vois très bien ce dont elle parle, mieux que personne, mais je ne suis pas sûre que mes muscles faciaux soient capables de le reproduire.

– Maeryung a raison, renchérit Mme Cha, comme si celle-ci lui avait ôté les mots de la bouche. Tu peux casser de la faïence ou renverser ton champagne, peu importe, ça ira, tant que tu te rappelles qui tu es : Haeri.

Je hoche la tête, un peu hébétée, et je vois Sanghui me jeter des regards noirs dans le miroir, le visage tordu par l'amertume et le mépris.

DANS LE MIROIR

Le portail en métal s'ouvre et la limousine entre dans le magnifique jardin de la propriété Yibonn. À l'arrière, je souffle un léger « Waouh », incapable de contenir mon admiration, peu importe combien de fois je l'ai vu à la télé. Les dimensions en vrai sont tout bonnement incroyables.

Décembre. Même dans le climat tempéré de Snowglobe, ce mois marque le plus fort de l'hiver. Et pourtant, des jets d'eau montent des fontaines vers le ciel partout dans le parc. Oublions la saison. Le fait que de l'eau puisse exister à l'état liquide en extérieur est un miracle en soi.

La voiture s'arrête. Je reprends mes esprits et sors.

– Par ici, s'il vous plaît, dit un agent de sécurité avec un geste cérémonieux.

Je me tourne vers le manoir qui s'élève au-dessus d'un escalier massif, et j'hallucine de nouveau. L'ascension est longue jusqu'aux portes couvertes d'or.

Titubant dans mes nouvelles chaussures, j'escalade la première marche et entame prudemment la montée. Pas simple, de grimper avec ces talons, mais je prends le pli assez vite. Tout se passe bien jusqu'à environ la moitié, quand je pose un pied sur la marche suivante, et que ma cheville cède. Je bascule vers l'arrière en agitant les bras dans tous les sens comme un personnage de dessin animé et, par chance, je tombe dans ceux d'une autre invitée derrière moi.

– Je vous ai !

Brûlante de honte, je jette un œil à ma sauveuse. Et le visage que je vois me sidère. C'est ma meilleure amie, Yujin. D'une certaine façon, elle me connaît mieux que je ne me connais moi-même, ce qui signifie que c'est elle qui a le plus de chances de me démasquer ici.

– M… merci, je parviens à bredouiller, me redressant maladroitement.

Comment n'ai-je pas pensé que Yujin serait là, au banquet des nouveaux ?

– Pas de problème ! s'exclame-t-elle, enjouée. Mademoiselle Haeri, c'est ça ? Je suis une grande fan !

Argh. Je lui adresse un sourire plat et me retourne pour poursuivre mon ascension. Mais Yujin, toujours avenante, s'écrie :

– Félicitations pour votre nouveau rôle !

Je m'arrête et me retourne pour la regarder. Dans son élégante robe vert d'eau sous un pashmina jaune, ma meilleure amie est plus radieuse que jamais. La voir sur le point de se faire une place à Snowglobe m'emplit de fierté. Mais en repensant au visage de Cooper, comment pourrais-je l'exposer au danger en lui révélant ma véritable identité ? Elle ne doit pas le découvrir. Jamais.

– On va être en retard, mademoiselle Haeri. Dépêchons-nous.

Je réponds avec un autre sourire pincé, espérant lui montrer que sa compagnie ne m'intéresse pas, mais elle continue de bavarder.

– On a le même âge. Est-ce qu'on peut se tutoyer ? insiste-t-elle.

Je n'ai pas d'autre choix que de changer de stratégie. Haeri n'enverrait pas quelqu'un promener au milieu d'une conversation. Il faudra que je la sème après un peu de small talk.

– Alors tu as vu la vidéo d'annonce ? je lui lance.

– Bien sûr ! Et tous les épisodes de ta série, aussi. Jusqu'au jour où je suis partie de chez moi…

Elle lève ses mains à sa bouche et regarde autour d'elle nerveusement. Puis elle reprend en chuchotant :

– Mais je n'en dirai pas plus, évidemment. Je respecte la loi anti-spoiler.

Le fait que Haeri ait été nommée nouvelle Miss Météo signifie qu'elle est l'actrice qui a le mieux réussi cette année, donc le fait que Yujin exprime son admiration ouvertement est parfaitement acceptable. L'ascension de Haeri jusqu'à ce poste en fait une célébrité parmi les célébrités. En revanche, évoquer des éléments spécifiques de son émission, son nouveau régime par exemple, ou son portefeuille perdu qui a glissé sous son lit… Ce serait une grave violation de la règle anti-spoiler. C'est normal, n'importe quel acteur serait gêné qu'on lui rappelle sans détour que sa vie privée sert de divertissement à des millions d'inconnus, ses problèmes d'argent, son addiction, ses conflits conjugaux, ou même des meurtres. L'intervention d'un spectateur serait néfaste pour l'authenticité de l'émission. Donc les acteurs, et en particulier les nouveaux, doivent veiller à ne pas révéler les détails des séries qu'ils regardaient quand ils vivaient à l'extérieur.

– Comment fais-tu pour marcher si bien avec ces talons, je lui demande, soulevant ma robe au-dessus de mes chevilles et me concentrant pour gravir la marche suivante.

– L'entraînement, déclare-t-elle fièrement. Je n'ai pas sauté un seul jour ces deux derniers mois.

À leur arrivée, les nouveaux acteurs sont logés dans un internat pendant deux mois. Pendant cette période, on les encourage à abandonner leurs habitudes du monde extérieur et à les remplacer par les mœurs de Snowglobe, dont apparemment marcher avec des chaussures à talons. Cette période les aide aussi à se sevrer des séries qu'ils regardaient, pour ne plus courir le risque de laisser échapper des spoilers.

– Oh, au fait… enchaîne Yujin. Tu me croirais si je te disais que ma meilleure amie, chez moi, pourrait être ta jumelle ?

Mon cœur s'emballe, et je laisse échapper un rire gêné.

– Nan, dis-je en baissant les yeux. Impossible que ton amie ait une peau aussi parfaite que la mienne.

– C'est vrai. Il fait horriblement froid et sec d'où je viens. Pourtant, elle te ressemble *tellement*, jusqu'à ton air irrité quand tu n'as pas envie de faire la conversation.

Elle éclate de rire, et la culpabilité de ne pas pouvoir jouer mon rôle d'amie envers elle me ronge.

– Je lui disais toujours que si elle atterrissait à Snowglobe, poursuit-elle, il faudrait qu'elle évite à tout prix de te croiser. Si tu rencontres ton sosie, l'un des deux doit mourir ! Tu le savais ? Il ne peut en rester qu'un.

– Non, je ne savais pas, dis-je en m'efforçant d'avoir l'air convenablement amusée. C'est fou.

En vérité, ce mythe est déjà gravé dans mon cerveau, tant le sujet l'obsède.

– C'est vrai, ajoute-t-elle d'un ton sérieux. Un acteur qui se retrouve lié à son sosie, soit il meurt, soit il devient fou. Il paraît que chaque personne a deux clones.

On atteint enfin le haut des escaliers, et la vision de l'entrée principale m'évite d'avoir à répondre à sa théorie. Deux grooms sont postés devant une gigantesque double porte, et l'ouvrent à la volée devant nous. On se glisse dans le manoir, où s'étend un grand hall au plafond voûté. Une femme en smoking et nœud papillon blanc attend sous une bannière de fête qui parcourt toute la largeur de l'entrée.

– Bienvenue chez les Yibonn, nous salue-t-elle avec un sourire courtois et une révérence.

Elle porte un badge au nom de HAHN HUIYUN. C'est l'intendante.

Tous les employés du manoir Yibonn sont également des acteurs, évidemment, bien que la plupart du temps leur lieu de travail ne soit pas filmé. Certains trouvent que c'est très bien ainsi, tandis que d'autres considèrent cela comme un désavantage pour leur carrière.

– Laissez-moi vous guider jusqu'au petit salon, mademoiselle Haeri, dit l'intendante, et elle tend une main vers un escalier incurvé qui mène à l'étage supérieur.

Yujin comprend le message.

– À plus tard, alors !

Elle me fait un clin d'œil et glisse en direction de la salle de bal.

Je la regarde disparaître, et m'imagine réaliser une série dont elle serait la vedette, rêve que nous nourrissons ensemble depuis nos dix ans, gribouillant des story-boards et notant des idées de scénarios dans les marges de nos manuels, ou sirotant des chocolats chauds tout en feuilletant *Guide TV* à la recherche d'inspiration.

La voix de Mme Cha résonne de nouveau dans ma tête. *Je croyais que tu voulais devenir réalisatrice. Tu te souviens de notre marché ? Tu m'aides, puis je t'aide.*

Je souris intérieurement, revigorée. Si je fais mes preuves en tant que Haeri, notre rêve pourrait bien se réaliser.

En haut des escaliers, je suis l'intendante Hahn jusqu'à une porte fermée. Elle frappe doucement quelques coups, puis appuie sur un petit bouton doré sur le mur et annonce :

– Madame la présidente, Mlle Goh Haeri est arrivée.

Quelques instants plus tard, la porte s'ouvre et révèle Yi Bonwhe, debout derrière.

– Bonsoir, entrez, je vous en prie, dit-il en tenant la porte.

L'intendante fait une profonde révérence. Dois-je l'imiter ? Peut-être. Mais je n'ai pas digéré l'idée de m'incliner devant quelqu'un qui n'a qu'un an de plus que moi. Pareil pour le titre ronflant de Jeune Maître, que je tourne plusieurs fois dans ma bouche avant de décider de le laisser tomber.

– C'est un honneur de vous rencontrer enfin, je déclare à la place, d'un ton que je tente gai et gracieux à la fois.

– Enfin ? s'étonne-t-il.

Mince ! Distraite par le décorum de la haute société, j'ai oublié que Haeri connaît bien Bonwhe. En plus, Maeryung est la styliste personnelle de Yi Bonyung, présidente de la corporation et grand-mère de Bonwhe, donc elle s'est déjà rendue à divers événements officiels, ou non, organisés par le clan au fil des années.

– Je voulais dire… que je suis heureuse d'enfin me présenter à vous comme la nouvelle Miss Météo.

Je songe à placer un *Jeune Maître* pour arrondir les angles, mais les mots restent coincés dans ma gorge. Alors je force mes muscles faciaux à reproduire le charmant sourire de Haeri. Une lueur étrange passe furtivement dans les yeux de Bonwhe, qui examine mon visage. Mon cœur tambourine dans ma poitrine, et je suis sur le point de détourner le regard quand son expression disparaît.

– Bien sûr, répond-il avec flegme, et il recule pour me laisser passer.

Ai-je fait une bêtise ? Ou le jeune héritier est-il plus froid que ce que j'avais imaginé ? Il n'a pas souri une seule fois – pas même par politesse – ni n'a dit un mot pour me féliciter de ma promotion. Pourtant, les gens ont l'air de l'adorer. Et je ne peux pas dire non plus que je sois insensible à son charme. Dans son costume gris tourterelle coupé à la perfection, le garçon aux cheveux de jais est l'incarnation de la beauté masculine. Pris individuellement, ses traits sont ceux d'un bel homme, mais sur la toile de son visage, ils s'assemblent comme une œuvre d'art. À ce niveau de perfection, la rose rouge à sa boutonnière n'est qu'un détail.

– Merci, dis-je en entrant prudemment dans le petit salon.

C'est une pièce réservée aux réunions décontractées, où l'on boit du thé ou des rafraîchissements. Plus j'observe l'endroit, plus je suis frappée par son opulence. À elle seule, la quantité d'or ornant les murs suffirait à fondre une sculpture d'élan grandeur nature. Mes yeux continuent de se promener et, comme par un fait exprès, une tête de caribou avec une paire de bois majestueuse montée en trophée apparaît, me regardant d'en haut.

– Je suis heureuse de vous voir ici, mademoiselle Haeri, lance une silhouette assise à une table juste en dessous.

Je sursaute. C'est la présidente en personne.

L'incroyable beauté de Bonwhe ne sort pas de nulle part. Si son allure a la splendeur d'une rose rouge, sa grand-mère a l'élégance infinie d'un lys blanc. Et sa peau ? J'ai du mal à concevoir qu'elle a l'âge de ma grand-mère. Pour tout dire, elle a le visage plus lisse que la plupart des gens de chez moi, peu importe leur âge. Simple petit avantage de ne pas vivre dans un monde où, l'été, l'air atteint la douce température de -15 °C.

À quoi ressemble la vie d'une personne qui n'a pas à trimer dix heures par jour à la centrale électrique, ou bien à abandonner sa vie privée en échange de confort et de loisirs ? C'est une idée que je n'arrive pas à concevoir sur le moment, et je la réprime tout en pressant mes mains sur mon ventre et en me penchant vers l'avant pour manifester ma déférence.

– C'est un grand plaisir de vous voir également, madame la présidente, je réponds.

Tout en parlant, je m'imagine lui faire la révérence pour recevoir ma propre Médaille nationale des Arts, et j'ai le sentiment que le rêve est déjà devenu réalité.

Avec un sourire chaleureux, elle me fait signe de la rejoindre. Bonwhe prend place à sa droite et je m'assieds à sa gauche.

– Quel genre de thé vous ferait plaisir aujourd'hui ? demande la présidente.

Si je savais ! Non que ça ait de l'importance. Je ne pense pas pouvoir apprécier le goût de quoi que ce soit à cet instant. Mais ce serait un énorme faux pas de refuser l'hospitalité que m'offrent les Yibonn.

– J'aimerais beaucoup du thé à la rose, s'il vous plaît.

À mon grand soulagement, un sommelier de thé apparaît et se met à préparer ma commande. Du thé à la rose. Je n'étais même pas sûre que ça existe. Dans la panique, je l'ai inventé, inspirée par la boutonnière de mon voisin. Heureusement pour moi, il n'y a pas de requête trop extravagante pour le petit salon des Yibonn.

La présidente prend une gorgée de son propre thé et pose sa tasse.

– Félicitations pour votre promotion en tant que nouvelle Miss Météo, la plus jeune de l'histoire.

Puis, elle fait glisser sur la table jusqu'à moi une boîte à bijoux bleue et me fait signe de l'ouvrir. Intriguée, je la prends et m'exécute.

Je suis soufflée : une magnifique broche en or étincelant, avec une reproduction de Snowglobe gravée en son centre. Je n'avais jamais reçu de cadeau aussi époustouflant. Ça me fait du mal de l'admettre, mais à côté, tous les gâteaux d'anniversaire commandés par maman ne font pas le poids. Enfin, quand elle verra la broche, elle comprendra.

Non. Ce cadeau est pour Haeri, je ne le rapporterai pas à la maison. Mon cœur se serre et je remets le bijou dans sa boîte avant de fermer le couvercle, me sentant un peu prisonnière de mes mensonges.

– Merci, madame la présidente. Je la chérirai pour le restant de mes jours, je m'entends dire.

Le restant de mes jours ? Il ne reste qu'une année de pseudo-vie à Haeri.

– Elle ira bien avec votre châle, suggère-t-elle en souriant, et je devine qu'elle veut que je la mette maintenant.

Je m'empresse de ressortir la broche et tente de l'épingler à ma poitrine, mais ce n'est pas facile. Me voyant échouer à répétition, la présidente se tourne vers son petit-fils.

– Peux-tu l'aider, Bonwhe ?

Il lève sur moi son regard désabusé.

– Puis-je ? dit-il, et ses paroles de politesse dissimulent à peine son agacement.

Ses yeux semblent dire, *Regardez cette fille qui ne sait même pas mettre une broche sans assistance.*

– Oui, s'il vous plaît, je réponds, tentant de cacher mon malaise. Merci.

Le sommelier apparaît à côté de moi avec le thé à la rose, qui parfume l'air autour de nous de sa vapeur odorante. Le jeune héritier se lève de son siège et je recule le mien pour l'imiter, mais il me fait signe de rester assise. Puis, saisissant la broche entre ses doigts élégants, il se penche vers mon épaule gauche. Mon regard se perd dans le vide tandis que son souffle chaud glisse sur la vapeur du thé et me chatouille le visage.

La présidente nous observe l'air satisfaite, et nous explique que son cadeau de prédilection pour les nouveaux présentateurs météo a toujours été un costume sur mesure, mais étant donné que ma grand-mère est la meilleure couturière du monde, elle a décidé qu'il me fallait quelque chose de différent.

– C'est tellement attentionné de votre part, madame la présidente, je réponds, fixant mes yeux sur elle pour me distraire de Bonwhe, qui flotte à quelques centimètres de mon menton.

Finalement, il fait un pas en arrière pour admirer son travail.

– Ça me paraît bien.

Soudain, les portes du petit salon s'ouvrent et tout le monde se retourne vers la parade d'invités qui entre dans la pièce. Je devine que la plupart sont des membres du clan Yi, et parmi eux, le visage de Yi Bonshim, la vice-présidente de la corporation, me saute aux yeux.

Bien qu'elle soit *techniquement* prête à diriger l'entreprise, elle est souvent impliquée dans des scandales, ce qui explique pourquoi la présidente actuelle s'accrochera sûrement à son poste jusqu'à ce que son petit-fils soit en âge de lui succéder.

Les rumeurs les plus récentes à propos de Bonshim touchent à son nouvel amant, avec qui elle se préparerait à s'enfuir vers un lieu secret hors de Snowglobe. Aujourd'hui, cependant, un sourire figé sur les lèvres, elle fait son entrée dans le petit salon au bras de son mari, comme une démonstration d'harmonie conjugale.

Le couple s'avance vers notre table, et Bonshim m'adresse un regard froid avant de détourner les yeux avec un mépris délibéré.

Les autres personnes venues avec elles, y compris son mari, tiennent toutes à me présenter leurs félicitations, et malgré mon cœur qui bat la chamade, personne ne semble se douter qu'ils parlent à une doublure.

Nous ne restons dans le petit salon que le temps de nous saluer, avant d'être appelés à la salle de bal pour le banquet. Je prends un instant pour m'excuser et fuis aux toilettes pour une vérification de dernière minute, et pour retrouver mon courage. Ces toilettes, elles aussi scintillantes d'or, sont bien des toilettes Yibonn. Mais je n'ai plus l'énergie de m'amuser à imaginer des sculptures de caribou. Tout à coup, j'ai chaud, je me sens lourde et incroyablement fatiguée. C'est comme si je me faisais aspirer par des sables mouvants vers le centre de la Terre. Est-ce le thé à la rose ? Ou le manque de sommeil ? Mon cœur tambourine dans mes oreilles, mes coudes et mes genoux. Est-ce mon imagination, ou mon front est-il de plus en plus brûlant ?

Heureusement, mon reflet dans le miroir est toujours l'image parfaite de Haeri, et le maquillage habile de Sanghui cache la fatigue qui progresse. Si quelque chose a changé, ce sont mes joues rouges, qui ne font que rehausser la vitalité de Haeri.

C'est là qu'une idée étrange me vient. Et si c'était la vraie Haeri qui me regardait de l'autre côté du miroir ? Levant une main, je la tends lentement vers mon reflet, m'attendant à rencontrer une surface dure et froide. Mais le verre cède sans résistance, et absorbe le bout de mon index.

Je sursaute et fixe la glace. Mes propres yeux écarquillés me renvoient mon regard. Je ne suis pas en train de m'endormir, si ? Ce n'est pas bon. Pas bon du tout. Les murs dorés se mettent à tourner autour de moi, comme dans un rêve. Comment vais-je tenir jusqu'à minuit ?

MISS MÉTÉO

Me sentant toujours étrangement chaude, je parviens tout de même à reprendre mes esprits, et je m'en vais rejoindre la salle de bal. En tant qu'invitée d'honneur, je suis placée à côté de Bonwhe à la table VIP sur l'estrade, et on me guide jusqu'à mon siège tandis que la présidente conclut son discours. Elle lève son verre de champagne pour un toast, suivie par toute l'assistance.

Je soulève aussi ma coupe.

– À la date où, pendant l'Âge de Guerre, les gens célébraient la naissance de l'enfant Jésus, nous célébrons la renaissance de chacun d'entre vous en tant que résidents de Snowglobe, termine la présidente.

Ses mots me passent au-dessus de la tête alors que je balaie les tables des yeux, et j'aperçois Yujin assise en dessous de nous, montrant ses dents parfaites dans un sourire de pur enchantement. Je ne peux pas m'empêcher de faire de même, mais elle me voit la regarder et par réflexe je détourne le visage, pour affronter le profil impassible de Bonwhe. Je l'esquive, les orteils me picotant dans mes chaussures.

– Et maintenant, je suis heureuse d'accueillir notre invitée d'honneur, la nouvelle Miss Météo de Snowglobe : Mlle Goh Haeri, annonce la présidente.

Je me lève sous un tonnerre d'applaudissements et fais la révérence à l'océan d'acteurs devant moi.

– Merci, madame la présidente, et félicitations à vous tous ! (Je suis transportée par une nouvelle vague d'applaudissements et de cris.) C'est merveilleux de vous voir si nombreux !

À Snowglobe, le concept de météo est un peu différent. Ici, les phénomènes naturels comme le vent, la pluie et la neige sont artificiels. Cela signifie que le ciel bleu azur, ou les couchers de soleil orange, roses et violets ne sont qu'une projection sur le toit de verre au-dessus de nous. C'est la présentatrice météo qui tire les prédictions au sort pour tout le monde, que ce soit un ciel clément ou bien des vents violents et des averses de grêle. Le tirage quotidien, diffusé en direct pendant le journal du soir, se fait avec plusieurs tambours de loterie, chacun représentant un paramètre atmosphérique différent, comme la température, l'humidité, et la direction du vent. Le rôle de la présentatrice est de plonger la main dans les tambours et de piocher l'une des dizaines de balles qui tournent à l'intérieur pour déterminer le temps du lendemain. Il va sans dire que le tout est programmé pour que la météo générée ne soit pas trop aléatoire. En d'autres termes, pas de neige en juillet ni de canicule en février.

Mais le plus intéressant, c'est que ce sont les gens ordinaires vivant dans le monde extérieur qui attendent avec le plus d'impatience de découvrir le tirage du jour.

Demain, les maximales tourneront autour de -1 °C...

La saison des allergies est arrivée ! La concentration de pollen dans l'air restera élevée...

Demain s'annonce une très belle journée pour les amateurs d'activités en extérieur...

Qu'est-ce que ces prévisions peuvent bien nous faire, à nous autres, de toute façon coincés dans la grisaille d'un hiver perpétuel ? On peut se le demander. Eh bien, elles inspirent l'espoir et le rêve de vivre à Snowglobe. Et que serions-nous sans espoir ?

Même si la météo a toujours eu beaucoup d'audience, le statut du présentateur a explosé quand Bonyung est devenue présidente et a commencé à transformer l'entreprise pour faire passer sa croissance à la vitesse supérieure.

L'un des grands changements a été la création du Prix de l'acteur de l'année. Le gagnant est annoncé chaque mois de décembre, et couronné présentateur météo pour l'année suivante. On récompense ainsi les spectateurs en leur permettant de voir leur personnage préféré en direct à la télé tous les jours, et on honore aussi l'acteur, qui obtient le statut de résident permanent à Snowglobe. C'est de très loin le meilleur prix qu'un acteur puisse remporter, puisque cela signifie que sa survie ne dépend plus de ses scores. Il peut alors rester à Snowglobe aussi longtemps qu'il le souhaite, longtemps après que sa série touche naturellement à sa fin et tombe dans l'oubli.

Ce n'est que maintenant que je comprends à quel point la décision d'intégrer le Prix de l'acteur de l'année dans la cérémonie de bienvenue annuelle est rusée. Tous ces acteurs savent qu'ils peuvent toucher le jackpot, et voir Haeri ce soir les aidera à ne pas l'oublier.

J'examine la marée de personnes qui applaudit toujours devant moi, leur visage rayonnant d'espoir et d'admiration. Même si je sais que ce triomphe est en vérité celui de Haeri, je m'autorise à le savourer, souriant d'une oreille à l'autre.

– Merci. Merci.

Moi, Haeri, j'incarne le brillant symbole de l'espoir dans leur nouvelle vie, et cette prise de conscience me donne du courage. Peut-être que je suis plus prête que je ne le pensais à prendre le premier rôle, après tout.

Je survis sans trop de problèmes au dîner élégant qui suit le toast, me rappelant le cours accéléré de Mme Cha. Si j'oublie quelque chose, je le copie furtivement sur Bonwhe, à côté de moi. Mais des amuse-bouche au dessert, je ne peux rien avaler. Je suis tellement épuisée que j'ai l'impression que mon corps se transforme en un tas de plomb fondu, et plus la nuit avance, plus je me liquéfie.

Quand le festin s'achève enfin, je descends de l'estrade avec les membres exécutifs pour rencontrer les nouveaux acteurs. Tout le monde est pressé de saluer les gros bonnets, et Bonwhe, en particulier, est très demandé. Je regarde des jeunes femmes aux yeux écarquillés se ruer sur lui, se bousculer dans l'espoir même du plus bref échange. La fête va bientôt commencer, et peut-être que l'une d'entre elles aura la chance de danser avec lui. Quelqu'un me tapote l'épaule et je me retourne d'un bond. C'est Yujin, qui me sourit timidement.

– Tu pourrais me montrer quelques pas ? demande-t-elle. J'ai eu des cours de danse au centre d'entraînement, mais un petit rappel ne me ferait pas de mal.

Je ne sais pas comment la repousser gentiment. Ce n'est pas que Mme Cha ait oublié de me préparer pour le bal. Elle a essayé de m'enseigner les pas de base, mais elle a été vaincue par le temps et mon peu de talent. D'où le plan B : elle m'a conseillé de ne pas trop me montrer pendant la partie dansante de la soirée en me cachant dans l'une des salles de bains. Mais Yujin m'a attrapée avant que j'aie le temps de m'enfuir.

– Je ne voudrais pas marcher sur les pieds du Jeune Maître, poursuit-elle. Tu comprends ?

Son regard se perd dans le vide tandis qu'elle observe Bonwhe, entouré d'une horde d'admiratrices.

Jeune Maître ? Qui est cette fille ? Qu'est-il arrivé à « Bonwhe, mon chou », le surnom qu'elle lui donnait tout le temps à la maison ?

– Bien sûr, je sais qu'une histoire d'amour peut partir d'une petite gaffe rigolote, continue-t-elle, joignant les mains devant la poitrine, comme en prière. Mais je ne supporte pas l'idée que mes pieds éraflent une telle œuvre d'art.

Je ne connais que trop bien ces sentiments envers Bonwhe, et je l'aiderais si je pouvais, mais je ne suis pas la vraie Haeri. À la place, j'attrape le premier garçon qui passe et le pousse vers elle.

– Tu apprendras plus vite avec un partenaire, dis-je, certaine d'avoir trouvé une astuce géniale pour me débarrasser d'elle.

Mais le type enroule son bras autour de la mauvaise taille : la mienne. Avant que j'aie le temps de réagir, il me tire vers lui et attrape ma main droite dans sa main gauche, prêt à danser, sourire aux lèvres.

– À votre service, lance-t-il, et il se met à me guider.

– Quoi ? Attends ! je proteste en vain. La musique n'a même pas commencé !

– C'est parfait pour s'entraîner ! rétorque-t-il.

Je n'y connais rien à la danse, mais je sais comment Haeri se comporterait à ma place. Toujours digne, elle se prêterait au jeu avec grâce, rythmant ses pas sur ceux de l'audacieux inconnu. Elle le mettrait peut-être même au défi, en lui disant quelque chose du genre : « Eh bien, d'accord. Montre-moi ce que tu sais faire. »

Alors je le laisse mener, m'accrochant à sa main de toutes mes forces. J'imagine qu'en maximisant mon temps dans l'air entre les glissades et les balancements, je devrais pouvoir réduire le risque de lui marcher sur le pied ou de trébucher. Yujin suit mes pas incohérents avec une concentration intense. Quand je lève les yeux sur mon partenaire, il affiche un sourire malicieux.

– Pas tout à fait la danseuse que j'espérais, remarque-t-il. C'est un truc de la caméra ?

Je frémis, mais j'entrevois une chance de m'en sortir et je la saisis. Je pince les lèvres pour prendre un air désapprobateur, marque une pause, et enfonce mon talon dans son pied gauche. Il pousse un cri perçant.

– Veuillez respecter la loi anti-spoiler, je vous prie, lui dis-je droit dans les yeux.

– Quoi ? souffle-t-il, l'air indigné. En quoi c'est un spoiler ?

Soudain, le voilà qui soulève ma robe et se baisse pour inspecter mes pieds.

– Vous avez des vrilles à la place des talons ou quoi ?

Ça me met hors de moi. Sans réfléchir, je lui envoie mon genou dans le menton, oubliant où je suis et qui je suis censée être. On entend distinctement le « clac » de sa mâchoire qui se ferme, suivi d'un gémissement. Yujin observe la scène, bouche bée, mais heureusement, la salle est bruyante : tout le monde semble absorbé par Bonwhe et Bonshim, qui continuent leur tournée.

Le type se contente de me jeter un regard et s'enfuit sans un mot de plus, les oreilles rouge vif.

– Merde ! s'exclame Yujin, s'empressant de me rejoindre. Comment un mec aussi flippant a pu entrer à Snowglobe ?

Elle tire la langue à la silhouette du garçon qui disparaît. J'ai le cœur qui bat à cent à l'heure, mais je hausse simplement les épaules.

– Ces types ne sont là que pour causer des problèmes.

Yujin penche la tête de côté et me regarde longuement.

– C'est très bizarre, dit-elle. Même quand tu parles, on dirait mon amie, celle qui te ressemble tant.

Je réponds par un rire gêné et enchaîne en disant que celle-ci doit être vraiment intelligente. Mais la soirée semble s'éterniser, et je suis épuisée. J'ai chaud, aussi, comme si je bouillais.

Alors que de plus en plus de monde envahit la piste de danse, je me faufile hors de la salle de bal. J'ai l'impression qu'on a allumé un feu à l'intérieur de moi, et je dévale le long couloir vide en direction de la salle de bains, quand une voix devant moi m'arrête net.

– T'y crois, toi ? s'écrie quelqu'un. (Son timbre familier me met instantanément en alerte.) Elle était toute gentille, la joue contre mon torse – et *bam !* Elle a enfoncé son talon pointu pile dans ma chaussure !

C'est mon partenaire de danse mal élevé, qui vient de prendre un virage pour s'engager dans le couloir en face de moi, avec un autre type.

– Elle l'a fait exprès, c'est sûr, poursuit-il. Probablement qu'elle ne voulait pas passer pour une fille facile.

Oh, comme j'aimerais lui envoyer mon autre genou dans le menton. Mais je ne vais pas chercher les ennuis. Pas ce soir. Serrant les dents, je balaie rapidement le couloir des yeux. À ma droite, le mur, et à ma gauche, un autre couloir sombre, fermé par une corde en velours. Je n'ai pas le choix. J'enjambe la corde, me plaque contre le mur, et dans la foulée, je perds une chaussure. Le fichu soulier est resté par terre à côté du poteau en cuivre. Je songe à le récupérer, mais trop tard. Je ne peux pas prendre le risque d'être vue ici, cachée comme une voleuse. Je retiens ma respiration, et prie pour que le crétin qui approche ne le remarque pas. Mais évidemment, il le voit. Il s'arrête, le ramasse, réfléchit un moment, puis crie mon nom.

J'observe son ombre au sol tandis qu'il passe la corde, et je m'écrase un peu plus en glissant en crabe le long du mur. Je m'enfonce dans le noir. Là, comme par miracle, un autre couloir s'ouvre à moi. Je tourne et accélère le pas.

– Hé ! j'entends derrière moi. C'est vous, Haeri, n'est-ce pas ?

La voix du garçon diminue à mesure que j'augmente la distance entre nous, et le cliquetis régulier de mon unique chaussure résonne comme des coups de feu dans l'obscurité. Si seulement j'arrivais à le semer, ces couloirs seraient une cachette idéale pour le reste de la soirée. Je m'arrête, enlève ma chaussure et repars en courant.

À gauche, à droite, puis encore à droite. J'essaie de mémoriser le chemin. Malgré la fatigue, je suis soulagée de remarquer que courir sur un sol en marbre est une promenade de santé, comparé à une pénible progression dans la neige. Mes pieds rebondissent comme sur des ressorts. Si j'étais à peu près en forme, je suis sûre que je pourrais continuer comme ça pendant des jours.

Au bout d'un temps indéterminé, je me rends compte que je n'entends plus le type. Mais prudence est mère de sûreté. Ralentissant à peine, je jette un œil par-dessus mon épaule. Il n'y a qu'un couloir vide qui s'étend dans le noir. Je l'ai semé, c'est sûr.

Quand je me retourne vers l'avant, je me retrouve face à un miroir qui scintille à quelques mètres à peine. Je pile, mais pas assez vite. Je n'ai pas le temps de me protéger le visage. L'élan m'envoie droit dans la glace, en plein dans mon reflet terrifié.

UN BOUT DE SECRET

Tout s'est passé tellement vite, je n'ai même pas eu le temps de fermer les yeux. J'ai percuté le miroir la tête la première, voyant déjà le verre me découper en lambeaux. Or tout à coup, me voilà absorbée dans l'obscurité totale, sans une égratignure.

Que s'est-il passé ? Je l'ai imaginé ?

Le cœur toujours à cent à l'heure, je tends la main, et le bout de mes doigts touche ce qui ressemble à un bouton. Sans réfléchir, je le presse, parce que ça sert à ça les boutons, pas vrai ?

Soudain, il y a un tremblement, suivi d'un instant d'apesanteur. Le sol se dérobe sous mes pieds et je chute à une vitesse vertigineuse. Traversée tout entière par la panique, je n'arrive même pas à crier. Subitement, tout est de nouveau immobile. Je suis accroupie par terre, le souffle coupé. Quand je lève enfin les yeux pour jeter un œil terrifié alentour, je suis surprise de constater que je suis dans le couloir sombre que je viens de quitter, une chaussure à la main.

Je me relève en titubant, et décide de revenir sur mes pas vers le couloir principal, mais je prends alors conscience d'une légère vibration continue qui parcourt le sol sous mes pieds. Je baisse les yeux, et je suis de nouveau déconcertée de distinguer du parquet. Où est passé le marbre ? Pourquoi est-ce que je meurs de froid, tout à coup ? J'ai la chair de poule. L'air est devenu mordant, presque aussi hostile qu'à la maison.

Je renfile mon unique chaussure, pour isoler mon pied nu du sol glacé. Je sais que par ce genre de froid, ma plante finira collée au plancher en quelques minutes. Et merde. C'est ce crétin qui a mon autre chaussure.

Mes pensées se bousculent. Si j'ai enchaîné les gaffes jusqu'à m'échapper du manoir, où suis-je maintenant ? Peu importe, il faut que je trouve la sortie et vite, parce que j'aurai de la chance si je survis plus de cinq minutes ici, dans cette robe de bal à plumes.

Je distingue un minuscule rayon de lumière s'échappant du bout du couloir. Sans hésiter, je me jette dans sa direction, frottant furieusement mes paumes contre mes bras pour tenter de générer un tant soit peu de chaleur.

– Bonjour ! Il y a quelqu'un ? je lance, observant mon souffle s'élever en nuage dans l'obscurité glacée. Personne ? S'il vous plaît ?

J'avance vers la lumière, le froid piquant mes mains et mes pieds comme des aiguilles. Quand j'atteins enfin le bout du couloir, ce que je découvre achève de me glacer le sang.

Trônant là, dans une lumière aveuglante, se trouve un énorme puits de verre épais, à l'intérieur duquel je distingue un gigantesque réseau de roues actionnées par des humains. Je sais de quoi il s'agit : de la production d'électricité.

Mais alors que les roues de la centrale où je travaillais étaient lisses, de taille uniforme et disposées en cercles concentriques autour du moteur central, celles-là sont de tailles variées, dentelées, et organisées de façon plus ou moins verticale à l'intérieur du puits de verre haut comme un immeuble de quatre étages. On dirait un aquarium géant, si on échangeait les poissons colorés scintillant dans l'eau contre des travailleurs suant dans des uniformes crasseux. Immobile, assourdie par le profond vrombissement du moteur central, je saisis. On dirait un camp de prisonniers.

Après tout, Snowglobe est peuplée d'humains faillibles. Il lui faut une institution correctionnelle où les criminels dangereux sont incarcérés et rééduqués. Bien sûr, l'enfermement n'a lieu que si l'accusé est jugé coupable d'un crime passible d'emprisonnement.

Miryu s'est fait attraper une fois par la police de Snowglobe, mais elle a été relâchée faute de preuves. Il y a peut-être plus de caméras que d'habitants ici, mais l'accès aux images brutes est strictement réservé aux réalisateurs, donc la police doit recueillir témoignages et preuves à l'ancienne.

Si c'est bien la prison de Snowglobe, c'est avant tout une centrale électrique – seulement, les condamnés y mènent une vie encore plus morne que les citoyens libres de l'extérieur, si tant est que ce soit possible.

Autre information digne d'intérêt : être incarcéré ne libère pas un acteur du regard des caméras. Parce que les séries carcérales sont même systématiquement des succès, de nouveaux styles de prisons sont développés régulièrement pour ne pas lasser les spectateurs. Pourtant, je n'ai jamais rien vu de tel à la télé.

– Oh hé ! je crie en frappant contre la vitre. (Le contact me brûle la peau et je retire ma main.) Laissez-moi entrer, s'il vous plaît !

Jamais de ma vie je n'ai autant voulu être à l'intérieur d'une prison, mais personne ne regarde dans ma direction.

– À l'aide ! S'il vous plaît !

Ma voix est noyée par le bruit des roues. De plus en plus affolée, je tente d'attraper un regard, agitant les bras et frappant des poings contre le verre. Enfin, quelqu'un se tourne vers moi. Un homme avec un cœur rose tatoué sous son œil droit. J'essaie d'attirer son attention, mais ses yeux vitreux passent à travers moi.

– Excusez-moi ! je lui hurle. S'il vous plaît… Vous me voyez ?

Son regard se perd dans le vide. Il ne cille même pas. Désespérée, je me déplace le long de la courbe du mur de verre, pour tenter d'apparaître dans le champ de vision de quelqu'un.

– Laissez-moi entrer ! Je vais mourir de froid !

Je tremble tellement que mes côtes me font mal, et je ne sens plus mes poings. Je fais le tour de la structure, à la recherche d'une porte, d'une ouverture.

– À l'aide… S'il vous plaît…

Je me sens ralentir, mes poumons se serrent à chaque inspiration d'air gelé. De l'autre côté, personne ne me remarque. Et soudain, une pensée : qu'arrivera-t-il à Haeri si je meurs ici ?

Disparition mystérieuse : où est passée Haeri depuis la fête de Noël chez les Yibonn ?

Un titre comme celui-là rejoindrait le top dix des mystères non résolus du siècle. Cela voudrait dire que Mme Cha n'aurait plus à cacher la mort tragique de Haeri. Certes, sa disparition n'apporterait pas de vraie conclusion, mais pas le choix, ça devra faire l'affaire.

Le froid m'oppresse. Je ne sais pas combien de temps je pourrai tenir. L'idée d'abandonner commence à poindre, comme c'est arrivé la nuit dernière dans la tempête. Ce serait tellement plus facile de me laisser aller, mais je ne peux pas faire ça à maman, grand-mère et Ongi. Je revois leur visage, et je retiens ma respiration pour arrêter les larmes qui, gelées, me glaceraient les yeux.

Rassemblant ce qui me reste de forces, je me retourne et remonte péniblement le couloir obscur. Si je ne peux pas rejoindre les prisonniers, alors je dois retrouver le chemin du manoir.

J'ai fait dix ou vingt pas, quand je remarque un autre miroir posé contre un mur en pierre, brillant dans le noir à quelques mètres de là.

En temps normal, j'en aurais conclu que je suis prise au piège comme un animal, qu'il n'y a rien que je puisse faire pour me tirer de là. Mais pas ce soir. Je m'approche et lève une main tremblante vers la glace. Comme la dernière fois, mes doigts plongent à travers la surface. Soudain, j'entre en entier, les yeux fermés cette fois-ci. Où vais-je atterrir ? De retour dans le couloir en marbre ? Dans un endroit encore plus hostile ?

Aah... Une merveilleuse chaleur m'enveloppe. J'ouvre les yeux, et je vois que je suis dans la salle de bains couverte d'or du petit salon des Yibonn. Un *merci* magistral sur les lèvres, je ferme la porte à clé et m'allonge sur le sol en marbre chauffant. Étalée de tout mon long, je roule, passant du dos au ventre pour absorber la chaleur, gloussant de la simple joie d'être en vie, gloussant comme je le fais quand maman me masse les mollets après une longue journée de travail.

Puis la poignée de la porte s'agite, et je saute sur mes pieds. Mon pouls s'accélère quand elle bouge une nouvelle fois. Plus fort, plus impatiemment.

– C'est occupé ! je m'écrie, agacée.

On n'a même pas frappé ! Je lève les yeux au ciel et m'observe rapidement dans le miroir. Pas mal. Pas mal du tout, même. Mon maquillage tient bon, mis à part les petites fissures apparues sur mes lèvres depuis leur dernier cycle gel-dégel. Je tends une main vers la jolie pile de serviettes sur le lavabo quand, à ma grande surprise, la personne à l'extérieur se met à tambouriner à la porte.

C'est quoi son problème ? Elle est si pressée que ça ?

– Juste une minute, s'il vous plaît ! dis-je sèchement, en épongeant mon front et mon nez avec une serviette.

Alors, affichant le plus beau sourire possible, je déverrouille la porte et l'ouvre en grand. Mon cœur s'arrête. C'est Bonwhe, debout là, grand, charmant, beau, et aussi surpris que moi. On se dévisage sans un mot.

– Qu'est-ce que tu fais là ? demande-t-il au bout d'un moment.

– Je… Je suis désolée, je m'excuse sans raison. J'avais une envie pressante, et il y avait la queue à toutes les autres toilettes, et…

Il me contourne et se penche dans la pièce comme pour l'inspecter.

– Qu'est-ce que tu faisais là-dedans, toute seule ?

Il a l'air troublé, et la situation me rappelle maman, l'oreille contre la porte de la salle de bains, appelant grand-mère, qu'on ne peut plus laisser sans surveillance.

– Qu'est-ce que ça veut dire ? je le coupe, tout à coup indignée. Qu'est-ce que je pourrais bien faire dans des toilettes ?

Il se redresse, me fixe étonné. Je fais de mon mieux pour soutenir son regard, luttant contre l'image de moi-même roulant par terre dans cette salle de bains il y a une minute seulement.

– Et toi, mon gars ? poursuis-je. Qu'est-ce que tu fais là ? Les toilettes des hommes sont là-bas…

Je lève le menton dans la direction, et mes yeux manquent de sauter de leurs orbites. Ce n'est pas le petit salon. Derrière Bonwhe, il y a une chambre, avec un lit pouvant accueillir une famille royale au complet, et un fauteuil en cuir disposé en face.

– Mon gars ? répète Bonwhe en levant un sourcil.

– Quoi ?

– Tu viens de m'appeler *mon gars*.

– Mon gars ? je reprends machinalement. (Oui, c'est bien ce que j'ai dit.) Impossible, Jeune Maître, je réponds en riant.

C'est ridicule, même à mes oreilles.

Bonwhe recule, l'air de plus en plus déconcerté. J'abandonne mon air moqueur et incline la tête devant lui.

– Je vous prie de bien vouloir m'excuser, Jeune Maître, j'ajoute d'un ton sérieux. Je vous laisse retourner à vos affaires en paix.

– *Je vous prie de bien vouloir m'excuser ? Retourner à vos affaires en paix ?* répète-t-il. C'est tout ce que tu as à dire après t'être introduite dans ma chambre ? (L'air dégoûté, il me regarde de haut, et mes tempes se mettent à palpiter.) Et pourquoi tu boites ? ajoute-t-il, baissant les yeux sur mes pieds.

– Ah, ça… (Par où je commence ?) Pour tout vous dire, Jeune Maître, je ne me sens pas très bien.

C'est la vérité. Je ne me suis jamais sentie aussi patraque. Même quand je parle, je ne sais pas trop si je dis réellement les choses ou si je les pense seulement. Ma respiration s'accélère et mon souffle devient de plus en plus chaud. J'ai mal partout, comme si je venais d'être renversée par un camion. Et cette migraine ? Désolée, mais oui. Je me fiche un peu d'avoir violé l'intimité de ta chambre. Je me sens trop mal. Il faut que je dorme. Juste une petite sieste, c'est tout.

Je regarde derrière lui, et mes yeux s'arrêtent sur ce lit blanc. Il a l'air aussi velouté que de la chantilly. Il veut que je m'allonge sur lui. Et me voilà, traînant les pieds vers le lit, comme un clou attiré par un aimant.

Je ne parviens qu'à faire quelques pas. Bonwhe m'attrape par le bras.

– Ouh là ! Tu es brûlante ! s'exclame-t-il en me lâchant. Tout va bien ?

– Tu vois ? C'est ce que je voulais dire, je murmure.

C'est tout ce qui sort de ma bouche avant que je tombe en avant dans une mer de crème fouettée. La chaussure qui me reste glisse de mon pied et je l'entends tomber au sol avec un bruit sourd. Puis c'est le noir complet.

AMOUR ET GRATITUDE

Toc, toc.

J'ouvre les yeux progressivement, mais je me sens tellement faible que je n'arrive pas à bouger.

Les deux coups résonnent de nouveau. Je voudrais répondre, mais je ne parviens à émettre qu'un léger grognement.

– J'entre, mademoiselle Haeri.

Une seconde plus tard, la porte s'entrebâille sur une femme dans un costume noir d'encre, les cheveux coupés en un carré ramené en arrière.

– Vous me reconnaissez, mademoiselle ? (Son visage me dit quelque chose, mais je n'arrive pas à mettre un nom dessus.) Je suis Yu Junguhn, l'assistante personnelle du Jeune Maître Bonwhe. Vous vous souvenez de moi ?

Ça me revient. L'assistante Yu. Elle apparaît assez souvent dans la presse, toujours un mètre derrière l'héritier, le suivant comme son ombre.

Je lui souris et acquiesce.

– Comment vous sentez-vous ? Le bal est terminé et les gens vous cherchent, mademoiselle Haeri. Vous pensez pouvoir vous asseoir ?

Je hoche la tête, et elle glisse une main derrière mon dos pour me redresser sur les oreillers. Je me sens fatiguée, mais je n'ai plus l'impression d'être sur le point de tomber raide morte.

– J'ai dormi combien de temps ? dis-je, et ma voix sort comme un couinement.

– Environ une heure. Votre fièvre n'est toujours pas tombée, cependant. (Elle pose un plateau sur mes genoux.) Le Jeune Maître m'a demandé de venir voir comment vous alliez. Il pense que vous avez la grippe.

Elle pose une bouteille d'eau minérale et un tube de pilules transparent sur le plateau, puis ouvre la bouteille et me la tend.

– Ou peut-être vous êtes-vous mis trop de pression pour l'événement de ce soir.

À qui le dites-vous.

– Avalez ça, me suggère-t-elle en plaçant le tube entre mes mains. Le Jeune Maître en prend quand il ne se sent pas dans son assiette.

Je fais ce qu'on me dit, et avale les trois pilules avec une gorgée d'eau de luxe. L'assistante Yu retire le plateau, et je respire profondément avant de balancer mes jambes d'un côté du lit.

– Prenez votre temps, mademoiselle Haeri. Il nous reste encore dix minutes. (Je m'appuie sur son épaule pour me mettre debout. Je me sens mieux, c'est certain.) Laissez-moi arranger votre robe.

Elle la lisse par endroits, la fait gonfler à d'autres. Quand elle se penche pour s'occuper de l'ourlet, j'en profite pour vérifier rapidement ma perruque. On dirait qu'elle tient bon.

– J'espère que le Jeune Maître n'a pas été trop troublé par mon apparition surprise, je m'aventure d'une petite voix.

Honnêtement, je n'aurais jamais cru que l'héritier enverrait son assistante personnelle s'occuper de moi. Vu la tête qu'il faisait quand il a surpris mon intrusion, j'aurais été moins étonnée qu'il ordonne de m'expulser de la propriété Yibonn comme une pestiférée.

– Vous l'avez pris par surprise, c'est certain, reconnaît l'assistante Yu. C'est la première fois qu'un invité se présente dans la chambre du Jeune Maître.

Pourquoi l'appelle-t-elle constamment Jeune Maître ? Serait-ce tellement scandaleux de se passer du titre, étant donné qu'elle s'occupe de lui comme de sa famille depuis qu'il est tout petit ?

– *Se présente*. C'est le mot qu'il a utilisé ?

– Non. En vérité, il a dit qu'une folle, probablement malade de la grippe, s'était introduite dans sa chambre, et que je devrais aller voir si elle avait besoin d'un médecin.

– Une folle ? je répète, mon pouls s'accélérant.

L'assistante Yu grimace, regrettant peut-être sa franchise, et ignore ma question.

– Je crois qu'il est temps que l'on descende, dit-elle plutôt, et elle sort une paire de chaussures – les miennes, pour être exacte – qu'elle dépose soigneusement à mes pieds.

Je fixe les souliers, sonnée.

– Tout va bien, mademoiselle Haeri ? demande-t-elle.

– Oui, bien sûr.

Je me lève et les enfile, puis elle me guide vers la porte.

– Pardonnez-moi ma curiosité, mais… Comment êtes-vous entrée dans la chambre du Jeune Maître ?

Je retiens ma respiration. Je ne peux pas lui dire toute la vérité, même si je ne comprends rien de ce qui s'est passé.

– Je ne sais pas. Je courais dans un couloir, et tout à coup, je me suis retrouvée dans la salle de bains.

– Vous couriez dans un couloir ? Pourquoi ?

– J'ai eu un différend avec un invité dans la salle de bal. Il refusait de me laisser tranquille, et je n'étais pas d'humeur à le ménager, donc…

Je laisse ma phrase en suspens tandis que l'assistante Yu ouvre une porte et me fait descendre un escalier en béton.

– Lors des soirées comme aujourd'hui, avec beaucoup d'invités, explique-t-elle, on ferme certaines parties de la maison. Le fait d'éteindre la lumière dans les couloirs indique clairement où sont les limites, vous comprenez ?

Soudain, elle s'arrête et se retourne vers moi, les dents serrées. Malgré mes talons hauts et le fait qu'elle se trouve deux marches en dessous de moi, nos yeux sont au même niveau.

– Comment a-t-il osé vous pousser hors de la salle de bal jusque dans les couloirs ? poursuit-elle d'un ton plus dur. Comment s'appelle-t-il ? Un simple nouveau qui rôde dans le manoir Yibonn comme s'il était chez lui ? Il est inconscient ou parfaitement stupide ?

Elle fait craquer ses doigts comme si elle se préparait à la bagarre.

– Je n'ai pas demandé son nom, dis-je, avec l'impression d'avoir cafté. Il m'a juste suivie dans ces couloirs.

– Peu importe, répond-elle fermement, et elle se tourne de nouveau pour reprendre la descente. C'est un invité ordinaire, rien à voir avec vous, mademoiselle Haeri, bien que vous devriez éviter de vous aventurer dans les quartiers personnels du Jeune Maître, à l'avenir.

Je murmure des excuses et vacille à sa suite.

Ces escaliers m'intriguent. À aucun moment de mon aventure jusqu'à la chambre de Bonwhe, je ne suis tombée sur des marches. Les miroirs sont-ils un genre d'ascenseur nouvelle génération ? Ou des portails secrets ? Le camp de travail forcé que j'ai découvert est-il connecté au manoir d'une manière ou d'une autre ?

– Pardonnez-moi, m'interrompt la voix de l'assistante. (Elle me fait face et me tend la main pour m'aider.) Les habits de gala peuvent être incommodes, en particulier si on ne se sent pas bien.

La gentillesse de son geste me réchauffe le cœur. Je la remercie et accepte son aide.

Je dois une fière chandelle à Haeri. L'assistante Yu ne m'aurait jamais traitée avec la même courtoisie si je n'avais été qu'une invitée parmi les autres. Bonwhe n'y aurait pas réfléchi à deux fois et m'aurait fait jeter dehors. Haeri a cultivé toute cette élégance et cette bonne disposition autour d'elle au fil d'années de travail. Je me demande une nouvelle fois : *Ne savais-tu pas, Haeri, que tout le monde t'adorait ? Pourquoi as-tu fait ça ? Pourquoi ?*

Penser à elle m'attriste, mais renforce aussi ma volonté de lui offrir une fin heureuse.

De retour dans la salle de bal, je reprends les conversations avec les autres invités, et me surprends à y trouver du plaisir.

– Hé ! lance Yujin, qui vient d'apparaître à côté de moi. Tu étais passée où ? Je t'ai cherchée partout.

Je récite l'excuse dictée par l'assistante Yu :

– Oh, il fallait que je revoie quelques détails pour mon nouveau travail.

Mme Yu m'a fait jurer de ne rien révéler de ma visite surprise dans la chambre du jeune héritier. Les Yibonn ont horreur des rumeurs.

Plus le temps passe, plus je suis submergée par les admirateurs. J'ai l'impression que chaque fois que je me retourne, une nouvelle personne débarque pour m'adresser ses félicitations, et je leur réponds avec de légères variations autour de mes sentiments de surprise et de joie.

Mais au bout d'un moment, je commence à remettre mes paroles en question. Haeri était-elle réellement surprise ou même heureuse de ce nouveau poste ?

– Dites-nous en plus, s'il vous plaît ! réclament les gens, et je suis prise d'un sentiment d'imposture, debout là, à parler à la place de Haeri comme si j'avais la moindre idée de ce qu'elle ressentait.

C'est pourtant la raison pour laquelle je suis ici, donc je réenclenche le sourire et j'active le mode adorable.

– Eh bien, j'étais envahie de gratitude, et d'amour, envers tous les fans qui me soutiennent.

Je pense que c'est comme ça que moi, je me serais sentie, en tout cas.

Entre ces échanges, j'aperçois Bonwhe, entouré d'une foule encore plus dense que la mienne. Il y a le voleur de chaussure aussi, qui me dévisage avec un regard perplexe. Je fais mine de ne pas le voir et me tourne vers la table de Yujin. Ma meilleure amie rigole avec ses collègues acteurs. J'aimerais pouvoir passer du temps avec elle. Je me demande si elle a réussi à danser avec Bonwhe.

– Quel plaisir de vous rencontrer, mademoiselle Haeri ! s'écrie une femme qui se penche vers moi, trop près. Prête pour les prévisions météo en direct ? Comment vous êtes-vous préparée pour ce nouveau rôle ?

J'observe autour de moi la foule qui grouille en attendant son tour. Un petit groupe se plie soudain en deux en éclatant de rire. Les gens sont joyeux, ils passent un bon moment, et si quelques-uns frôlent le ridicule, qui pourrait leur reprocher ? La plupart de ces personnes viennent tout juste d'arriver à Snowglobe, c'est donc probablement la première véritable fête à laquelle elles assistent. Pour moi aussi, d'ailleurs.

– Mademoiselle Haeri ? (La voix de la femme me ramène dans le présent.) Comment vous préparez-vous au direct ?

Je marmonne de rapides excuses pour m'être perdue dans mes pensées et me force à me concentrer sur sa question. Oui, le direct. Un nouveau nœud se forme dans mon ventre. Jusqu'à maintenant, je ne l'ai envisagé que de façon abstraite. En vérité, j'ignore comment je vais survivre à tout ça.

La soirée se poursuit encore plusieurs heures avant que Mme Cha ne vienne me secourir et m'escorte jusqu'en bas des escaliers du manoir, puis dans la limousine. Le trajet jusque chez elle est complètement flou, et quand on arrive enfin, je m'effondre, le seuil à peine franchi.

– Haeri ! s'affole Mme Cha, se précipitant vers moi.

L'adrénaline m'avait aidée à rester debout, mais sans la foule, je ne tiens plus sur mes jambes. Les pilules données par l'assistante Yu m'ont permis de donner le change, mais leurs effets se sont progressivement estompés, et je retombe dans un cycle de fièvre et de sueurs froides, mon corps entier perclus de douleurs. C'est quoi cette fichue grippe ?

– Je suis désolée, j'aurais dû te faire le vaccin avant, dit Mme Cha, passant un de mes bras derrière sa nuque pour me soulever.

Elle me porte et me dépose dans le canapé, jette une couverture sur moi et disparaît dans une autre pièce. Quand elle revient enfin, elle porte un petit plateau avec des seringues et des flacons.

– C'est la grippe ? je croasse en la regardant planter une seringue dans le bouchon en caoutchouc d'un flacon et aspirer le liquide transparent.

– Oui, la grippe et un rhume, répond-elle platement, tapotant la seringue pour faire remonter l'air.

Quelque chose me chatouille la gorge, et j'éternue violemment. La grippe et un rhume. Mon expérience des deux est limitée à ce que j'ai vu à la télé.

En cours de science, on a appris que la grippe et le rhume étaient deux des maladies les plus courantes à l'Âge de Guerre. Cependant, quand le climat a changé et que la Terre s'est transformée en une boule de glace éternelle, les virus se sont éteints – ainsi que des milliards d'autres formes de vie sur la planète. Mais à l'intérieur de Snowglobe, le climat contrôlé les a préservés, et bien sûr, je n'ai aucune immunité.

– Je n'ai pas assuré, avec tout ce chaos, poursuit Mme Cha. L'immunisation est obligatoire pour les personnes entrant à Snowglobe. J'aurais dû te faire les vaccins avant que tu arrives, mais j'ai complètement oublié.

Je comprends. Autant que je sache, c'est la première fois qu'elle fait entrer une doublure depuis le monde extérieur. C'est normal que quelques détails lui aient échappé.

Elle prend un coton imbibé d'alcool et le tamponne sur mon épaule. Le froid contre ma peau me fait frissonner. À la maison, je regardais avec une fascination morbide les médecins ou infirmières administrer des vaccins aux acteurs à la télé. Maintenant, c'est mon tour.

– Vous l'avez déjà fait, madame Cha ? je demande, tout à coup prise d'un malaise.

Elle me pique avec l'aiguille. La première sensation me secoue, mais la vraie douleur arrive quand elle appuie sur le piston, poussant la solution dans ma chair, et je laisse échapper un petit cri.

– Encore une seconde. (Elle me poignarde avec la deuxième aiguille.) Qu'il pleuve ou qu'il vente, il faut que tu sois guérie demain matin. C'est le championnat.

Elle a raison. Je n'y avais pas pensé, mais demain, c'est Noël, et le jour du championnat annuel de biathlon. C'est, de très loin, l'événement sportif le plus attendu de l'année, dans et hors de Snowglobe, et la compétition pour obtenir des billets est presque aussi intense que le sport lui-même. Haeri, elle, en tant que nouvelle Miss Météo, est invitée par les Yibonn pour assister à la course avec sa famille.

– Il y a des gens dont c'est le plus grand rêve, de voir le championnat en personne, m'informe Mme Cha.

Moi-même, j'ai espéré être dans le public, au moins une fois avant de mourir.

– Bien sûr, je réponds, avec l'envie de plaire. Je ferai de mon mieux pour me remettre.

Elle lâche mon bras, et une vague de soulagement m'envahit. Mes paupières sont tellement lourdes, je peux à peine garder les yeux ouverts. La robe à plumes commence à ressembler à l'aile chaude et douce d'une maman oiseau. Mme Cha tire la couverture sur moi.

– Bonne nuit, Haeri, chuchote-t-elle.

La lumière s'éteint.

Haeri. Je voudrais qu'elle arrête de m'appeler comme ça, quand les caméras ne sont pas là. Ça me serre le cœur, chaque fois qu'on me rappelle pourquoi je suis ici. Mais je repousse cette pensée pour le moment. Dans l'immédiat, il faut que je me repose, donc je me laisse dériver dans le seul royaume où je peux encore exister telle que je suis.

UNE FIN HEUREUSE?

– Haeri.

Une voix fait irruption dans ma conscience.

– Mademoiselle Goh Haeri.

C'est la même voix, plus forte.

– Il faut se réveiller.

J'ouvre les yeux et vois Mme Cha penchée sur moi. C'est déjà le matin ? J'ai l'impression de m'être assoupie il y a à peine une minute.

– Bien dormi ? demande-t-elle en ouvrant les volets pour laisser la lumière inonder la pièce.

Je me protège les yeux d'une main, et regarde le superbe ciel bleu par la fenêtre. Au grand désespoir de tous ceux qui rêvaient d'un Noël sous la neige, Fran Crown, le présentateur météo sortant, a tiré une incroyable journée ensoleillée. Pour moi, c'est ce temps-là, le véritable miracle de Noël.

Dans le monde extérieur, le ciel d'étain alterne toute l'année : soit il crachote de la neige, soit il en déverse. Je n'ai jamais vu de ciel aussi net et bleu – rien que de le regarder, je me sens mieux.

Il est vrai qu'une journée enneigée serait un décor plus approprié pour les championnats, mais ce soleil signifie qu'on aura meilleure vue sur le drame qui se jouera sur le visage des athlètes jusqu'à la ligne d'arrivée.

– Ils en ont fait un peu trop sur la luminosité, non ? lance Mme Cha, regardant dehors d'un air dubitatif.

Après tout, qu'il soit d'un azur à vous faire fondre le cœur ou d'un rubis ardent, le ciel de Snowglobe n'est qu'une image affichée sur un écran contre le dôme de verre.

Peu importe. Je me redresse sur un coude et m'autorise à profiter de ce bleu simulé. De toute façon, que vaut la réalité si elle est toujours lugubre ?

J'ai le nez bouché, mais les maux de tête, la fièvre et les courbatures sont quasiment partis, et je me sens revivre. Étendue sur le canapé, je m'étire et m'émerveille de l'efficacité des médicaments à Snowglobe, quand Mme Cha me tend une enveloppe dorée que je connais. Mon cœur fait un bond.

– Je l'ai ouverte par erreur. Désolée, dit-elle, d'un ton plutôt froid, sans même essayer d'affecter un sentiment. Pourquoi tu ne m'as pas dit que ton amie avait intégré la cuvée d'acteurs de cette année ?

Je me redresse, les oreilles en feu. Je ne veux pas qu'elle voie à quel point je suis déstabilisée, mais mes doigts tremblent en attrapant l'enveloppe.

– Tu l'as vue à la soirée ? Shin Yujin, c'est ça ? Elle t'a reconnue ?

– Pas du tout, je nie, peut-être un peu trop violemment. On ne s'est même pas tellement parlé. Il y avait trop de monde qui attendait de me rencontrer.

Elle m'observe un instant.

– Je devais vraiment être pressée, pour négliger ce genre de détail, conclut-elle, et elle s'assied sur un tabouret près de la table basse. Ta colonie d'origine abrite tellement peu de talents, je n'ai même pas pensé à vérifier si tu connaissais des gens ici. J'ai fait une erreur.

Moi aussi, en laissant la lettre de Yujin dans mon sac à dos. Une grosse erreur.

– Je ne pensais pas que vous fouilleriez dans mes affaires. (Je jette l'enveloppe sur la table basse, comme si elle n'avait aucune importance à mes yeux.) Yujin a probablement écrit à tous ses camarades de classe. C'est le genre de fille qui veut être amie avec tout le monde, vous voyez ?

– Peut-être. Mais l'enveloppe dorée est un produit assez précieux. Les nouveaux arrivants au centre d'entraînement n'en reçoivent que deux chacun.

– Yujin ne m'a pas reconnue, j'insiste, l'estomac noué.

Mme Cha ne prend pas la peine de répondre. Elle me jette des vêtements de rechange.

– Les affaires de Jeon Chobahm resteront chez moi.

Par la baie vitrée de la salle à manger inondée de lumière, la ville entière se déploie, avec son lac céruléen étincelant sous le plus bleu des ciels de Noël. Dans les cieux, l'astre luit, comme pour créer un contraste cruel avec la tempête noire qui fait rage dans ma tête. Sur la table pouvant accueillir dix personnes, il y a un bol de porridge et une petite coupelle avec des cachets. Je vois aussi les brownies de Yujin, abîmés par le voyage, qui attendent sur une assiette à l'autre bout, à côté du jus d'orange.

– Mange un peu pour pouvoir prendre les médicaments, dit Mme Cha.

Je me glisse sur la chaise devant le bol, mais il faut que je dise quelque chose avant de manger.

– Laissez Yujin tranquille. S'il vous plaît, j'exige, m'étonnant moi-même de l'autorité sèche dans ma voix.

– *Quoi ?*

– Si Yujin finit comme Cooper, je ne pourrai plus jamais sourire comme Haeri, je lui réponds droit dans les yeux.

Un éclair d'irritation traverse le regard d'ambre de Mme Cha, et elle éclate d'un rire désagréable.

– Oh, c'est fort ça. Tu me menaces ? Je suis impressionnée.

Je ne me démonte pas. Elle a besoin de moi. Point. Et si c'est tout le pouvoir que j'ai sur elle, je l'utiliserai, menace ou pas.

– Je respecte que tu refuses de te comporter comme un chiot abandonné, poursuit-elle en changeant de ton. Et tu sais quoi ? Ton attitude me laisse croire qu'on s'entendra encore mieux que j'imaginais, toi et moi.

Elle a l'air sincèrement heureuse, maintenant. Je ne sais pas trop comment le prendre.

– Je laisserai Yujin en paix, dit-elle, portant son mug de café à sa bouche. Pour le moment.

Pour le moment ?

– Il faut que vous me le promettiez, je rétorque, même si je sais que je pousse le bouchon.

Elle me fixe de ses yeux de tigre par-dessus le rebord de sa tasse. Je voudrais qu'elle détourne le regard mais elle ne le fait pas, alors je serre les poings et tiens bon.

– Si tu continues d'agir comme Jeon Chobahm, je n'aurai pas d'autre choix que d'éliminer ce qui fait de toi Jeon Chobahm. C'est clair ?

– Je fais de mon mieux. Et hier aussi, même quand j'étais à l'article de la mort.

– Je sais. Tu le regrettes ?

– Non, dis-je après un moment. C'est juste que…

Je n'arrive pas à terminer ma phrase.

Mme Cha se penche en avant, pendue à mes lèvres, mais je ne sais pas par où commencer.

C'était inconscient de me lancer tête baissée dans cette nouvelle existence. Ça au moins, je le vois clairement. Mais même si je pouvais remonter le temps, à la lumière de ce que je sais maintenant, aurais-je fait un choix différent ? Pour refuser la chance de ma vie ? Je n'en suis pas sûre.

Tu m'aides, puis je t'aide.

Mais il y a deux facettes à toute chose, et je peux choisir le bon côté. Après tout, je donne à Haeri la fin heureuse qu'elle mérite, et j'épargne au monde le traumatisme de sa mort.

– Bon sang, marmonne amèrement Mme Cha. Pourquoi ces ingrates ne peuvent-elles pas se satisfaire de la vie tranquille qu'on leur apporte sur un plateau ? Tu as remarqué la façon dont les gens te regardaient, à la fête ? Et ne me dis pas que ça ne t'a pas plu, tu as ce que le monde entier rêverait d'avoir. Des gènes supérieurs, la fortune et la célébrité – le privilège de vivre à Snowglobe ! (Elle s'interrompt pour reprendre son souffle.) Réfléchis un peu. Non, sérieusement. Penses-y. Tu es l'une des personnes les plus chanceuses au monde.

Je repense aux tonnerres d'applaudissements dans la salle de bal hier soir, et à tous les visages qui me regardaient sur l'estrade, pleins d'espoir et d'admiration. Un frisson **soudain** me parcourt la colonne et je m'affaisse avec un gémissement.

– Quoi encore ? soupire-t-elle. Tu te sens toujours mal ?

– Non, je murmure.

Son discours a activé chez moi quelque chose de bien plus fort que la grippe ou le rhume. Une envie irrésistible. Un puissant désir de passer la meilleure année de ma vie, qui, comme elle me le rappelle, se trouve là, sous mon nez.

– Est-ce que j'ai vraiment le droit de saisir cette chance ? je demande. Alors que je l'ai eue parce que Haeri est morte ?

Utiliser les mots « chance » et « Haeri est morte » dans la même phrase me met mal à l'aise, ce qui explique sûrement pourquoi je cherche d'autres raisons, une justification. Mme Cha se frotte les tempes d'un air affligé, comme si je venais de renverser une tour qu'elle avait péniblement érigée.

– Dis-moi, soupire-t-elle. Pourquoi diable insistes-tu pour te rendre coupable de sa mort ? C'est parce que tu n'es pas morte toi-même ? Je te pose la question parce que je ne comprends vraiment pas.

Aurait-elle raison ? Je ne suis pas responsable de la mort de Haeri, ça, c'est certain.

– J'ai l'impression de profiter de tout ce qu'elle a gagné. Sa célébrité, sa popularité, son métier de rêve. C'est elle qui a réussi, pas moi…

– Qui a réussi quoi, tu dis ? me coupe-t-elle d'une voix perçante, le regard brûlant de rage. C'est *moi* qui ai réussi tout ça ! Sans moi, elle n'existerait pas ! Sans mon grand-père, Goh Maeryung n'aurait jamais existé non plus, et on ne serait pas là à parler de sa petite-fille morte ! Aucun acteur ne perce sans un réalisateur brillant derrière lui !

Secouant la tête d'un air de dégoût, elle se lève de sa chaise et fait les cent pas. Sa frustration est profonde, comme un scientifique pionnier qui tenterait de convaincre un auditoire ignorant que la Terre est bien ronde. Je ne peux pas affirmer qu'elle a tort. Prenons les comptes-rendus de lecture au lycée. Tout le monde doit lire le même livre, mais les devoirs varient, en fonction de l'élément de l'histoire ou du personnage sur lequel chaque élève se concentre.

Tout à coup, elle pivote et me fait face.

– J'ai tout donné, tout, pour en faire quelqu'un qui mérite la résidence permanente. Je me suis sentie comment, d'après toi, quand l'œuvre de ma vie a disparu en une nuit ? demande-t-elle, la voix emplie de colère. Cette idiote. Vous lui apportiez une étoile du ciel, et elle se plaignait que ses pointes la piquaient. L'apitoiement incarné. L'ingratitude poussée à l'extrême. Le bonheur lui était insupportable. C'est de ça, dont elle est morte. Elle s'est noyée dedans. Ne fais pas la même erreur.

Ses yeux ardents me transpercent au plus profond, et je me sens vraiment, vraiment très petite. Mais il faut que je sache.

– Est-ce que les gens peuvent préférer la mort à trop de bonheur ? je demande, d'une voix presque inexistante.

Toutes ces années devant la télé, je n'ai jamais vu personne se suicider pour un excès de bonheur. Mme Cha laisse échapper un rire mauvais.

– Tu sais pourquoi la série de Cooper a eu un tel succès ?

Je secoue la tête. J'ai ma petite idée, seulement, je détesterais avoir tort.

– C'est parce que les gens reconnaissaient leurs propres faiblesses en lui. Cooper était un biathlète invincible, avec cinq victoires consécutives en championnat, mais il ne pouvait pas s'empêcher de se lamenter du sang qu'il avait sur les mains. Les humains sont très forts pour ça : trouver quelque chose sur quoi se morfondre, même dans le bonheur le plus total. (Elle marque une pause pour laisser ses mots faire leur effet.) Elle avait beau être pourrie gâtée, la petite recherchait le malheur. Peu importe ce que je lui disais. Et toi, tu te comportes comme elle. Idiote ! (Elle m'envoie un regard cinglant de dégoût.) À te tordre les mains à cause d'une culpabilité imaginaire, quand tu as l'opportunité de transformer ta vie !

Je ne sais plus quoi penser. Mme Cha se laisse tomber de nouveau sur sa chaise avec un soupir méprisant.

– Pardon pour le long discours, dit-elle enfin, d'une voix plus douce. Ton porridge doit être froid.

– Ce n'est pas grave, je murmure.

– Alors mange, pour pouvoir prendre ton médicament. Débarrassons-nous de cette grippe. (Je prends une cuillerée de porridge gluant et la porte à ma bouche.) Sanghui s'occupera de ton maquillage, au moins jusqu'à ce que les engelures aient guéri. Fais attention à ne pas croiser d'autres membres de la famille la peau nue.

– Mais il n'y a pas des caméras partout dans la maison ?

– Je couperai tout ce qui peut poser problème.

– Alors c'est vrai que personne d'autre ne peut voir les rushs…

– Depuis quand notre chère Haeri s'intéresse-t-elle à tout ce qui touche à la réalisation ? me coupe-t-elle. (Avec un sourire satisfait, elle fait glisser un petit pot rose sur la table jusqu'à moi.) De la crème anti-engelures. Celle-là est plus forte. Mets-en deux fois par jour sur une peau propre. Dans trois jours, tu seras comme neuve, ajoute-t-elle, comme si c'était une incantation.

À LA POURSUITE DU MALHEUR

E*lle avait beau être pourrie gâtée, la petite recherchait le malheur.* Je retourne la remarque dans ma tête, tandis que les paysages défilent par la vitre de la limousine. Les rues du centre de Snowglobe sont toutes décorées pour Noël. Bien que ce soit difficile à concevoir, Haeri a-t-elle fini par être dégoûtée de cette ville, comme moi de la mienne ? Oui, elle avait la possibilité de partir à dix-huit ans, mais pour quelle alternative ? Pour une vie enchaînée à une roue de hamster à taille humaine ? Je comprends qu'elle ait pu succomber au désespoir. Mais tout de même, est-ce une raison pour mettre fin à ses jours ?

Bientôt, la voiture ralentit et s'arrête devant une maison que je connais bien. Nous sommes arrivées chez Haeri. Je paye la conductrice, encore tout émue d'avoir transporté la prochaine Miss Météo dans son taxi.

– Joyeux Noël, mademoiselle Haeri, dit-elle en me regardant dans le rétroviseur, des étoiles plein les yeux.

Je lui souhaite de même, et elle me répond avec un sourire mélancolique :

– Merci. Mais c'est juste un jour normal pour moi.

Je reconnais l'actrice. Elle a fait beaucoup de figuration, mais malgré sept ans de carrière, elle n'a pas encore obtenu de rôle récurrent dans une seule émission. Comment peut-on survivre si longtemps à Snowglobe avec si peu pour défendre sa place ? Il est vrai que ses apparitions sont toujours brèves, mais mémorables. Quand le public voit des célébrités comme Haeri ou Cooper monter dans son taxi, il le remarque.

Les bons acteurs figurants, comme elle et des milliers d'autres, sont appelés les épices, soit l'essentiel qui donne le goût. Qu'ils soient chauffeurs de taxi, baristas ou agents d'entretien, ces acteurs fournissent le contexte et la texture nécessaires à l'arrière-plan de leur série, tout en faisant avancer l'histoire, aussi modeste soit leur rôle. J'ai lu un jour dans *Guide TV* que les épices sont sélectionnées durant la conférence des réalisateurs. Une fois que leur nom apparaît dans le casting d'une série qui sortira la saison prochaine, leur séjour à Snowglobe est garanti pour toute la durée de l'émission. Tout bien considéré, ce sont peut-être eux, les véritables chanceux dans l'histoire.

– Je croyais que j'aurais enfin ma journée cette année, mais on m'a appelée à la dernière minute. Vous êtes déjà ma quatrième cliente aujourd'hui, mademoiselle Haeri.

C'est précisément parce qu'on s'identifie facilement à elle que les spectateurs l'apprécient.

– Vous devez être déçue. Qu'est-ce que vous aviez prévu, avant qu'on vous appelle ?

– Oh, rien de spécial, dit-elle avec un rire timide, mais une étincelle apparaît dans ses yeux. Je comptais me reposer en regardant le championnat de biathlon à la télé. Et manger quelques mandarines, peut-être.

À part les fruits, ses plans pour Noël me sont familiers. Je suppose que le style de vie de la classe ouvrière est le même partout, qu'on vive dans ou hors de Snowglobe.

– J'espère que vous aurez fini votre tournée avant le début de la compétition ! je lance d'un ton plus enjoué.

– Moi aussi, mademoiselle Haeri. Passez une bonne journée ! Bon ann… (Son sourire s'estompe, et elle se corrige rapidement.)… Joyeux Noël !

Je prends une grande inspiration, sors du taxi, puis me tourne pour faire face à la maison de Haeri : une structure en brique rouge à un étage entourée d'une pelouse clôturée. Une décoration en forme de donut faite de branches de sapins et de rubans à clochettes est suspendue à la porte d'entrée. *Une couronne*, la mémoire me revient. J'ouvre le portail, traverse la pelouse encore parsemée de la neige d'hier soir, et franchis les marches du perron. Je pousse enfin la porte.

– Coucou ! C'est moi !

Goh Rhim, qui passait dans le salon, marche vers moi l'air de rien, et me donne une tape amicale sur le bras.

– T'étais passée où, toute la soirée ?

Rhim est la plus jeune des tantes, et le deuxième membre le plus populaire du clan Goh. Elle passe sa vie en boîte de nuit et à seulement vingt-quatre ans a déjà divorcé deux fois. Bien que la matinée soit avancée, Rhim a l'air de sortir de son lit et porte un tee-shirt oversize qui lui descend jusqu'aux cuisses en guise de pyjama. Mais ce qui m'impressionne réellement, c'est qu'elle peut traîner tranquillement en manches courtes alors qu'on est en plein hiver.

– Le taxi m'a emmenée directement chez Mme Cha après la fête, donc j'ai passé la nuit là-bas.

– Et l'after, alors ? T'y es pas allée avec les nouveaux ? demande-t-elle d'un air déçu.

– C'est bien mon chaton que j'entends ? claironne Maeryung en sortant de la cuisine, des maniques sur les mains. Mme Cha m'a appelée hier soir. Elle m'a dit que tu t'étais endormie sur son canapé.

Les deux ont déjà dû se mettre d'accord sur l'histoire à raconter.

– Prête à te mettre à table ? demande-t-elle avec le sourire. Tu dois avoir faim.

– Pas vraiment, grand-mère, je réponds, me surprenant moi-même encore une fois. J'ai pris un brunch chez Mme Cha.

– Ah, très bien, dit-elle. Pourquoi ne monterais-tu pas te doucher, alors ? Grand-mère est en train de te préparer ses fameux brownies.

Des brownies. Décidée à effacer toute trace de Jeon Chobahm en moi, j'ai fait semblant de ne pas remarquer ceux de Yujin chez Mme Cha. Elle a fini par mettre le tout à la poubelle sous mes yeux, l'air ravie.

– Génial ! J'adore ça ! je m'exclame, enthousiaste, tout en allant vers les escaliers.

J'affiche un grand sourire pour les caméras au-dessus de la rambarde. Je suis bien consciente qu'elles sont partout, cachées dans l'horloge, l'aquarium, le piano, le portrait de famille. Dans les clôtures, tables de pique-nique, arbres, et à un millier d'autres endroits. Je gravis les marches avec mon sourire figé, et alors que j'arrive à l'étage, j'entends Maeryung crier :

– Sanghui ! Ta fille est de retour !

Sanghui entre dans la salle de bains, où je l'attendais, et jette un regard à la caméra sur le mur du fond. Pour des raisons évidentes, les salles de bains de Snowglobe sont conçues avec des barrières d'intimité, comme des murs à hauteur de poitrine autour des toilettes et des panneaux en verre dépoli dans la douche.

Et pourquoi pas des salles de bains sans caméra ? Parce que les acteurs à bout pourraient s'y cacher pour pleurer tout leur soûl, ou bien y déverser leur colère, leur désespoir ou leur tristesse en privé, et ça, ce n'est pas drôle. Même si bon nombre d'entre eux se recroquevillent derrière ces parois d'intimité pour sangloter, les spectateurs gardent un certain accès à leurs tourments intérieurs, et c'est tout ce qui importe.

– Mme Cha a dit de ne pas s'inquiéter des caméras pendant le maquillage, dis-je à Sanghui. Elle coupera au montage.

– Démaquille-toi, rétorque-t-elle sèchement, et elle fait un geste vers les bouteilles et tubes de produits nettoyants sur la coiffeuse.

Je me mets au travail, consultant les instructions à l'arrière de chaque produit. Au bout de quelques minutes, ma peau nue et pleine de taches émerge enfin.

– Je serai de retour dans dix minutes, dit-elle. Prends ta douche d'ici là.

Puis elle sort de la salle de bains en claquant la porte.

Quand elle revient, le visage aussi froid et dur que quand elle est partie, j'ai fini de me doucher depuis longtemps.

– C'est quoi, ce truc gras sur ton visage ? crache-t-elle, me dévisageant avec dégoût.

– C'est la crème anti-engelures que m'a donnée Mme Cha, je réponds, mais elle m'ignore, jetant presque son vanity sur la console.

Elle attrape un pot violet et dépose un peu de son contenu sur son doigt. Mais quand elle l'approche de mon visage, quelque chose semble l'envahir, et elle se met à haleter.

– Tu veux que je le fasse ? je propose d'un ton hésitant. (Ses yeux me transpercent comme cinq cents dagues.) Je… Je veux juste te faciliter la tâche, j'ajoute, d'une voix encore plus faible.

– *Quoi ?* siffle-t-elle.

J'aurais peut-être dû me taire et la laisser gérer ses sentiments. Mais c'est trop tard. Je retente ma chance.

– Je comprends à quel point ça doit être douloureux pour toi de me voir ici…

Un tintement me coupe la parole. Le pot violet frappe le sol et se met à rouler, projetant la moitié de la crème sur les carreaux. L'instant suivant, Sanghui est recroquevillée, la tête dans les mains, tremblante et respirant avec difficulté.

– Tout va bien ? je m'écrie, m'agenouillant à côté d'elle.

Sans réfléchir, je pose une main sur son épaule, et elle hurle.

– Ne me touche pas ! (Je recule immédiatement, murmurant des excuses.) Éloigne-toi de moi. Tu me dégoûtes.

Tu me dégoûtes. Les mots me poignardent. Personne ne m'avait jamais parlé comme ça. Mais je comprends pourquoi, vraiment.

Elle se frotte la poitrine, luttant pour prendre une inspiration, et je la regarde, pétrifiée. Je pourrais nettoyer le bazar par terre, mais j'ai peur de la provoquer un peu plus si je bouge.

– Pourquoi ? s'étrangle-t-elle entre deux respirations saccadées. Pourquoi tu ne peux pas juste mourir, quand tu meurs ?

Elle me jette un regard qui me fait froid dans le dos, le visage déformé par la haine et la rancœur. Je ne sais pas quoi dire, ni même ce qui se passe.

Tout à coup, la porte s'ouvre à la volée et Maeryung entre. Elle sursaute à la vue de la scène. En vitesse, elle referme derrière elle et se retourne pour nous observer, Sanghui, moi, le pot violet sur le sol. L'instant suivant, elle se jette sur moi et me secoue par les épaules. Ses longs ongles manucurés s'enfoncent dans ma peau.

– Quoi encore ? Qu'est-ce qu'il y a cette fois ? me harcèle-t-elle dans un chuchotement enragé. Quelle chose affreuse as-tu faite pour briser le cœur de ta mère ?

Sanghui éclate en sanglots.

– Maman, pourquoi tu m'as mise au monde ? Pourquoi tu m'as fait naître, si c'était pour me donner cette vie de malheur ?

– Chh. Sanghui, ma chérie, murmure-t-elle, prenant sa fille dans ses bras. Pas maintenant. Rhim est en bas.

Mon épaule m'élance à cause des serres de Maeryung. Mais ce n'est rien à côté du drame glaçant qui se déroule sous mes yeux.

– Sois forte, mon cœur, dit Maeryung, berçant doucement Sanghui. Montre à ta fille comme tu es forte. C'est ce que font les mères.

Mais cela ne semble que faire enrager Sanghui un peu plus.

– *Elle !* En quoi est-elle ma fille ? gémit-elle en repoussant sa mère. Il n'y a jamais eu de « ma fille » pour commencer, et toi…

Maeryung attrape la tête de Sanghui et l'enfonce contre sa poitrine, étouffant le reste de sa phrase. Elle me jette ensuite un regard noir.

– Va dans ta chambre, grand-mère s'occupera de ton maquillage. Ferme la porte et attends-moi. *Ma chérie.*

Sérieusement secouée, je sors en titubant, me demandant ce que Mme Cha comprendra de tout ça. Le bruit de quelqu'un qui fredonne s'élève alors par les escaliers. Je regarde par-dessus la rambarde et vois Rhim, assise sur le canapé, des écouteurs dans les oreilles, en train de se faire les ongles en toute insouciance.

Dans ma chambre, un faisceau doré traverse les lattes des volets et dessine des rayures sur les murs vert citron. On dirait une belle journée d'avril. C'est à ça que ressemble la chambre de Haeri, même à Noël, même alors qu'une tristesse noire me prend au ventre. Je me sens vidée. Mon âme se serait-elle échappée quand Maeryung m'a secouée comme une poupée ?

Je n'avais jamais vu d'adulte pleurer avant, et avec un tel abandon. Pas dans la vraie vie. Chaque année, le jour de l'anniversaire de la mort de papa, je vois maman sécher des larmes silencieuses avec le dos de sa main. Mais tout lâcher comme Sanghui vient de le faire ? Jamais. Je ne savais pas que ça pouvait arriver, et cette découverte me terrifie. Et puis ces mots qu'elle a prononcés ?

Pourquoi tu ne peux pas juste mourir, quand tu meurs ?

Il n'y a jamais eu de « ma fille » pour commencer.

Ses paroles glaçantes résonnent dans mes oreilles, et je suis traversée d'une terrible pensée. Sanghui fait-elle le deuil de sa fille, ou est-elle bouleversée par autre chose ? Je ne sais pas pourquoi, je resonge à une série que j'ai regardée une fois, à propos de mères qui ont perdu la raison à cause d'une dépression post-partum, et qui haïssent leur propre bébé.

UNE CHAMBRE À MOI

Avec un *clic* prudent, la porte s'ouvre. Je lève les yeux. Entre Maeryung, l'air contrariée, le vanity de Sanghui à la main.

– Ne t'avais-je pas demandé de fermer à clé ? Et si ta tante était entrée ?

Elle parle à voix basse, mais on dirait le tonnerre tellement elle me terrifie. Qui sait quand elle pourrait exploser de nouveau ?

– Ne te fais pas voir sans maquillage avant que ton visage ne soit guéri. Pas même à la maison.

Elle m'installe devant la coiffeuse, attrape un tabouret pour elle, puis, d'une main experte, se met à la tâche. Je meurs d'envie de savoir ce qui se passe entre Haeri et sa mère, mais mieux vaut m'abstenir.

Au bout d'un moment, Maeryung fait un pas en arrière pour évaluer son travail.

– Oublie tout ce que ta mère a dit quand elle était en colère, lance-t-elle. (Elle ébouriffe affectueusement les longs cheveux soyeux de ma perruque.) À partir de demain, tu porteras un joli carré.

Rien d'autre. J'acquiesce à demi-mot, et elle pousse un soupir triste.

– Tu sais, ma chérie… commence-t-elle en m'observant dans le miroir. Ce n'est pas parce que tu es seule que personne ne te voit.

Son sourire forcé m'oblige à détourner les yeux, et je manque de lancer un regard caméra.

– Je ferai attention, grand-mère, je réponds, revenant vite au miroir et tentant de sourire à mon tour.

Je me rends compte alors que je ne suis plus dérangée par le visage de Haeri qui m'observe.

– Les brownies ! s'écrie Maeryung tout à coup, me faisant sursauter.

Elle m'embrasse le dessus de la tête et sort en vitesse, laissant mon cuir chevelu me démanger sous la perruque, là où ses lèvres l'ont touchée.

D'un côté de la coiffeuse blanche se trouve un lit assorti avec des étagères à la tête, sur lesquelles cinq animaux en peluche attendent en rang. En tant que fan fidèle ayant étudié la série, j'en connais tous les angles de caméra. Si ma mémoire est bonne, la ménagerie en dissimule une ou deux.

– Tu as passé un bon réveillon ? je me surprends à demander aux peluches, en les caressant l'une après l'autre, comme le faisait Haeri. Rapidement, je repère une minuscule caméra cachée dans l'œil gauche du tigre blanc, et une autre dans l'œil droit de son ami l'ours noir. Je tente de soulever le tigre, mais il est collé à l'étagère, dissimulant sûrement la prise sur son derrière, d'où serpentent ces câbles.

Ça vaut la peine de rappeler que l'électricité qui alimente tous ces appareils n'est pas celle générée en dehors de Snowglobe. L'énergie utilisée pour la production et la transmission d'émissions provient de la Centrale Interne de Snowglobe, seul réacteur nucléaire survivant de l'Âge de Guerre. L'unique raison pour laquelle cette relique est encore en activité, malgré les déchets toxiques et les accidents potentiellement dévastateurs, placée sous la gestion stricte et rigoureuse des Yibonn évidemment, c'est sa fiabilité incontestable, afin d'assurer un service ininterrompu.

De temps à autre, à la marge, ressuscite l'idée que l'énergie nucléaire devrait être réadoptée pour libérer les masses de l'oppression des roues de hamster. Mais l'humanité ne prendra pas ce risque. Pas une deuxième fois. Et pourquoi le ferait-on quand le monde regorge d'hommes et de femmes capables de produire de l'énergie à la seule sueur de leur front ? Et comment ces gens gagneraient-ils leur vie dans ce monde gelé, si nous supprimions les centrales électriques ?

Je balaie la pièce du regard, reprenant conscience des caméras cachées partout : dans le miroir de la coiffeuse, dans l'armoire, dans l'horloge au mur, et la liste est encore longue. Je laisse échapper un soupir, soudain saisie par l'impression d'être en prison.

Mais maintenant, le visage maquillé, on attend de moi que j'endosse de nouveau le rôle, alors je me lève et me dirige vers le dressing. L'énorme collection de vêtements et d'accessoires de Haeri m'accueille. Ça me réjouit, au moins pour le moment.

– Qu'est-ce que je vais mettre aujourd'hui ? je m'entends dire, me glissant dans la peau de l'actrice.

Et pourquoi pas y aller à fond ? Jeon Chobahm porte la même parka et les mêmes vilaines bottes tous les jours de l'année. Mais Haeri ? On ne l'a jamais vue deux fois dans la même tenue. Je me mets à fouiller dans le gigantesque assortiment, de plus en plus débordée par les possibilités. Finalement, je choisis la sécurité : un combo col roulé-jeans – plus à mon goût qu'à celui de Haeri, je dois dire – et entre dans la cabine.

C'est dans celle-ci, une pièce en L où les murs d'intimité montent jusqu'au cou, que les acteurs doivent se changer quand ils sont mineurs. Les majeurs peuvent le faire où ils le veulent.

Je sens la tension dans mon corps se relâcher dès que je passe entre les parois, la tenue à la main. Est-ce que je peux m'asseoir là et déconnecter cinq minutes ? Malgré tout le confort et l'abondance apparents, la vie de Haeri n'est pas une partie de plaisir, et cette pensée m'empêche de sortir de ma cachette.

– *Ma chérie !* (La voix de Maeryung monte du rez-de-chaussée, me ramenant à moi en sursaut.) Les brownies sont tout chauds ! Viens les goûter !

– J'arrive, grand-mère !

Je peux bien trouver de l'énergie pour un brownie.

Jean et pull enfilés, je descends et suis l'odeur de chocolat jusqu'à la cuisine. Maeryung fait un signe vers le plat sur la table où s'empilent les gâteaux. Je choisis un carré parfait et mords dedans, ouvrant grands les yeux pour montrer mon plaisir, façon Haeri.

– Oh mon Dieu, grand-mère, je m'extasie. Ils sont délicieux !

Je montre un pouce en l'air à Maeryung et elle me contemple avec un sourire comblé. En effet, le summum de la pâtisserie, qu'enfin (enfin !) je goûte, est à tomber. Mais soudain, l'image de Sanghui sanglotant dans la salle de bains me revient, et ma gorge se noue.

Comme si Maeryung avait senti ma perte d'appétit, elle pose une main sur la mienne.

– Contente-toi d'une bouchée pour le moment, ma puce. On déjeune dès que ton oncle et ta tante reviennent.

Je lui souris en retour, reconnaissante qu'elle m'ait sortie de là, et pile à l'instant où je replace le brownie sur le plat, la porte d'entrée s'ouvre. Je l'entends se refermer, et Shihwang, l'aînée des tantes, entre à grands pas dans la cuisine avec un sac d'algues. Elle le pose sur le comptoir avec ostentation.

– Cinq magasins différents pour en trouver ! Tout est fermé le jour de Noël, vous savez. (Elle jette un regard amusé à Sanghui, assise à l'autre bout de la table, et se tourne vers moi.) Ta mère a zappé l'ingrédient principal.

À trente-deux ans, Shihwang est l'opposé de Rhim à tous points de vue. Quand Rhim rentre soûle à la maison à des heures indues, en hurlant une chanson pour qu'on l'entende dans tout le quartier, Shihwang n'hésite pas à la faire taire d'un habile coup de pied au derrière.

– Hé, qu'est-ce que tu manges ? demande Rhim au moment où Wooyo, le benjamin du clan, fait son entrée dans la cuisine, suçotant ce qui reste d'une glace à l'eau.

– Un sorbet au melon. (Il termine la glace, puis il jette le bâton en bois à la poubelle.) C'est un nouveau goût, ajoute-t-il, et il se tourne vers moi en souriant. Désolée, petite nièce. Je t'en ai pas pris, ça serait devenu une flaque avant que j'arrive à la maison.

Je lui rends son sourire du mieux que je peux. Ces personnes sont la famille de Haeri, et la terreur d'être démasquée me paralyse.

– Et moi ? proteste Rhim.

– J'ai une nouvelle pour toi, lance Wooyo. La rivière de l'amour ne s'écoule que vers l'aval.

Puis il arrache le brownie à moitié mangé de la main de sa sœur et le lance dans sa bouche.

– Je vais commencer à préparer ta soupe miyeok, me dit Sanghui avec un léger sourire.

Même si je sais qu'elle joue la comédie, c'est effrayant qu'elle soit capable de faire semblant avec moi seulement une heure après ce qui s'est passé.

– Minute papillon, reprend Rhim. Si la rivière de l'amour coule vers l'aval, c'est pas plutôt Haeri qui devrait s'occuper de Wooyo ?

Elle glousse à sa propre pique, nous jetant des regards enjoués à son frère et à moi.

Oncle Wooyo a deux mois de moins que Haeri, après tout.

– Elle a déjà assez de travail avec sa tante immature, rétorque-t-il.

– *Quoi ?* piaille Rhim, s'approchant pour faire mine de lui envoyer un coup de poing. Espèce de morveux ! Tu t'es déjà marié ? T'as déjà divorcé ? Reviens me parler quand t'auras un peu plus d'expérience !

Wooyo se baisse soudain dans mon dos, tandis que Rhim lui envoie un coup de pied, qu'il dévie avec son bouclier humain : moi. Tous les deux continuent à se chamailler, de plus en plus hystériques : Rhim tente d'attraper Wooyo, et il esquive ses attaques en me bougeant d'un côté et de l'autre devant lui. Soudain, il s'accroche par accident à mes cheveux, assez fort pour que ma tête parte en arrière, ainsi que ma perruque, et l'image de mes cheveux en brosse m'apparaît comme un flash.

– Arrêtez ! je crie, agrippant la perruque à deux mains. Merde ! Pas mes cheveux !

Wooyo fait tout de suite un pas en arrière, les mains en l'air comme prêt à s'excuser.

– Désolé… Ça va ? dit-il, inquiet, et aussi un peu surpris.

Ça ne ressemble pas à Haeri, de réagir comme ça. Rhim et Shihwang me regardent avec de grands yeux.

Maeryung fait claquer sa langue depuis l'évier, où elle aide Sanghui à préparer le déjeuner.

– Quel genre de tante et d'oncle vous êtes ? les réprimande-t-elle. Vous avez vraiment besoin de faire les idiots ? Et aujourd'hui, par-dessus le marché ?

Rhim et Wooyo me lancent des regards désolés. Noël est un jour très spécial pour Haeri.

Maeryung pose un bol de soupe miyeok devant moi.

– Joyeux anniversaire, mon chaton, chantonne-t-elle, et elle m'embrasse sur la joue, provoquant encore une fois un picotement désagréable tout le long de mon visage jusqu'au haut de ma tête.

Je la remercie avec le plus joli sourire dont je sois capable.

Aujourd'hui, c'est Noël, et c'est aussi l'anniversaire de Haeri. Sa famille est réunie autour de la table pour l'occasion, échangeant histoires et petites piques.

– Quoi ? T'as que dix-sept ans ? dit Rhim, faussement frustrée. Quand est-ce qu'on pourra aller en boîte toutes les deux ?

– Comment ça, *que* dix-sept ans ? intervient Shihwang. C'est plutôt *déjà* dix-sept ans. J'ai l'impression qu'hier encore, je la portais sur mon dos.

– Rhim ne nous a jamais portés sur son dos, donc elle ne peut pas être nostalgique, bondit Wooyo.

– Tu cherches les ennuis, frérot, lance Rhim avec un rire mesquin. Je vais le faire tout de suite, si c'est ce que tu veux. Pour mieux te jeter par terre, style prise de catch.

Les tantes et oncle de Haeri en font des tonnes pour les caméras tout le déjeuner, et rapidement, celui-ci touche à sa fin. Même si je veille à rester dans mon rôle, ça me fait bizarre de fêter mon anniversaire sans le gâteau que me commande toujours maman. Bien sûr, je serais en train de le manger dans ma maison glacée. Ici, il fait chaud, mais Haeri ne reçoit ni gâteau ni cadeaux, elle préfère que ce soit comme ça.

Car c'est aussi le jour de la mort de son père. Il a été tué dans un accident de voiture en allant rencontrer son bébé à l'hôpital, où Sanghui venait d'accoucher. Cela va sans dire, cette tragédie ayant eu lieu à Snowglobe, le monde entier y a assisté.

Quand elle a enfin appris les détails de la mort de son père, Haeri avait dix ans. Le jour de son treizième anniversaire, elle a annoncé qu'elle voulait célébrer ce moment dans le calme, sans gâteau, ni cadeaux, ni chichis. Parce que c'est Noël, les gens apportent tout de même des cadeaux, mais la fête d'anniversaire de Haeri en famille reste sobre.

Maintenant que j'y pense, personne ne m'a souhaité joyeux anniversaire hier soir au banquet. Ça a presque échappé à la conductrice du taxi, mais elle s'est rattrapée à temps.

Sanghui me caresse le visage affectueusement.

– Je suis sûre que ton père fête aussi ton anniversaire quelque part, dit-elle avec un sourire triste.

Quand Haeri est née, son père et Sanghui s'étaient déjà séparés. Malheureusement, cette dernière ne s'en était pas du tout remise, et cette mort tragique l'a plongée dans une tristesse si profonde qu'elle l'a longtemps empêchée de s'attacher à son bébé. Les années passant, l'enfant ressemblait de plus en plus à son père, le seul homme que Sanghui ait jamais aimé. Je ne peux pas m'empêcher de me demander pourquoi elle n'est pas parvenue à aimer Haeri aussi.

Je ferme les yeux et joins les mains devant mon visage. Je pense à la fille dont c'est l'anniversaire qui, dans un an seulement, fêtera ses dix-huit ans, puis fera l'annonce stupéfiante qu'elle projette de quitter Snowglobe. Bien qu'elle aurait sûrement prié pour son père aujourd'hui, je prie pour elle. Je prie pour qu'elle ait trouvé la paix. Et avant de rouvrir les yeux, je fais une dernière prière pour ceux que j'aime : *Joyeux anniversaire à vous aussi, Jeon Ongi et Chobahm.*

J'imagine mon frère jumeau devant notre joli gâteau d'anniversaire, comme tous les ans. Maman et grand-mère sourient derrière lui, les visages illuminés par les flammes dansantes des bougies, que Ongi s'apprête à souffler tout seul, sans moi, pour la première fois de notre vie. Sentant un sourire naître sur mes lèvres, j'ouvre enfin les yeux et regarde autour de moi chacun des visages rayonnants qui m'observent.

– Merci tout le monde pour vos vœux d'anniversaire !

– Et c'est parti pour assister à la deuxième victoire consécutive de Priya ! déclare Rhim d'une voix enjouée.

Tout le monde se prépare pour le championnat.

Priya Maravan, la biathlète fétiche de Rhim, est la championne en titre et favorite cette année.

– Je ne sais pas, tante Rhim. Je pense que Chun Sahyun va gagner, j'affirme, sortant le nom de la favorite de Haeri, qui est aussi la mienne.

Wooyo examine les piles de cadeaux emballés sous le sapin.

– J'imagine qu'on les ouvrira en rentrant, alors, dit-il après un moment.

Noël ne serait pas Noël sans les montagnes de paquets. Rhim bat des mains comme une écolière.

– Oui ! Il n'y a rien de mieux qu'ouvrir les cadeaux en regardant les rediffusions du championnat !

Soudain, les lumières se tamisent, et des dizaines de rayons lumineux découpent l'air et se mettent à balayer le salon. Les faisceaux sortent des caméras cachées dans les objets de la maison, et quadrillent tout ce qui croise leur chemin. Quelques secondes passent, on entend un puissant *clap !* et les rayons disparaissent. C'est la *table rase* dont Mme Cha m'a parlé.

« Deux à trois fois par jour, les caméras s'éteignent pendant environ dix minutes sans prévenir, m'a-t-elle expliqué. C'est là qu'on vérifie le son et l'image, et que l'on transfère toutes les données vers un stockage central. »

Ce n'est pas le genre d'information que l'on apprend dans *Guide TV*. Tout excitée, je lui ai dit que je ne savais pas que les caméras s'arrêtaient de filmer. Elle m'a répondu que techniquement, le tournage ne s'interrompait jamais, puisque les trois sections de Snowglobe se relayaient pour faire les sauvegardes, et l'important était que chacun retourne à la scène, prêt à reprendre là où il s'était arrêté. En résumé, cela veut dire que de temps en temps, les acteurs ont une pause de dix minutes.

Immédiatement, tout le monde se disperse pour aller là où chacun préférerait être. Je file dans ma chambre et me jette sur le lit. Sans caméras qui m'observent, je suis tentée d'arracher la perruque et de laisser mon cuir chevelu respirer, mais j'imagine très bien Wooyo ou Rhim débarquer sans frapper. Alors je résiste à l'envie et m'allonge. Tout à coup, le téléphone sonne et je sursaute. Je prends deux grandes inspirations pour me calmer et attrape le combiné.

– Allô ? dis-je dans le bout perforé, imitant les gens que j'ai vus faire à la télé.

C'est ma toute première conversation téléphonique, et malgré moi, je suis un peu grisée.

– Tu as reçu la boîte à code ? demande une voix de femme à bout de souffle.

– Pardon ?

– Si tu l'as, cache-la quelque part où personne ne pourra la trouver, m'ordonne la voix, particulièrement rauque.

– Je suis désolée, mais je crois que vous avez le mauvais… je commence, mais la ligne se coupe.

Super, pour un premier appel. Un peu déroutée, je me mets à jouer avec le combiné avant de le replacer sur son socle.

La véritable Haeri aurait donné son numéro à Yujin hier, et elle, qui aime papoter, serait sortie à la première heure aujourd'hui pour s'acheter un téléphone. Reprenant l'appareil, je le coince entre mon oreille et mon épaule. Puis je tends les bras devant moi pour admirer mes ongles vernis, comme j'ai vu Haeri le faire.

– Allô ? Oui, c'est moi ! je gazouille dans le silence, simulant un appel avec Yujin. Alors, tu as pu danser avec Bonwhe hier soir ?

Je passe le téléphone sur l'autre oreille, mais il tombe sur mes genoux. Je le replace, et reprends où j'en étais.

– Pardon, tu disais ?

Ensuite, je fais mine de me vernir les ongles de pieds, lâchant des *mmh-mmh* et des *mais non* à la bonne fréquence dans le combiné muet.

– Tu habites où, au fait ? Tu veux qu'on déjeune ensemble demain ?

Et j'ajoute un petit « hihi » à mon propre monologue.

Je nous revois petits, Ongi et moi, en train d'imiter les gens à la télé avec des gobelets en carton contre nos oreilles.

– Salut, Jeon Ongi ! C'est moi, dis-je à présent. Tu es arrivé au travail à l'heure, aujourd'hui ? Et ton anniversaire, c'était bien ?

La présence d'un véritable téléphone dans ma main, avec son design épuré et ergonomique, rend mon petit jeu encore plus crédible. Je m'allonge sur le lit et roule avec, tirant sur le câble comme le faisait Haeri.

La douceur de son lit devient irrésistible, alors je raccroche, m'enroule dans la couette en plumes et fixe le plafond. Sa couleur vert citron est plus chaude dans la lumière dorée du soleil. Une chambre à moi. J'en ai rêvé toute ma vie.

Elle avait beau être pourrie gâtée, la petite recherchait le malheur. Haeri aurait dû couper court à toute tristesse qui tentait de germer, que ce soit à cause d'une grand-mère narcissique ou d'une mère dégoûtée par sa présence. C'est ce que j'aurais fait. J'aurais choisi de vivre. J'aurais trouvé un moyen.

IMPROVISATION

Quand on arrive à la station de ski Jaeum, je suis immédiatement émerveillée par la vue spectaculaire. La chaîne de montagnes, connue pour ses monts escarpés aux pics enneigés, s'élève brusquement au-dessus de la forêt alpine luxuriante qui s'étend vers la frontière, créant l'arrière-plan idéal pour le championnat d'aujourd'hui.

Maeryung repère Bonyung près de la remontée mécanique, plaque sur son visage un large sourire et fonce droit sur elle, nous laissant derrière.

– J'ai entendu parler de votre incroyable fête hier, madame la présidente, dit Maeryung, la voix si haute qu'elle pourrait être en train de chanter.

– C'est moi qui dois vous remercier, j'ai reçu au moins une dizaine de compliments sur ma tenue, répond Bonyung.

– Oh, je ne sais pas, madame la présidente, ronronne la première. Un mannequin comme vous sublime tout ce qu'il porte !

Les deux femmes pépient et gazouillent ensemble un moment, puis Bonyung referme la boucle en nous souhaitant un bon championnat.

– Vous n'allez pas le regarder avec nous, madame la présidente ? demande Maeryung, de toute évidence déçue.

Elle avait supposé, tout comme moi, que l'on partagerait une loge avec Bonyung, en tant qu'invités de la Yibonn Corporation.

Bonyung y assiste toujours depuis l'une de ces loges VIP réservées à son clan et à une dizaine d'invités spéciaux, donc je suis étonnée d'entendre son explication.

– Étant donné que les invités cette année sont une grande et belle famille de trois générations, j'ai décidé de regarder la compétition depuis la ligne d'arrivée. (Elle fait un geste vers notre groupe avec un léger sourire, et je remarque malgré moi comme elle a l'air fatiguée.) Mais je laisserai mon beau-fils et mon petit-fils avec vous, si cela vous convient.

Maeryung accepte avec plaisir, et la laisse s'éloigner. Tandis qu'on attend d'autres indications, on s'organise tous les six en paires selon l'athlète que l'on soutient : Wooyo et moi pour Chun Sahyun, Rhim et Shihwang pour Priya, et enfin, Maeryung et Sanghui pour celui que le beau-fils de Bonyung préférera, leur unique objectif étant de s'attirer les bonnes grâces du mari de la future présidente de la Yibonn Corporation.

L'assistante Yu est là, et nous escorte jusqu'aux loges VIP, qui sont des télécabines programmées pour suivre nos athlètes favoris. Dans la mienne, il y a Wooyo et moi, et soudain Bonwhe arrive derrière nous. Apparemment, lui aussi soutient Chun Sahyun.

Prenant des airs de femme distinguée, je m'assieds lentement sur le banc moelleux qui fait le tour de la cabine. Bonwhe, s'installant à ma droite, me tend la ceinture de sécurité sans dire un mot. Aujourd'hui, il porte un blazer en velours noir et un col roulé blanc, choix vestimentaire en parfaite adéquation avec l'élégance discrète de sa famille. Et avec un visage et une allure comme les siens, qui a besoin de fioritures ?

Un cri de joie s'élève de la foule, et je regarde dehors. Sur les écrans géants, c'est moi que je vois. Des versions gigantesques de moi et de Bonwhe, qui nous fixent en retour. Wooyo s'insère dans le cadre, se penchant sur nous avec un sourire idiot.

J'étouffe un rire à ses bêtises. L'événement d'aujourd'hui est la première invitation qu'il reçoit des Yibonn depuis un long moment, et il a décidé de mettre le paquet. En plus de ses piercings de nez habituels, il a aussi emprunté le collier de perles préféré de Rhim et ses boucles d'oreilles assorties, ainsi que le bracelet en diamant de Haeri, que je lui ai passé de bon gré quand il me l'a demandé.

– Mesdames et messieurs, tonne la voix du présentateur. Terminons l'année en beauté avec le championnat annuel de biathlon !

L'écran géant zappe sur le présentateur, et je m'enfonce dans mon siège, pressée de voir la compétition débuter. L'épreuve masculine a lieu en premier, puisque la popularité de Priya Maravan dépasse celle de tous les hommes cette saison. Les vingt et un finalistes – chacun portant un dossard indiquant son rang préliminaire – sont présentés un par un alors qu'ils prennent place sur la ligne de départ. Ils saluent, lèvent le poing, et la foule les acclame. N'importe lequel d'entre eux pourrait servir de sniper militaire à tout moment, et mon cœur se gonfle de fierté d'être en présence de tant de talents.

Le pistolet de départ détone, et je retiens ma respiration.

– Mesdames et messieurs ! Les athlètes ont quitté la ligne de départ ! crie le présentateur à une foule en éruption.

Wooyo se penche par-dessus moi pour demander à Bonwhe quel athlète masculin il soutient.

Bonwhe plisse les yeux en réfléchissant.

– Je ne sais pas, répond-il au bout d'un moment. Je n'ai trouvé personne de vraiment intéressant depuis Cooper.

– Pareil ! s'exclame Wooyo, à moitié debout d'enthousiasme.

Bonwhe lui renvoie un sourire poli, mais ne m'adresse même pas un regard. Hier, il a mobilisé son assistante personnelle pour s'assurer que l'on s'occupait de moi. Aujourd'hui, il est le roi de la glace en personne, froid et inaccessible.

– J'ai failli pleurer quand Cooper a annoncé qu'il prenait sa retraite, se lamente Wooyo. Il s'entraînait dans le parc de mon quartier tous les jours, puis il a arrêté de venir. Un peu plus tard, j'ai appris qu'il était rentré chez lui.

Alors qu'il commence à chanter les louanges de Cooper, je fixe mon regard sur la course en dessous, luttant contre l'image de ses yeux mouchetés de rouge, fous de terreur, mais j'ai du mal à me concentrer. Tout autour de nous, les cabines montent et descendent le long de leur câble, suivant les skieurs qui foncent vers l'avant du peloton, tandis que je revois en boucle Cooper tomber de l'avion.

– Quel retournement, s'écrie le présentateur. Mesdames et messieurs ! Kim Jehno s'avance pour prendre la tête !

Un rugissement de joie traverse la foule, et je me focalise sur le stade en contrebas. L'athlète au dossard numéro douze se fraie un chemin hors de la première zone de tir.

Le biathlon est né du combat à ski durant l'Âge de Guerre. Il a changé plusieurs fois depuis son adoption en tant que sport. Maintenant, il y a un total de trois séries de tirs. Dans la première, les athlètes doivent tirer en position couchée sur des cibles stationnaires à cinquante mètres de distance. Dans la deuxième, ils tirent debout, sur des cibles de la taille de balles de base-ball lancées par une machine. Les cibles suivent un code couleur, et les sportifs doivent toucher celles correspondant à leur uniforme, ce qui requiert énormément de précision et une incroyable réactivité. Ceux qui les manquent sont éliminés. Dans la troisième et dernière série, les athlètes peuvent tirer depuis n'importe quelle position, mais ils doivent tuer un des condamnés à mort dans les trente secondes qui suivent leur entrée dans les stands de tir, également marqués du code couleur. Pour plus de suspense, le condamné possède un petit bouclier avec lequel il peut dévier les balles. En fait, la cible humaine peut faire tout ce qu'elle veut pour se défendre, y compris se cacher ou grimper dans un des arbres qui bordent la zone.

Quelles sont les chances de survivre à l'assaut ? Infimes, mais pas nulles. Il y a quelques années, une condamnée a échappé à chacune des dix-huit balles tirées sur elle par les athlètes féminines. Et, selon les règles du sport, elle a immédiatement gagné sa liberté. Ensuite, elle a profité de la célébrité – ou de l'infamie – due à sa survie, et a même obtenu sa propre série télé, *La Survivante*. Mais on lui a coupé les vannes après deux saisons, et elle a dû abandonner sa résidence à Snowglobe et rentrer chez elle. Cela va sans dire, aucune championne féminine n'a été couronnée cette année-là, événement rare s'il en est.

La voix amplifiée du présentateur monte fiévreusement.

– Mesdames et messieurs, le quatrième tir de Kim Jehno a fait tomber Pierre Verdain ! Avons-nous enfin un champion ?

L'instant suivant, le moniteur cardiaque de Pierre Verdain laisse échapper un long bip traînant, confirmant la victoire de Kim Jehno. Les écrans géants s'illuminent, montrant le gagnant, qui lève les poings en l'air et pousse un cri de triomphe.

Dix-sept ans. Dans sa deuxième année de résidence. Le plus jeune champion de biathlon de l'histoire !

Incroyable retournement. Comme l'indiquait son dossard, Jehno n'était que douzième au classement préliminaire, et c'était sa première participation. Il n'avait vraiment aucune chance de remporter le trophée aujourd'hui, si ces chiffres ont un sens.

Les réactions de la foule sont partagées. Il y a ceux qui laissent exploser leur joie d'avoir assisté à un moment historique, et ceux dont la déception se transforme en colère.

Moi, je me sens affreusement mal. En voyant Pierre Verdain lutter désespérément d'arbre en arbre dans une vaine tentative pour sauver sa propre vie, je ne pensais qu'à Cooper. Bien sûr, Pierre était un condamné à mort et avait peut-être mérité son sort. Apparemment, il a attaqué son réalisateur après avoir appris que sa série n'était pas renouvelée. La cour, qui l'a jugé coupable de tentative de meurtre, l'a condamné à la peine capitale. Une sentence sévère dans des circonstances ordinaires, mais dans ce cas-là, la cible de la violence était un réalisateur, et un acteur qui s'en prend à un réalisateur, c'est le crime le plus grave qui soit.

En dessous, les gens commencent à se lever, et les télécabines nous descendent au pied de la montagne. En approchant de l'arrivée, on voit le nouveau champion rendre son fusil aux juges. Kim nous attend, et Wooyo disjoncte, criant « Oh mon Dieu. Je suis trop content ! » à tout bout de champ.

Autre avantage d'être VIP : on a la possibilité d'aller féliciter personnellement le nouveau gagnant, et c'est la première fois que Wooyo y a droit. La porte coulisse et il jaillit de l'œuf, lançant une main vers Kim pour qu'il la lui serre.

– Félicitations, champion ! s'écrie-t-il. Je suis ton nouveau plus grand fan !

– Merci beaucoup, répond gentiment l'athlète en prenant sa main.

Bonwhe la lui serre également et lui adresse quelques mots courtois de félicitations. Jehno le dévisage, muet d'admiration, avant de se reprendre pour le remercier.

Je m'avance pour le congratuler à mon tour. Mais juste au moment où j'ouvre la bouche, il prend une grande inspiration et s'essuie la main sur le torse de sa combinaison de course.

– J'ai toujours voulu te rencontrer, me dit-il, les yeux dans les yeux.

– Moi ?

C'est tout ce que j'arrive à articuler.

– Oui, assure-t-il, soutenant mon regard. Je me suis promis que si je gagnais, je te proposerais un rendez-vous.

Des cameramans de différentes chaînes d'info se jettent en avant, refermant le demi-cercle qu'ils avaient formé autour de l'arrivée des cabines, et quand je serre la main de Jehno, je remarque une petite caméra posée sur son épaule, mon visage pile dans l'objectif, où se reflète mon expression choquée.

Soudain, un nouveau cri de joie explose, encore plus assourdissant que quand le champion a arraché la victoire. Je me tourne vers les écrans géants pour voir les deux énormes visages qu'ils affichent : le mien et celui de Jehno. Notre échange est projeté dans tout le stade.

Mon cœur bat à tout rompre. J'observe les milliers de visages qui flottent en attendant ma réponse, et je prends conscience que tous ces acteurs sont aussi des spectateurs, assistant à la série dans la série.

La vie de Haeri est ponctuée de moments comme aujourd'hui, mais aussi romantiques qu'ils aient été, celui-ci l'emporte de loin.

Heureusement, je sais exactement comment elle aurait réagi dans cette situation. Revenant à moi, à Haeri, je lui lance d'un air détaché :

– Alors, qu'est-ce que tu attends ? (On dirait que je l'ai pris par surprise. Son sourire confiant vacille.) Tu as dit que tu t'étais promis de me proposer un rendez-vous. Donc fais-le, sérieusement.

Je croise les bras, le mettant au défi.

Son sourire revient, encore plus lumineux. Une main sur la poitrine, il fait mine de calmer son cœur qui bat la chamade. Dans la foule, quelqu'un se met à scander mon nom, et petit à petit, de plus en plus de monde le reprend jusqu'à ce que le stade entier se mette à vibrer.

– Goh Haeri ! Goh Haeri ! Goh Haeri !

Je balaie les gradins des yeux, à la fois terrifiée et exaltée. Tous ces gens me mangent dans la main, et l'idée électrifie chaque cellule de mon corps. Je me sens… intouchable.

Jehno lève une main, et la clameur s'éteint. Dans le silence qui s'installe, il se met à parler.

– Haeri, veux-tu m'accompagner voir les feux d'artifice du Nouvel An ?

La foule retient son souffle, on entendrait une mouche voler. J'attends, j'étire le moment pour créer de l'effet, et un cri impatient s'élève dans le public – « Dis oui ! » –, provoquant quelques sifflets de protestation contre l'interruption.

J'attends. Il n'y a pas d'urgence. La balle est dans mon camp, après tout. Et quand tout est à nouveau calme, à part le vent qui souffle dans les cimes, je laisse un sourire s'épanouir sur mon visage.

– Avec plaisir.

Le stade entre encore une fois en éruption. Jehno lève le poing, célébrant sa deuxième victoire aujourd'hui.

NOUVELLE PROPOSITION

« Cette année, le championnat de biathlon a vibré grâce à plusieurs surprises, pendant et après la course », annonce la présentatrice des infos de sa voix de journaliste, tandis que l'écran passe à la scène où j'accepte la proposition de Jehno.

– Allez, Haeri ! couine Rhim, m'envoyant une tape dans le dos.

S'ensuivent des extraits d'interviews du public.

« J'ai campé devant la billetterie pendant trois jours. Ça valait carrément le coup ! »

« Le seul inconvénient de la vie à Snowglobe, c'est que je rate mes séries préférées, mais ce qu'on a eu aujourd'hui, ça compense largement ! »

Wooyo, qui attrape un autre cadeau à déballer, lève les yeux vers Maeryung.

– Maman, est-ce que t'étais folle des séries de Snowglobe, toi aussi, quand tu vivais à l'extérieur ?

Maeryung, qui était en train de ramasser du papier froissé et des rubans, s'interrompt.

– On se fiche de la vie des autres. C'est la nôtre qui doit nous intéresser.

– Et plutôt mourir que de vivre enchaînée à une roue de hamster, ajoute Rhim, en s'admirant dans un miroir de poche qu'elle a posé sur la table basse, un collier de saphirs neuf scintillant autour de son cou.

Son commentaire fait renaître en moi une profonde tristesse. Je ne peux pas m'imaginer retourner travailler comme une esclave à la centrale dix heures par jour.

Tu m'aides, puis je t'aide.

L'exaltation que j'ai ressentie au stade m'a changée. Je ne veux plus jamais redevenir celle que j'étais, ni remettre le pied dans une centrale électrique. Puis-je vraiment compter sur le fait d'intégrer l'école de cinéma ensuite ? Comment pourrais-je réaborder le sujet avec Mme Cha sans lui rappeler Jeon Chobahm ?

– Tout va bien, ma nièce ?

La voix de Wooyo me ramène à la réalité. Il me regarde d'un air inquiet.

– Quoi ? Ça va, je lui assure, et je passe à la prochaine série de cadeaux laissés pour moi à la porte d'entrée.

Entre l'anniversaire et Noël, les gens qui veulent se rapprocher de Haeri ont tendance à se lâcher, ce jour-là.

Je m'affaire sur une petite boîte emballée dans du papier à l'effigie de Rodolphe, le renne au nez rouge, quand le téléphone sonne.

– Sûrement un appel pour toi, petite nièce, dit Rhim, feignant la jalousie et m'envoyant un coup de coude.

De l'autre côté de la pièce, Sanghui feuillette oisivement les pages d'un nouveau livre de recettes, refusant même de lever les yeux sur l'écran de la télé, qui affiche de nouveau des images de moi debout près du champion.

Personne ne se lève pour décrocher, donc je me précipite dans ma chambre à l'étage, le cadeau à moitié ouvert encore dans mes mains. Je décroche, et je suis soulagée d'entendre la voix de Mme Cha à l'autre bout du fil.

– J'ai vu les nouvelles, dit-elle, enchantée. Et la rediffusion du championnat, évidemment. J'ai hâte de monter les rushs.

C'est génial, mais je ne peux pas m'empêcher de douter de la tournure qu'ont prise les événements.

– Le rendez-vous… J'ai bien fait d'accepter ? je demande en m'asseyant au bord du lit.

– Bien sûr, me rassure-t-elle avec un rire joyeux. Pourquoi cette question ?

Il me faut quelques secondes pour formuler ma réponse.

– Parce que je ne sais pas trop comment procéder à partir de maintenant.

– Qu'est-ce que tu veux dire ? Tu n'es jamais allée à un rendez-vous avec un garçon ?

Eh bien, non. Pas parce qu'il y a quelque chose qui cloche chez moi, mais parce que personne ne va à des rendez-vous dans le monde enneigé et balayé par le vent, où la vie se limite aux maisons surpeuplées et à la centrale électrique. Mais ce n'est pas le sujet. Je m'éclaircis la gorge.

– Je veux dire… À quel moment Haeri doit-elle commencer à montrer des indices qu'elle veut quitter Snowglobe ? Pour que les spectateurs croient en sa décision, il faut qu'on les embarque avec elle dans sa réflexion. Non ?

La ligne reste muette. Argh. Je suis clairement sortie du personnage, et j'ai sûrement dépassé les bornes, aussi. Je me prépare au pire, quand un rire grave, satisfait, s'échappe du combiné.

– Alors ce n'était pas que du vent ! dit-elle, à la fois amusée et impressionnée. Tu as vraiment observé comment ça marchait, ici.

Je ne sais pas comment le prendre. Elle brise le silence de nouveau.

– Détends-toi. C'est un compliment. J'avais raison. Toi et moi, on va très bien s'entendre.

Elle m'a dit quelque chose de similaire ce matin, avant ou après m'avoir félicitée de refuser de me comporter comme un chiot abandonné.

– Demain, c'est ta visite au studio, me rappelle-t-elle, changeant de sujet.

La visite fait partie de ma formation de nouvelle présentatrice météo, un genre d'intégration informelle.

– Je veux que tu passes me voir avant d'y aller. Il faut qu'on parle d'une affaire importante.

Mon cœur fait un bond. Une affaire importante ?

– Bien sûr, madame Cha, dis-je en jouant avec le papier Rodolphe, le cadeau à moitié ouvert toujours contre moi.

– Je voudrais que tu réfléchisses à quelque chose entre-temps.

– Il y a un sujet dont j'aimerais discuter avec vous moi aussi, madame Cha, je laisse échapper soudain.

Silence.

– Ah oui ?

Je ne veux jamais retourner au cimetière des roues de hamster !

Je voudrais lui dire tout de suite que je crains déjà le jour où le rideau tombera.

– C'est un peu trop compliqué pour en parler au téléphone.

Long silence.

– D'accord. Qu'est-ce qui ne va pas ? Je croyais que tu serais encore euphorique du championnat.

– Je le suis, je réponds, sentant encore dans ma poitrine la vibration de la foule déchaînée.

– Alors pourquoi as-tu l'air si triste ?

Ça doit être le ton de sa voix, je ne sais pas, mais ça me fait parler.

– Parce que je me sens triste, voilà. Triste et anxieuse.

– Quoi ? Pourquoi ? demande-t-elle, une pointe d'irritation dans la voix.

Je déchire un gros morceau du papier cadeau. Et ça fait du bien.

– C'était incroyable, de voir le stade entier devenir fou pour moi. Je n'avais jamais ressenti ce genre de bouffée d'adrénaline, j'admets, puis les mots se mettent à déborder malgré moi. C'était vraiment magique, là-bas. Ce téléphone ? La couverture sur laquelle je suis assise en ce moment même ? Tout est génial. Et je vous ai dit que je viens de recevoir un nouveau lecteur cassette pour Noël ? J'ai hâte de l'emmener avec moi pendant une promenade autour du lac, et…

– Je comprends, ma chérie, me coupe Mme Cha avec un soupir satisfait. Comme je te l'ai dit, te faire entrer à l'école de cinéma n'est pas dans mon pouvoir immédiat en tant que réalisatrice en exercice, mais ne t'inquiète pas : j'ai un plan. Toi, concentre-toi sur ton rôle.

C'est effrayant, la vitesse à laquelle elle saisit ce que je n'arrive pas à exprimer, comme si elle me connaissait, moi, Jeon Chobahm, depuis ma naissance.

– Oui, bien sûr, madame Cha, je murmure.

Sa réponse, bien que plutôt rassurante, n'est pas exactement celle que je voulais entendre. Contenant ma déception, je serre le cadeau que j'ai finalement extirpé de son emballage excessif. Une boîte à code à quatre chiffres, qui tient dans la main.

Étrange. Soudain, je me rappelle. Le faux numéro.

Cache-la quelque part où personne ne pourra la trouver.

C'était de ça dont parlait l'interlocutrice pressée ? Non pas que j'y comprenne quoi que ce soit.

– Si tu veux vraiment savoir, me ramène la voix de Mme Cha, il y a bien une chose en mon pouvoir. (Elle marque une longue pause, prenant son temps. Mon cœur s'emballe de nouveau, et je retiens ma respiration pour qu'elle ne l'entende pas.) Je ne peux peut-être pas faire de toi une étudiante en cinéma, reprend-elle enfin. Mais je peux faire de toi Goh Haeri. Pour toujours.

Tout à coup, le combiné me semble très lourd, et je le serre un peu plus fort, retenant un gémissement.

– Je te referai la proposition demain, continue-t-elle. Officiellement. Mais maintenant que j'ai lâché le morceau, qu'est-ce qui te vient à l'esprit ? À l'idée de vivre le reste de ta vie en tant que Goh Haeri ?

Mes doigts, qui agrippent la boîte à code, sont devenus blancs. Une image envahit mes pensées, celle de mon cœur qui tombe sur le sol dur et froid, palpitant comme un poisson hors de l'eau.

– En te voyant au stade aujourd'hui, j'ai compris que tu étais plus qu'un remplacement temporaire. Tu as tout ce qu'il faut pour devenir Haeri. En mieux.

Je lève les yeux, et m'aperçois dans le miroir de la coiffeuse. *Qu'est-ce que tu fiches ? Pourquoi tu ne refuses pas ?*

– Qu'adviendrait-il de Jeon Chobahm, alors ? dis-je. Elle disparaîtrait ?

– Non ! Bien sûr que non. Je raconterais qu'elle a commencé en tant que nouvelle réalisatrice tout de suite après ses études. Sa famille serait largement indemnisée – c'est le contrat qui est proposé à tous les acteurs et réalisateurs, mais ça, tu le sais. Et si elle le voulait, je pourrais même organiser des retrouvailles régulières dans un endroit tiers.

Je dévisage la fille dans le miroir. *As-tu vraiment besoin de réfléchir ?* semble-t-elle dire.

La station de télévision se trouve au dernier étage de la SnowTower, le bâtiment où vit également Mme Cha. Yi Dahm, la productrice, une chaise pliante dans les mains, me guide le long d'un couloir.

– Je vous prie d'excuser le manque d'espace, dit-elle. Ce n'est pas prévu pour recevoir du public.

Je souris et réponds joyeusement qu'il n'y a pas de problème, l'esprit empoisonné par l'anxiété. La discussion avec Mme Cha qui aurait dû avoir lieu ce matin a été annulée – une affaire urgente l'a obligée à se rendre à l'hôpital.

Mme Yi installe la chaise à côté de la caméra principale, poussant du bout du pied les câbles qui serpentent au sol.

– Je pense que c'est une bonne place. Ni toux ni raclement de chaise, s'il vous plaît, ajoute-t-elle avec un sourire amusé.

Je la remercie et m'installe, observant les grands murs en verre autour de moi.

– Là-haut, c'est la salle de rédaction, m'indique Mme Yi.

La station télé est un tube en verre avec un atrium carré au centre. Tout en haut de l'atrium, deux étages au-dessus du studio où je suis actuellement assise, se trouve la salle de rédaction. Une journaliste regarde en bas et nous adresse un signe de la main. Je lui fais signe en retour, puis baisse les yeux vers le plateau devant moi.

Les deux présentateurs du *Journal de 20 heures* sont assis derrière leur bureau et relisent leurs fiches pour se préparer à leur émission quotidienne. Je me rappelle avoir observé depuis ma télé le triangle amoureux compliqué entre eux deux et la productrice, Mme Yi. Maman et moi proclamions qu'ils feraient mieux tous les trois d'arrêter d'analyser leurs sentiments et de vivre heureux pour toujours comme un trouple fabuleux.

Je cherche des yeux Fran, mon futur prédécesseur, mais je ne le vois nulle part. Quand je pose la question à Mme Yi, elle me répond qu'en général, il arrive sur le plateau cinq minutes avant le début de la séquence météo, autour de 20 h 45.

– Je vous présenterai aux journalistes plus tard. Ils sont tous les deux un peu tendus avant l'émission, dit-elle, le regard rivé sur M. Park, qui fronce les sourcils de concentration.

Il vous trompe ! Ça me démange de le lui souffler. *Avec Mme Chung, sa collègue, votre prétendue meilleure amie !*

Mais je n'ai pas le droit de soulager cette démangeaison. Me tortillant sur ma chaise et cherchant autre chose sur quoi me fixer, je remarque une étrange cabine téléphonique dans un coin.

– C'est un décor ? je lui demande.

– Non. C'est une ligne directe entre la rédaction et le studio. Pour les communications urgentes uniquement. On ne peut pas se permettre d'avoir le téléphone qui sonne au milieu du direct, donc il est toujours en silencieux. La cabine clignote en blanc quand il y a un appel.

– Ça doit être joli, dis-je, espérant la voir en action pendant ma visite.

Mme Yi se retourne pour jeter un œil à l'autre cabine, celle de montage, perchée un étage au-dessus de nous.

– Très bien, conclut-elle. Il est temps pour moi de monter.

Là-haut, son équipe attend derrière une console avec vue sur le plateau.

– La Salle de Contrôle. C'est là que l'on compose, surveille et transmet le direct, explique Mme Yi, la voix pleine de fierté.

D'après ce que j'ai appris à l'école, il y a la Salle de Contrôle, puis la Salle Maîtresse. La première, située ici, assure le contrôle total de la vingtième chaîne entre 20 heures et 21 heures, pendant la diffusion du journal. Elle prend donc le pas sur l'autorité de la Salle Maîtresse. Autrement dit, cette dernière ne peut pas, sous aucun prétexte, interrompre la diffusion du journal sans la permission de la Salle de Contrôle. C'est une règle destinée à assurer l'indépendance des médias, et c'est l'un des héritages de l'Âge de Guerre. Quoi qu'il advienne, le micro reste allumé jusqu'à la phrase d'au revoir du présentateur.

Enfin, tout cela reste théorique. Le *Journal de 20 heures* n'a jamais eu à invoquer l'indépendance des médias pour se défendre, puisque l'ordre juste et équitable de Snowglobe la protège de toute façon. Et les Yibonn sont une famille à l'intégrité immaculée – bien loin de la corruption et des scandales qui sapaient la confiance des gens et déstabilisaient les institutions. Certes, il y a la vice-présidente Bonshim, mais ses scandales restent strictement personnels.

L'émission se termine par un résumé des nouvelles du jour.

– Voici les titres d'aujourd'hui.

Mme Chung lit le prompteur tandis que des images de flammes, de chaos et de spectateurs en état de choc défilent sur l'écran géant derrière elle. Un feu s'est déclaré hier dans une maison du Deuxième District, quand une bougie a embrasé un gâteau d'anniversaire. Les pompiers ont éteint l'incendie, mais les dégâts provoqués coûteront des millions…

L'écran coupe à la nouvelle suivante. Les photos d'identité judiciaires de trois hommes.

– Trois hommes condamnés à mort pour meurtre et violation des régulations de diffusion…

J'écarquille les yeux quand je reconnais un des visages. C'est le prisonnier avec le cœur tatoué sous l'œil, celui qui transpirait dans sa roue, dans la prison secrète des Yibonn pendant la fête de Noël.

– Les autorités ont révélé que les hommes ont été exécutés juste avant Noël, le 23 décembre.

Le 23 ? Comment est-ce possible ?

– Sans transition… (La voix de Mme Chung devient plus enjouée.) Le magazine *Pâtisserie Premium* rapporte que cette année, la vente de gâteaux de Noël…

Je l'ai bien vu vivant au réveillon ! Je ressasse l'information, sans comprendre, quand quelqu'un me tapote l'épaule. Je lève les yeux. C'est Fran, qui me sourit et m'adresse un petit signe de la main en se dépêchant de rejoindre le plateau météo. Son visage, que j'ai regardé l'an dernier tous les soirs à la télé, à 20 h 50 pétantes, me distrait instantanément.

– Et maintenant, place à Fran pour la météo de demain, annonce M. Park, et la plateforme rotative sur laquelle ils se trouvent se met à tourner dans le sens inverse des aiguilles d'une montre, cachant le bureau des infos et révélant le plateau météo.

Fran, resplendissant dans un costume imprimé tigre, attend tout sourire à côté d'une file de sept tambours en verre à l'intérieur desquels des dizaines de balles météo transparentes tourbillonnent dans une danse chaotique. Quand la plateforme s'arrête, Fran sourit encore plus, dévoilant deux rangées de dents blanches qui étincellent sous les spots du studio. Les lumières sont carrément aveuglantes, et je me demande comment il les supporte, tout en reconnaissant que ce sont ces lumières qui font de Fran ce qu'il est.

– Chers concitoyens de Snowglobe, prenez un instant pour admirer le rideau d'aurores boréales qui ondule dans le ciel, dit-il.

Fran a d'abord été présentateur de jeu télévisé, puis d'une émission de survie, et il fait son travail avec un style exceptionnel.

– Bon, j'aimerais pouvoir offrir un joli cadeau à tous ceux qui travaillent pendant les vacances. Un peu comme l'équipe du journal juste ici… (Clin d'œil, puis sourire malicieux.)

Il enfonce une main dans le premier tambour et en sort une balle, qu'il lève devant la caméra. Au début, tout ce que l'on voit dans la boule transparente, ce sont les lignes de la paume de Fran. Mais petit à petit, un soleil jaune se matérialise à l'intérieur. C'est la chaleur de sa main qui a activé les caractéristiques thermotropes du matériau.

– On dirait que nous aurons encore une magnifique journée demain, avec tout plein de soleil ! annonce-t-il joyeusement.

Il retourne la sphère dans sa main pour obtenir les prévisions nocturnes, et la caméra zoome dessus de nouveau, faisant la mise au point sur une étoile scintillante et son faible halo qui apparaît dans la boule.

– Et dans la nuit de demain, un ciel clair dans lequel nous pourrons contempler une splendide Voie lactée.

Je le regarde avec admiration progresser jusqu'à la fin de son bulletin, des températures à l'humidité, en passant par les heures de lever et de coucher du soleil. Son énergie est contagieuse, et je me mets à sourire avec lui.

Quand l'émission touche à sa fin, un membre de l'équipe avec des cheveux verts coiffés en pics apparaît sur le plateau et remet les balles météo dans les tambours.

– Voulez-vous venir et en prendre une dans vos mains, mademoiselle Haeri ? me suggère Fran en me tendant une balle.

Je n'hésite pas une seconde.

– Faites-y attention, s'il vous plaît, m'avertit le membre de l'équipe.

Je la saisis délicatement à deux mains.

– C'est plus léger que je croyais, dis-je d'une voix émerveillée.

J'en ai une fausse à la maison, un jouet plutôt courant pour les enfants à l'extérieur. Elle affiche des icônes météo et change selon la température de la main qui la tient. Ongi et moi avons découvert plus tard que maman avait décidé de nous l'offrir plutôt que de s'acheter de nouveaux chaussons. Elle a dû traîner une saison de plus dans ses pantoufles dépenaillées pour qu'on puisse jouer aux présentateurs météo.

– On dirait qu'elle veut rester vide, fais-je remarquer à Fran, enveloppant mes doigts autour de la sphère pour lui transférer plus de chaleur. Est-ce que c'est parce que l'émission est finie ?

– Bien essayé, s'amuse Fran. Personne d'autre que moi ne peut éveiller ces balles, ajoute-t-il en prenant une voix grave pour se donner un faux air suffisant.

Le type aux cheveux verts pouffe en entendant ça.

– Le 1er janvier, quand vous viendrez pour votre première journée de travail, on prendra vos empreintes digitales. Ensuite, vous pourrez activer les sphères, explique celui-ci, puis il se tourne vers Fran. « Éveiller les balles »…, répète-t-il sur un ton moqueur. Et puis quoi encore ? Vous êtes magicien maintenant ?

– Pas magicien. Rien que le dieu de la météo.

Sa réponse me plaît bien.

LA ZONE HORS LIMITES

Dans les loges, Fran a troqué son costume tigré contre un jogging confortable et son sweat assorti. Il se frotte les yeux avec un coton imbibé de produit, expliquant que sans cette couche de maquillage, les lumières du plateau lui feraient un masque mortuaire – à n'importe qui, à vrai dire.

– Le direct t'a plu ? demande-t-il.

– J'ai adoré. Et c'est incroyable de voir comme tu es à l'aise devant les caméras.

Je me tourne vers le ciel de l'autre côté de la fenêtre panoramique. Différentes nuances de violet et de vert scintillent au-dessus de la ville et de la forêt.

– Tu ne trouves pas que cette pièce est merveilleuse ? dit Fran. Tu peux venir ici pour te détendre quand tu le souhaites, même les jours où tu ne travailles pas. Et tu peux appeler le concierge au deuxième si tu as besoin de quoi que ce soit. Il te l'apportera. (Il prend une longue gorgée du jus de betterave que ledit concierge lui a monté.) J'ai envisagé d'en faire ma chambre. Sérieusement, personne n'est aussi bien loti que le présentateur météo, pas même la présidente Yi.

Je traverse la salle jusqu'à la gigantesque fenêtre. Le visage à un centimètre de la vitre, je contemple la vue vertigineuse que l'on a depuis le 204e étage. La descente sera longue, c'est le moins qu'on puisse dire.

Autrefois, cette loge servait à recevoir les VIP, et le présentateur météo devait se maquiller et relire son script sur un coin du bureau des présentateurs du journal. Mais quand Fran a eu le poste, les lettres de fans ont commencé à inonder la station, exigeant que le nouveau Mister Météo soit correctement installé pour pouvoir lutter contre son cancer. Ça a payé, et en quatre mois, Fran a obtenu l'accès à l'espace VIP sous-utilisé. Deux mois après, c'était officiel, la loge était à lui.

– Tu ne me croiras peut-être pas, Haeri, mais dans le monde extérieur, même les choses simples comme la papeterie ou poster une lettre sont un luxe. Les gens survivent difficilement au quotidien. (Il marque une pause, comme pour me laisser digérer l'information.) Et pourtant, ils se sont tous rassemblés pour m'épauler. J'en ai encore les larmes aux yeux quand j'y pense.

Sans le maquillage de scène, son visage porte les ravages de la maladie qui, malgré toutes les avancées en technologie médicale, continue de nous résister. D'une certaine façon, c'est un peu comme l'espèce humaine, toujours là malgré un environnement qui tente de s'en débarrasser.

– Puisque je n'ai pas reçu d'éducation formelle, je n'ai pas tellement de conseils de carrière à te donner, reprend-il. (Je m'assieds en l'écoutant, et remarque à quel point il est maigre et osseux sans son costume et ses épaulettes.) Mais je peux dire que j'espère que tu seras toujours merveilleusement toi-même pour tous les spectateurs qui te soutiendront. Je sais que nous venons d'horizons très différents, et en tant que personne arrivée à Snowglobe à presque quarante ans, je t'assure que tout donner aux fans, c'est le moins qu'on puisse faire.

J'acquiesce sans piper mot, et je suis rattrapée par une scène du passé. Ironiquement, ça implique l'affreux superviseur de la centrale de ma colonie. Il a dit quelque chose de similaire à Yujin lors de son dernier jour de travail.

Ne va pas vivre là-bas pour gaspiller de l'électricité sans réfléchir. Ces acteurs de pacotille avec leurs vies tristes à pleurer, à peine regardables, qui jettent par les fenêtres ce qu'on se casse le dos à leur donner ? Ce sont des parasites, si tu veux mon avis.

Les spectateurs exigent que les acteurs vivent des vies intenses, que leurs hauts soient très hauts et leurs bas, vraiment bas, en échange de l'électricité gratuite qu'on leur fournit pour soutenir leur train de vie.

Un sourire maussade apparaît sur les lèvres de Fran. Il n'y a presque plus aucune trace de l'énergie qu'il avait pour les caméras il y a à peine une demi-heure.

– Le cancer est revenu à peu près au moment où j'ai eu le poste, dit-il. J'ai d'abord pensé que pour moi, c'était la fin. Qui voudrait voir un mourant présenter la météo ? Et le traitement ne semblait que prolonger ma douleur et mon malheur, plutôt que ma vie. C'est le moment le plus sombre que j'ai connu. Parfois, j'espérais même me faire virer, pour passer à autre chose et mourir en paix. (Ses yeux se perdent dans le vague à ce souvenir, puis il se ressaisit.) Question santé, je ne vais pas mieux. En fait, le cancer a même encore progressé. Mais tu sais quoi ? J'ai promis de continuer à me battre jusqu'à ce que le dernier médecin jette l'éponge.

– Comment as-tu trouvé la force de continuer ?

– Les fans. Un jour, je suis entré dans la salle de rédaction et j'ai vu les lettres de soutien qui s'empilaient sur le bureau du chef et tombaient en cascade sur le sol. À partir de ce moment, j'ai juré que je vivrais pour eux, peu importe le temps qui me reste. Et le plus intensément possible. Je n'abandonnerai pas avant qu'ils ne décident que j'ai fait mon temps.

Courbé sur sa chaise, il ne ressemble en rien au Fran que j'ai vu sous les projecteurs : grand, charismatique, vigoureux. Je pense à mon grand-père décédé, à la façon dont son cancer s'est multiplié sans relâche dans son corps, dévorant l'homme autrefois robuste et sociable, attaquant même son moral. Face à un tel cataclysme, Fran a décidé de ne pas se contenter d'exister, mais de vivre, parce que c'est son devoir d'acteur. Et qu'a dit Mme Cha quand on s'est rencontrées la première fois ? *Haeri ne peut pas abandonner comme ça.* Mais c'est ce qu'elle a fait, et je suis là pour prendre les responsabilités qu'elle a fuies. S'il y a quelqu'un qui doit se sentir écrasé par le poids de la culpabilité, c'est Haeri, pas moi. Avec cette conclusion, je sens s'évaporer un peu de mon anxiété et de mes doutes quant à la proposition de Mme Cha.

– Merci du fond du cœur de m'avoir confié ton histoire, dis-je, touchée. Je ne l'oublierai jamais.

Il me sourit faiblement, et on frappe à la porte. M. Park passe la tête dans l'entrebâillement. Bien sûr, je sais pourquoi : il veut se plaindre de sa relation compliquée avec Mme Chung.

Laissée seule dans la loge, je me tourne vers le miroir en pied. Fran m'a expliqué qu'il se mettait devant pour répéter son texte, qu'il écrit lui-même. Dans quelques jours, je ferai de même.

Ma réponse à Mme Cha décidée, je peux enfin me concentrer sur les détails du travail qui m'attend. Que dire en guise d'ouverture ? J'essaie la phrase de Fran pour me faire une idée : « Bonsoir du studio… »

Tout à coup, la lumière s'éteint et toutes les caméras dissimulées dans la loge dévoilent leur cachette en projetant des rayons de lumière. Quelques instants plus tard, elles s'arrêtent, et on entend le puissant *clap!* de la table rase. Je me retourne vers le miroir et recommence: « Bonsoir. Je suis Goh Haeri, votre nouvelle présentatrice météo. »

Je tente le sourire détendu de mon prédécesseur, et mon reflet est gâché par – *Quoi ?* – une trace de mascara ou de saleté sur le miroir. Ça noircit mes deux dents de devant. Je souffle sur la glace, approche de la tache coupable mon doigt, qui plonge à travers la surface comme dans une piscine de mercure.

Encore ? Stupéfiée, je tente d'y passer le bout de mon pied gauche, me sentant un peu ridicule. Mais le miroir cède bel et bien. Mon cœur s'emballe. Je glisse mon pied un peu plus loin, et avant d'avoir le temps de réagir, je suis aspirée dans le noir. Cette fois-ci, cependant, je parviens à ne pas trop paniquer. Je me prépare à rester calme pour essayer de comprendre, mais en tâtonnant, j'enfonce par mégarde le stupide bouton. Un cri coincé dans la gorge, je tombe dans le vide, mes organes faisant des loopings dans mon corps. Puis tout s'arrête. Je reprends enfin mes esprits et rampe vers la lumière. Je suis bouche bée de me trouver dehors, à l'orée d'une forêt.

Au-dessus, des corbeaux tournoient, leur silhouette se détachant sur les aurores boréales. J'aperçois alors le scintillement d'un autre miroir en pied posé contre un énorme arbre à quelques mètres de là. Un long moment, je reste figée sur place, les yeux rivés sur mon propre reflet éberlué. Et dans le silence des bois, j'entends le sifflement et les craquements faibles d'un feu.

Il y a quelqu'un ? Je m'enfonce dans la forêt en suivant le bruit, et tombe rapidement sur une lueur chaude qui filtre à travers les arbres. Finalement, un feu de camp entre dans mon champ de vision, crépitant paisiblement dans une petite clairière. À côté, se trouvent une lanterne et une chaise à bascule vide. Tout ça me paraît bien cosy – et étonnant. C'est alors que je sens un objet en métal froid contre l'arrière de ma tête.

– Les mains en l'air ! Tournez-vous doucement, m'ordonne une voix.

Mon cœur s'arrête et je fais ce qu'on me dit. C'est là que je me retrouve face à face avec Bonwhe, qui me tient en joue avec un fusil. De son côté, il a l'air aussi surpris que moi, si ce n'est plus. Il baisse immédiatement son arme.

– Toi ? Mais qu'est-ce que tu fais là ? s'exclame-t-il.

– Où suis-je ?

– Dans une zone hors limites.

Ce sont des espaces sans caméras fermés aux acteurs. Y pénétrer sans autorisation va à l'encontre des lois de diffusion.

– Quoi ? je proteste. Je ne savais pas ! (*Qu'est-ce qui se passera s'il me dénonce ?*) Je le jure, je n'ai jamais voulu m'aventurer ici.

Les images de la prison sur laquelle je suis tombée la dernière fois surgissent dans mon esprit.

Bonwhe me regarde, l'air interrogateur. Puis ses traits se détendent et il rit. Apparemment, il trouve ça drôle.

– Calme-toi. Je te crois. Mais qu'est-ce que tu vas dire à Mme Cha quand elle verra que tu as disparu ?

Je blêmis. Qu'est-ce que je vais lui raconter ? Qu'est-ce que je vais me raconter à moi-même ? Quelqu'un peut m'expliquer ce qui se passe ?

– Peu importe par où tu es sortie, ça a dû te prendre au moins deux heures de venir jusqu'ici. Tu as une excuse à donner à Mme Cha ?

Il y a quelque chose de tranchant dans sa voix quand il prononce le nom de ma réalisatrice. Mal à l'aise, je passe d'un pied sur l'autre, complètement dépassée par les événements.

Bonwhe me tend une couverture que j'accepte, me rendant enfin compte à quel point j'ai froid. Nos doigts se frôlent pendant l'échange, et les siens sont aussi glacés que les miens. Je ne sais pas si c'est son air légèrement désolé, comme s'il aurait dû y penser plus tôt, mais je me sens d'un coup abusée et frustrée.

– Hé, je suis pas arrivée à pied, je te ferais remarquer. Il y a un miroir là-bas qui m'a aspirée ici contre mon gré, je lâche malgré moi.

– Un miroir ? demande-t-il en se raidissant, et la détresse dans sa voix est très claire.

– Oui. Juste là. (Je pointe du doigt dans la direction d'où je viens. Au loin, la SnowTower de 204 étages dans laquelle je me trouvais il y a quelques instants brille comme un sapin de Noël.) Est-ce que tu pourrais, s'il te plaît, m'expliquer pourquoi les miroirs à Snowglobe sont…

– Assieds-toi, je t'en prie. (Il me pousse presque dans la chaise à bascule, puis jette un rapide coup d'œil à sa montre.) Tu as huit minutes avant la fin de la table rase. Dis-moi ce que tu as appris. Depuis le moment où tu es passée à travers le miroir jusqu'à maintenant. Sois concise.

– Quoi ?

– Tout de suite. On n'a pas beaucoup de temps.

Avant, je n'arrivais pas à me l'imaginer nerveux ou troublé. Maintenant, si.

– C'était pendant la fête de Noël. Je me suis aventurée dans un couloir éteint pour essayer d'échapper à un autre invité, et j'ai littéralement foncé dans un des miroirs. Et aujourd'hui, je voulais juste effacer une trace sur celui de la loge de Fran…

– Un invité à la fête ? Il t'a vue utiliser le miroir ?

– Non. Je l'ai semé avant.

– Et aujourd'hui ?

– J'étais seule dans la loge. La pause venait de commencer.

Bonwhe semble se détendre un peu.

– Et tu n'en avais jamais vu avant la fête, c'est ça ?

– C'est ça.

– As-tu croisé quelqu'un, pendant ces expéditions ? Quelqu'un t'a-t-il aperçue ?

J'hésite, repensant aux dizaines de prisonniers qui travaillaient dans les roues à l'intérieur de cette tour de verre. Je finis cependant par secouer la tête, et pas seulement parce que je pense que c'est la réponse qu'il attend. Aucun des prisonniers ne m'a remarquée, et même s'il y avait ce type avec le visage tatoué, je ne crois pas qu'il m'ait vue.

Peut-être que la prison est faite du même miroir sans tain que le dôme de Snowglobe ? On peut voir à l'intérieur du dehors, mais pas l'inverse… ?

Bonwhe me scrute un long moment, puis il fait une tête bizarre.

– Jo Yeosu ! s'exclame-t-il soudain.

Perdue, je me retourne sur mon fauteuil, m'attendant à voir quelqu'un appelé Jo Yeosu débarquer, mais tout ce que je discerne, ce sont les arbres qui nous entourent, baignés de la lumière douce et orange du feu de camp. Quand je me remets face à lui, encore désorientée, Bonwhe a les yeux rivés sur moi.

– Quoi ? Je t'ai fait peur ?

De quoi parle-t-il ? Ce n'est pas par peur que je me suis retournée.

– Ne t'inquiète pas. Il n'y a ni caméras ni intrus ici, poursuit-il. Enfin, normalement. (Il tourne son poignet pour regarder de nouveau sa montre.) N'utilise plus jamais les portails, c'est important.

Je n'ai jamais vu personne à la télé utiliser ces miroirs. Mais pourquoi cet incroyable mode de transport n'est-il pas plus répandu ? Parce que le voyage est trop terrifiant ? Trop violent ?

– Est-ce que les miroirs spéciaux sont réservés aux Yibonn ?

Bonwhe détourne les yeux, comme pris la main dans le sac. Il lui faut un moment avant d'acquiescer.

Ça me rappelle un peu la salle de pause à la centrale, et le superviseur. Encore une fois. Même si elle appartient à tout le monde, cet horrible type la monopolise, au point de retenir un jour de salaire à quiconque il surprend en train de s'y reposer quand il n'est pas là. Et qu'y fait-il, dans cette salle ? Il peint, apparemment. Et il danse.

Les miroirs secrets des Yibonn empestent le même genre de sentiment de supériorité. Ils veulent profiter des aurores boréales en paix, dans les bois, où ils peuvent allumer un feu de camp et peut-être même griller quelques chamallows. Et cela sans avoir à randonner dans la nature comme le commun des mortels.

Est-ce que Bonwhe perfectionne ses coups de pinceau ou se secoue le derrière dans l'intimité de cette forêt ? Qui sait ? Il peut faire ou être tout ce qu'il veut ici, à l'abri des caméras, libéré des yeux et des oreilles de tous ses assistants qui pourraient transformer le moindre de ses faits et gestes en rumeurs juteuses dans la salle du personnel, ou pire encore, dans leurs colonies d'origine.

– Les miroirs sont un secret de famille sur ordre de la présidente, dit Bonwhe, et sa voix n'a plus son indifférence froide habituelle.

On reste en silence, écoutant le feu crépiter.

– « La famille Yibonn ne recherche pas le pouvoir ni ne désire de privilèges », lance-t-il de nulle part. (C'est une phrase du dernier discours de sa grand-mère.) Absurde, pas vrai ? Que quelqu'un assis à un bureau couvert de dorures, dans une maison qui ressemble à un palais, fasse des promesses d'équité.

Un sourire amer apparaît un instant sur ses lèvres.

Est-il vraiment en train de se moquer de l'hypocrisie de sa propre famille ? Je ressens une étrange sympathie envers lui.

– Je doute que quiconque considère le manoir comme un privilège non mérité, je réponds. Et le soutien de la présidente pour Fran, c'était vraiment quelque chose, aussi. Tu sais, quand elle lui a donné la salle VIP pour en faire sa loge ? Tout le monde l'a félicitée de sa générosité et de son sens du sacrifice, pour avoir fait passer le bien-être des acteurs avant le confort des Yibonn.

– Sérieux ? Qui ça, *tout le monde* ?

Maman et grand-mère, bien sûr, et peut-être une poignée d'autres personnes de chez moi.

– Le monde entier ? reprend-il, et il attend.

– Je n'utiliserai plus les portails, je lance en guise de réponse. Ce n'est pas comme si j'avais choisi de les utiliser, pour commencer.

– Tu n'en as parlé à personne, pas vrai ?

– Non. Je ne dirai rien.

Il me dévisage un moment, puis semble accepter ma réponse.

– Merci. Je t'en suis reconnaissant.

Il me fait alors cadeau d'un sourire, pour la première fois. Et ce regard, suis-je en train de l'imaginer ?

– C'est normal, je lâche prudemment. Je crois que ta famille mérite tout ce qu'elle a. Si les Yibonn n'avaient pas conçu et mis en œuvre l'ordre de Snowglobe, on en serait encore à s'entre-tuer pour des territoires, comme les gens du passé.

Et c'est parti. Je récite les maux de la guerre et l'immense contribution des Yibonn à la paix mondiale, tout ce qui m'a été martelé pendant dix ans d'école publique. Bonwhe se laisse tomber sur le sol à côté du fauteuil à bascule, les yeux dans le vague tandis que je parle. Quand je m'arrête enfin pour prendre ma respiration, il intervient.

– Je ne savais pas que tu étais une telle fan des Yibonn, lance-t-il malicieusement.

– Qui penserait du mal d'eux ?

Il hausse les épaules et regarde encore l'heure. Puis il s'appuie contre un arbre derrière lui.

– Tu parles bizarrement, ces derniers temps, dit-il en levant les yeux vers moi. Et tu m'as sérieusement appelé Jeune Maître dans ma chambre ce soir-là ?

Il ricane. Le petit sourire complice qu'il m'adresse transforme son visage. Et je surprends mon cœur qui frissonne malgré moi.

Soudain, ça me frappe. Y a-t-il quelque chose entre ces deux-là ? Est-ce que la froide indifférence qu'il gardait envers Haeri à la fête et à la compétition n'était qu'une façade ? Non, impossible. Les pensées se bousculent dans ma tête jusqu'à saturation, quand tout à coup, la chaise à bascule se renverse en arrière et je me retrouve presque couchée.

– Tu sais quoi ? s'exclame Bonwhe, maintenant le fauteuil en position, son visage à quelques centimètres du mien. On dirait une autre personne.

J'agrippe les accoudoirs. C'est à peine si je respire.

LES CORRESPONDANTS SECRETS

– Tu as raison. Je ne me sens pas moi-même en ce moment, dis-je, luttant pour garder mon sang-froid.

Haeri n'était pas au courant pour les miroirs. C'est certain. Bonwhe replace lentement le fauteuil dans sa position initiale.

– Quand j'ai vu mes doigts disparaître dans le miroir la première fois…

Je laisse traîner mes mots, regardant ma main dans une démonstration de terreur et d'incrédulité.

Une minute. Pourquoi le miroir de la loge ? Aucun des miroirs hors du manoir Yibonn n'était magique. Je me souviens avoir essuyé de la buée sur celui de la salle de bains de Mme Cha.

Tant de questions. Si je n'étais pas sur le point d'être démasquée, j'insisterais pour avoir des explications.

– Je me sens très mal depuis un moment, je continue avec un soupir las. D'abord, il y a eu cette grippe qui m'a tuée, puis les miroirs… (Je marque un temps d'arrêt pour lui lancer un regard tragique.) Et enfin, on a braqué un fusil sur moi aujourd'hui.

– Désolé, répond Bonwhe en détournant les yeux. J'ai eu peur, je crois. Je ne croise jamais personne par ici.

Je laisse passer un moment avant d'accepter ses excuses.

– Ça ne fait rien, je conclus, me félicitant intérieurement.

Il ne parle plus. Ça a marché ? Je jette un œil à son visage, qui observe le feu. Il a l'air inquiet.

– J'enquêterai sur ce qui s'est passé dans la loge, lance-t-il. Mais s'il te plaît…

– … pas un mot. Et je n'y toucherai plus.

– Merci, répond-il, son expression s'adoucissant de nouveau avec un sourire.

Crise évitée.

– Je ferais mieux d'y aller, je reprends, maintenant en pleine possession de mes moyens.

Je me tourne vers le miroir. Bonwhe me tend la main dans un geste de galanterie exagérée.

– Comment te sens-tu, depuis la grippe ? demande-t-il, avec une attention pleine de tendresse.

– Bien. Merci.

Je prends sa main, et le laisse m'aider à me lever. Ses doigts ne sont plus froids comme des stalactites. Nos températures corporelles se seraient-elles synchronisées ? Sentant mon pouls accélérer, je lâche sa main avant qu'il ne puisse le faire en premier.

– Tu m'as fait peur, à t'enfermer comme ça dans ma salle de bains, m'accuse-t-il soudain. Je croyais que tu étais en train de faire une grosse bêtise là-dedans. Ta dernière lettre avait vraiment l'air d'un adieu, et j'étais super inquiet. (*Une lettre ? Ta dernière lettre ? Depuis quand Bonwhe et Haeri correspondent-ils par courrier ?*) Ne m'écris plus jamais comme ça. Tu n'as pas de raisons de me remercier, de toute façon, et puis, ça fait peur, poursuit-il, mais je l'entends à peine parce que le mot « lettre » bourdonne encore dans mes oreilles.

Une lettre d'adieu à Bonwhe ? Il sait quelque chose que j'ignore à propos de Haeri, que même Mme Cha ne sait pas. Mon cœur se met à tambouriner lentement.

– Je te promets que je ne te remercierai plus.

Je lui adresse un demi-sourire, puis me précipite vers le miroir. Mieux vaut ne pas m'attarder ici avec lui. Je vais finir par me trahir. En plus, j'ai besoin de temps pour digérer toutes ces informations. Mais Bonwhe me rattrape en quelques pas.

– Laisse-moi te raccompagner. Tu ne voudrais pas atterrir n'importe où.

Il a raison. Nous partons ensemble en direction du miroir.

– Alors, tu as simplement été propulsée dans ma chambre, ce jour-là ? Si j'avais su, tout ce temps, regrette-t-il, les traits enfin complètement détendus.

– C'est ça ! Un truc du miroir. Je te jure que ce n'était pas prévu. (Cette proximité entre Bonwhe et Haeri est tellement étrange. Je meurs d'envie d'en savoir plus, et les mots m'échappent.) C'est peut-être un moment bizarre pour te poser cette question, mais… Pourquoi tu tiens à moi ?

Il me dévisage longuement.

– Parce que tu es toi ?

Je ne sais pas à quoi je m'attendais, mais sa réponse me va droit au cœur.

– C'est-à-dire ? j'insiste, dans un accès d'audace.

– Je n'en dirai pas plus.

– Pourquoi ?

– Je veux juste t'aider à terminer cette année, répond-il en soupirant. Pour que tu n'aies pas de regrets quand tu partiras.

Quoi ? Comment le sait-il ? Haeri prévoyait-elle réellement de partir à la fin de l'année ? Et pourquoi parle-t-il de regrets ?

– Je veux que tu laisses tout derrière toi, poursuit-il. Les souvenirs de Mme Cha, la façon dont elle a abusé de toi toutes ces années. Pars et sois libre. Je me rappellerai tout ça pour toi.

Le crépitement du feu nous parvient à travers l'air calme. Je le regarde, les yeux vides, des pensées à moitié formées m'encombrant le cerveau.

– Cha paiera pour ce qu'elle a fait. C'est une promesse, dit-il. Je ferai de sa vie un enfer.

Ça fait froid dans le dos. Et la façon dont il me regarde en ce moment… Qu'a-t-il dit à propos de Mme Cha ? Je n'arrive plus à penser correctement. Je n'arrive plus à penser tout court.

Nous voilà côte à côte devant le miroir. Il me prend la main.

– Ne me lâche pas, et ne touche à rien.

Je le suis à travers la glace.

L'ascenseur, le vaisseau, ou du moins ce qui nous transporte, accélère instantanément dans l'obscurité. Au bout de ce troisième essai, je constate enfin que je ne suis pas aspirée dans un vide noir. Il y a un chemin, mais il n'est visible que lorsque de faibles lumières jaunes clignotent au-dessus de nous, nous prévenant d'un virage ou d'une intersection. La lueur prête un masque dramatique aux traits de Bonwhe, et mon cœur tressaille de nouveau. Je remarque que de sa main libre, il tient un genre de volant.

Soudain, tout mon poids est attiré vers le bas, et avant même que j'aie le temps de réagir – *whoosh* –, le vaisseau est propulsé vers le haut à une vitesse terrifiante. Revenant à moi, je me tourne vers Bonwhe.

– Arrête de me regarder. Tu vas user mon visage, dit-il avec un sourire, et je suis rassurée.

– Est-ce que ça peut sortir de Snowglobe, aussi ?

Et si je pouvais filer à la maison faire un petit coucou à ma famille ?

– Ce truc ? Non. C'est limité à une poignée de lieux.

Je fais la grimace.

– Ce n'est pas aussi génial que je le croyais, dis-je, et Bonwhe se contente de rire.

Quelques instants plus tard, nous arrivons à la loge de Fran. La vue depuis l'intérieur du miroir est brumeuse, me rappelant les vitres teintées de la limousine. Balayant prudemment la pièce des yeux, Bonwhe s'assure qu'on ne surprendra personne. Il me tient toujours la main.

– C'est toi qui as trouvé ma chaussure, à la fête ? je demande.

– Ouep. Pourquoi ?

– Pour rien. Faut que j'y aille, dis-je en lâchant sa main.

– Joyeux anniversaire. Je t'ai déposé un cadeau, hier soir.

– Oh ?

– À notre endroit, ajoute-t-il. Avec la lettre.

OK. Notre endroit. Avec la lettre. Mais c'est quoi, cet endroit ?

Je murmure un merci et sors du miroir. Un faible ronronnement annonce son départ. Je me retourne pour me remettre face à la glace, et je vois mon reflet qui ondule à sa surface.

Laisse tout derrière toi... Souvenirs de Mme Cha... Pars et sois libre. Jamais je n'aurais imaginé que le joli sourire de Haeri dissimulait les assauts vicieux de Maeryung ou la rancœur amère de Sanghui. Sa vie était l'image même de l'amour et du bonheur. Mais j'imagine que ce n'était que ça : une image.

Je comprends pourquoi elle pouvait en vouloir à Mme Cha, qui laissait toute sa douleur et sa souffrance sur le sol de la salle de montage comme si ça ne comptait pas.

Cha paiera pour ce qu'elle a fait. C'est une promesse. Mais cela constitue-t-il un crime ? C'est la responsabilité de la réalisatrice, de contrôler chaque scène d'une série, personne ne dira le contraire. En plus… Est-ce une bonne chose pour la future tête de Yibonn Media d'entretenir de l'animosité envers une réalisatrice qui ne fait que son travail ?

– Mais qu'est-ce qu'il y a entre ces deux-là ? je marmonne, frustrée.

Et comment vais-je trouver le cadeau et la lettre de Bonwhe, que Haeri se serait dépêchée d'aller chercher, le cœur battant ? Bonwhe semble prouver qu'il est complètement vain de chercher à remplacer Goh Haeri par Jeon Chobahm.

J'attends le retour de Fran dans la loge, puis nous partons vers l'ascenseur. Il veut savoir comment je rentre chez moi, et je lui dis que je dois d'abord m'arrêter chez Mme Cha au 162e.

La SnowTower abrite une communauté exclusive dans la communauté exclusive, peuplée de personnalités à succès, comme le réalisateur de Fran. Naturellement.

– Moi aussi, je vis ici, explique ce dernier. Depuis un moment, maintenant. Pour l'hospitalisation.

C'est normal. L'hôpital de la SnowTower est le meilleur du monde, avec une équipe médicale d'excellence et des équipements de pointe. Bien évidemment, ça coûte des sommes astronomiques de s'y faire soigner.

– Je ne savais pas que tu étais de nouveau hospitalisé.

– Ah, les gens sont au courant de mon séjour à l'hôpital l'été dernier ? demande-t-il en soupirant.

Mince !

Non, ils ne savent pas. Bien sûr que non. Seulement moi, je le sais parce que j'ai regardé sa série. Un sourire résigné apparaît sur ses lèvres tandis que j'essaie de le nier.

– Je suppose que ça ne devrait pas me surprendre, dit-il en appelant l'ascenseur.

Celui-ci arrive avec un *ding* enjoué et nous y entrons. J'appuie sur le 162, et Fran appuie sur le 73, pour l'hôpital.

– Quand tu commenceras à travailler, passe de temps en temps au 73e pour me dire bonjour.

– Bien sûr ! Mais je suis sûre que tu seras bientôt de retour chez toi.

J'y crois réellement. Fran a plusieurs dizaines d'années de moins que mon grand-père, et il peut se payer tous les traitements recommandés par les meilleurs médecins qui soient.

– Je sais que tu te battras pour de bon, j'ajoute de mon ton le plus joyeux.

– Si je ne te vois pas ici, je te verrai chez moi, alors. Je t'inviterai pour manger mes fameuses pâtes. Tu savais que c'était mon projet pour la retraite ? Ouvrir un restaurant de pâtes ? J'ai vraiment un talent.

– Avec plaisir. Et si tu finis par l'ouvrir, ce restaurant, tu penseras à moi, quand je prendrai ma retraite à mon tour ?

– Oh, j'aime l'idée, répond Fran en m'envoyant un clin d'œil.

Un autre *ding*, et je sors au 162e étage. Tandis que les portes se referment sur Fran, je lutte contre les larmes en élargissant un peu plus mon sourire.

Je traverse le hall spacieux, un espace vert pensé comme un petit parc intérieur, et me dirige vers la porte de Mme Cha. J'appuie sur la sonnette et patiente. Dans l'appartement, j'entends des voix étouffées, et il lui faut une bonne minute pour venir m'ouvrir, son manteau encore boutonné m'indiquant qu'elle vient tout juste de rentrer.

– Déjà là ? demande-t-elle avec un sourire forcé.

Puis une femme surgit de derrière elle et passe à côté de moi à toute vitesse pour rejoindre l'ascenseur. Me tournant le dos, elle enfonce le bouton plusieurs fois d'un air impatient.

– Ma femme de ménage, dit rapidement Mme Cha.

Je pivote et lui adresse un « bonjour » amical, auquel elle répond en s'inclinant à moitié, mal à l'aise, ses yeux s'arrêtant sur moi une milliseconde avant de retourner immédiatement au bouton, qu'elle enfonce encore une fois. Pourquoi ai-je l'impression de la connaître ?

– Qu'est-ce que tu fais ? Entre, me lance Mme Cha, légèrement agitée.

L'ascenseur arrive au moment où je passe le seuil, et je jette un coup d'œil rapide par-dessus mon épaule pour surprendre la femme qui me regarde. Nos yeux se croisent un instant, puis elle disparaît.

LA SÉRIE DE TOUTES LES SÉRIES

– Tu es en avance ! répète Mme Cha, claquant la porte et jetant un œil à l'horloge au mur.

Il est 21 h 48 et elle m'a demandé de passer à 22 heures.

– Je ne voulais pas fatiguer Fran. Il a l'air épuisé.

Mon regard tombe alors sur un gant médical oublié sur le parquet immaculé. Le remarquant, Mme Cha le ramasse d'un geste et me pousse vers la salle à manger.

– Allons-y.

Elle me propose à boire. Je lui demande de l'eau, mais elle insiste pour que je choisisse quelque chose de plus festif, étant donné qu'elle-même allait se servir du vin rouge.

– Quelle journée ! soupire-t-elle.

Je me décide pour un grand verre de thé glacé à la prune, pour ses soi-disant bienfaits digestifs. L'aller-retour dans le miroir m'a un peu donné la nausée. Entre deux gorgées, je raconte à Mme Cha mon moment avec Fran, dont la force et le combat silencieux m'émeuvent de nouveau.

– Ce n'est pas pour rien qu'on a la chance de vieillir à Snowglobe, souffle-t-elle, regardant le vin qu'elle fait tourner dans son verre.

Si les jeunes acteurs d'aujourd'hui pouvaient être moitié aussi dévoués à leur travail que Fran…

Si cette remarque était une pique envoyée à Haeri, elle ne m'échappe pas. J'incline mon verre et fais glisser un glaçon dans ma bouche. Je le fais tourner à l'intérieur de ma joue, et constate pour la première fois à quel point Mme Cha a l'air fatiguée.

Cha paiera pour ce qu'elle a fait. C'est une promesse.

Dois-je l'informer que Bonwhe la surveille ? Que l'ami secret de Haeri risque de lui mettre des bâtons dans les roues – de *nous* mettre des bâtons dans les roues ? Mais le visage de l'héritier ressurgit dans mon esprit, ses yeux pleins d'affection pour moi, pour Haeri, et je ne peux pas me résoudre à le dénoncer.

N'utilise plus jamais les portails.

Si ç'avait été n'importe qui d'autre que Bonwhe derrière le miroir, j'aurais eu de sérieux ennuis. Donc je dois tenir ma promesse et ne rien raconter à personne de l'ascenseur secret ni de ma rencontre de ce soir.

– Haeri, me ramène la voix de Mme Cha. Assez parlé de Fran. Je veux qu'on parle de toi, maintenant. Tu as réfléchi à ma proposition ?

La voix de Bonwhe résonne dans mon oreille : *Laisse tout derrière toi… La façon dont elle a abusé de toi toutes ces années…*

Qu'est-ce que ça signifie pour moi ? Personne n'a mis autant d'amour et d'effort dans la construction de la vie de Haeri que Mme Cha. Doit-elle être punie pour ça ? Ma décision est prise.

– Je voudrais devenir Haeri.

Un sourire de satisfaction s'épanouit sur son visage.

– Alors Haeri tu seras, répond-elle en me regardant fièrement. Ta vie sera celle qui servira de modèle à toutes les autres. Je m'en assurerai. Il te suffit de continuer à faire ce que tu fais déjà. Souris, ris, sois charmante, sois confiante. Reste toi-même. Reste la fille qui ne se laisse pas intimider, même devant un stade plein à craquer, et celle dont la réponse tient le champion de biathlon *et* les spectateurs en haleine, tu vois ce que je veux dire ? (Elle prend alors une voix plus grave, comme pour me confier un secret.) Continue comme ça, et en un rien de temps, on aura pénétré la forteresse.

La forteresse ? Quelle forteresse ? Je lui demande ce qu'elle veut dire, et un sourire sournois s'insinue sur ses lèvres, mais elle ne me répond pas.

– Bonwhe… Il est comment, en personne ? Sois honnête. Tu as déjà vu quelqu'un d'aussi beau ?

Je ne sais pas quoi dire. Elle a une idée derrière la tête, mais laquelle ? Quoi qu'il en soit, sa question me ramène à nous deux nous tenant la main, et mon cœur se met à tambouriner dans ma poitrine.

Parce que tu es toi.

– Grand, beau, intelligent, riche, avec des manières irréprochables par-dessus le marché. Quelle fille ne fondrait pas devant lui ? poursuit-elle.

Elle m'observe attentivement. Je baisse les yeux sur le verre glacé entre mes mains, et essuie les perles de condensation avec mon pouce.

– Ça te plairait, qu'il soit ton homme ? (Je lève le visage et la regarde, étonnée.) Le parti le plus recherché au monde, en passe d'hériter du pouvoir et de l'argent ? Je pense qu'il a toutes les qualités requises pour devenir le partenaire de Goh Haeri. Qu'en penses-tu ?

– Je… je croyais que les Yibonn avaient tendance à se marier avec leurs égaux.

C'est la vérité. Il est impensable pour un héritier Yibonn d'épouser une actrice plutôt que quelqu'un d'une grande lignée, comme une réalisatrice ou que sais-je.

– Ils ont *tendance*, reprend-elle, appuyant sur le mot. Mais je suis sûre que tu peux te rappeler une exception, avec ta connaissance encyclopédique de Snowglobe.

Il y en a eu une, oui, et il s'agissait de Bonshim, la mère de Bonwhe et vice-présidente du groupe Yibonn. Elle a épousé un acteur, le père de Bonwhe. Le truc, c'est que cette exception a été autorisée uniquement parce que Bonil, l'aîné de la fratrie, était le suivant dans la succession, et non Bonshim. Alors, quand il a choqué tout le monde en renonçant officiellement au titre vers ses vingt-cinq ans, cela a remis Bonshim sur le devant de la scène, faisant d'elle la nouvelle héritière de la dynastie. À ce moment, elle avait déjà épousé un roturier et donné naissance à Bonwhe.

Quelques années plus tard, on a appris que Bonil avait rompu son engagement avec sa fiancée de longue date. Et cette fiancée malheureuse, c'était Mme Cha.

– Je veux créer une série où une actrice épouse un membre de la grande famille. Aucun autre réalisateur n'a jamais osé quelque chose de tel ces cent vingt dernières années. Les mariages Yibonn sont les événements télévisés les plus suivis qui existent ! N'est-ce pas une tragédie, que les spectateurs n'aient pas même un petit aperçu de la vie de ces couples célèbres, en dehors d'une poignée d'apparitions publiques ? (Son regard de tigre se pose sur moi.) Je veux faire entrer la famille dans la série. Et tu vas m'aider. Tu as une intuition excellente pour la production d'émissions. Et surtout, tu as du cran. J'arrive à peine à t'intimider, merde !

Elle glousse.

En entendant ces mots, quelque chose se dénoue à l'intérieur de moi.

Un job sur mesure pour moi et moi seule…

– Mais, et la vice-présidente Bonshim ? Elle n'a pas rejoint la série de son mari, quand elle l'a épousé.

Non seulement ça, mais son mari a quitté son émission, ou a été forcé de le faire (lequel des deux, on ne saura jamais).

– C'est parce qu'elle a épousé un sombre inconnu qui n'était même pas une épice, crache Mme Cha. Tu n'as rien à voir avec ça ! Ça fait dix-sept longues années que les gens te regardent. Tu fais partie de leur famille. Ils sont attachés à toi. Impliqués. Je vais utiliser les fans comme levier pour faire entrer les caméras dans ce manoir. Tu me rappelais justement comment, par leurs demandes incessantes, les spectateurs ont obtenu qu'on transforme la salle VIP en loge pour Fran. Imagine ce qu'ils feraient pour toi. Ça ne te semble pas infiniment mieux que de pondre un épisode minable après l'autre jusqu'à prendre ta retraite dans un village paumé plein de has been déprimés ? Toi et moi… Faisons une série qui va entrer dans l'histoire.

Est-ce que je deviens folle, ou est-ce qu'elle me parle comme à une partenaire, d'égale à égale ? Mais soudain, les mots de Bonwhe m'envahissent une nouvelle fois.

Laisse tout derrière toi… La façon dont elle a abusé de toi toutes ces années.

Je les repousse. Je ne suis pas la Haeri de Bonwhe. Je suis la Haeri qui partage un rêve, une vision avec Mme Cha.

Cha paiera pour ce qu'elle a fait. C'est une promesse.

Sans m'en rendre compte, je secoue la tête. Je ne peux pas le laisser faire ça.

– Oui, bien sûr, madame Cha. Qu'est-ce que je dois faire ?

Avec un sourire victorieux, elle s'enfonce dans son fauteuil.

– Rien, répond-elle platement, puis elle laisse échapper un rire. Pas besoin de tout chorégraphier. Une fois que tu commenceras à fréquenter les Yibonn avec Shihwang, les opportunités se présenteront d'elles-mêmes. Celles d'être seule avec Bonwhe, tu sais ?

Oui, maintenant je me souviens, Haeri était censée travailler avec Shihwang – qui œuvre comme tailleuse dans la boutique de Maeryung, où se fournissent les Yibonn.

– Ta nomination en tant que Miss Météo a repoussé le plan d'un an, et alors ? poursuit Mme Cha. Je pense que ça marchera encore mieux. Sans parler du nouveau champion qui t'a proposé un rendez-vous à peine descendu du podium. On n'aurait pas pu espérer meilleure publicité !

Une minute. Le plan a été repoussé d'un an ?

– Donc Haeri était au courant ?

– Évidemment. Elle était affligée, comme tu peux l'imaginer. Elle pensait qu'élaborer un stratagème pour choisir qui elle devrait épouser était de la folie.

Affligée ? Alors que l'époux choisi était Bonwhe ? Lui qui tient tellement à elle ? Peut-être que là était le problème pour Haeri. Que la réalisatrice veuille utiliser Bonwhe pour infiltrer les Yibonn.

– Son attitude était malheureuse, continue Mme Cha, faisant la moue. Tout ce que je voulais, c'était obtenir le meilleur pour elle.

Je comprends alors que Haeri a peut-être révélé le plan à Bonwhe. Cela expliquerait-il son animosité envers Mme Cha ?

Je ferai de sa vie un enfer.

Mon estomac se noue.

– Assez parlé d'elle, déclare Mme Cha avec un geste de la main. À quoi tu penses ? Tu as l'air d'avoir un million d'idées qui se bousculent.

Un instant, je me demande si je dois tout lui raconter, et en particulier la rancœur surprenante qu'il nourrit contre elle. Mais l'instant passe. Je m'en occuperai moi-même plus tard s'il le faut. C'est normal que je prenne un peu d'initiatives. Je ne peux pas attendre à la fois de Mme Cha qu'elle se charge de tout pour moi, et qu'elle ne me considère pas comme une simple marionnette.

– Comment savez-vous que Bonwhe tombera amoureux de moi ? On ne peut pas contrôler les sentiments de quelqu'un.

– Bien sûr que si. C'est plus facile que tu ne le crois. Une fois que deux personnes partagent un secret, cela crée un lien entre eux. C'est presque une loi. Regarde-nous. (Elle marque une pause pour me fixer dans les yeux en souriant.) Je peux te garantir que l'héritier Yibonn a un point faible qu'il veut protéger. N'est-ce pas notre cas à tous ? Il suffit qu'il se confie à toi.

– Mais comment ? Pourquoi me confierait-il quelque chose qu'il ne raconterait à personne d'autre ?

– Parce que toi d'abord, tu vas lui faire une confidence.

– Vous voulez dire que je dois lui expliquer qui je suis vraiment ?

Son sourire disparaît et elle recule sur son siège, me dévisageant d'un air perplexe. Je me recroqueville de honte.

– Écoute-moi bien, ma chérie, dit-elle en posant son verre de vin sur la table. Tu as une grand-mère qui, vue de l'extérieur, t'adore, mais qui te réprimande sauvagement et te violente en cachette. Et ta mère chétive, incapable d'entretenir une relation avec toi parce que tu lui rappelles son amour mort ? Personne ne s'imagine la vérité, pas même ton oncle et tes tantes, qui vivent sous le même toit que toi. N'est-ce pas un bon secret, ça ? (Je vois ce qu'elle veut dire, mais c'est possible que Haeri l'ait déjà raconté à Bonwhe.) Sois ouverte avec lui à propos de ces aspects sombres de ta vie d'apparence si parfaite. Au moins, il aura pitié de Haeri. Peut-être même qu'il s'identifiera à elle, qui sait ? Et si tu t'y prends au bon moment, te dévoilant complètement à l'instant parfait… il sera désarmé. Parce qu'après tout, on parle de la charmante Haeri.

Les yeux brillants, elle prononce ces mots avec une conviction inébranlable. Je prends une grande gorgée de ma boisson, et l'avale comme si je venais d'être prise en train de faire une bêtise. Nous gardons le silence quelques secondes.

– C'est vous qui l'avez créé, le secret de Haeri ?

Je sursaute à l'instant où je pose la question, me préparant au pire. Mais Mme Cha ne s'embrase pas.

– Non, répond-elle d'un ton égal. Je ne lui ferais jamais de mal volontairement.

Je ne sais pas pourquoi, mais sa réponse me rassure plus qu'elle ne devrait.

– Merci de m'avoir trouvée, madame Cha. Je vais vous prouver que vous avez eu raison, je réponds sans réfléchir, d'une voix que je reconnais à peine.

Elle m'adresse le sourire le plus chaleureux que j'aie jamais vu sur son visage.

– L'idée que tu es un remplacement, c'est de l'histoire ancienne, dit-elle. À partir de maintenant, tu es la seule et unique Haeri.

Le désir et cette nouvelle raison d'être qui montent en moi m'enivrent, écrasant une fois pour toutes les doutes qui me faisaient chanceler.

Je suis Haeri.

Partie 2

TOI

CHAPITRE 2

L'INVITÉ SURPRISE

La porte s'entrouvre, et Mme Yi, la productrice, passe la tête dans la loge.

– Toc toc, dit-elle en entrant déjà. Je suis là pour admirer le jardin. Le plus haut du monde, il paraît ?

Elle pivote sur ses talons pour contempler la centaine de vases disposés dans la pièce, chacun contenant cent roses de toutes les nuances pastel imaginables.

– Cent fois cent, ça fait… dix mille roses ? demande-t-elle, son regard tombant sur la carte posée au bord de la coiffeuse.

Elle l'attrape, m'envoie un regard espiègle et la lit à voix haute.

– « Joyeux centième jour ! Continue comme ça. Ma météo est entre tes mains ! Ton ami, Jehno. »

Puis elle me taquine en poussant des petits cris.

– Goh Haeri ! Accepte le cœur du champion, allez !

– Oh, laissez-moi, je proteste avec un sourire gêné. Vous venez de le lire ! *Ton ami* ?

Comme promis, il y a eu le fameux premier rendez-vous aux feux d'artifice du Nouvel An, suivi par un autre pour la Saint-Valentin.

Ce jour-là, Jehno m'a surprise avec un magnifique pendentif de la forme d'un trèfle à quatre feuilles. J'ai refusé le cadeau aussi poliment que possible, lui disant que c'était bien trop cher pour que je l'accepte. Jehno, qui n'est pas bête, a compris le sous-texte et a fait un pas stratégique en arrière, en se désignant lui-même comme mon nouveau meilleur ami. Une semaine plus tard, depuis la salle de montage, Mme Cha m'a appelée pour me féliciter.

– Un ami ? ricane Mme Yi. Quel genre d'ami continue de t'envoyer des morceaux de son âme et de son cœur ?

Elle ne s'arrêtera jamais.

Je la regarde contempler le jardin intérieur, un sourire serein sur les lèvres.

Dehors, à travers la fenêtre panoramique, un arc-en-ciel parfait traverse le ciel nocturne. L'événement météorologique est surréaliste, même selon les standards de Snowglobe, et je ne peux pas m'empêcher de me sentir indûment la créatrice de cette vue sublime.

Une minute plus tard, nous sommes rejointes par les deux présentateurs du *20 heures*, qui veulent voir la roseraie de leurs propres yeux.

– Waouh, souffle l'un.

L'autre balaie la salle du regard, émerveillée.

– Qu'est-ce qui se passe, aujourd'hui ? C'est l'apocalypse ? Un champ de roses à l'intérieur et un arc-en-ciel nocturne à l'extérieur ?

Je tire Mme Yi par le bras. Elle a l'air presque ivre du parfum dans l'air.

– Vous ne voulez pas me dire qui est l'invité de ce soir ? je demande.

Aujourd'hui, c'est le jour du mois où l'on reçoit un invité au studio pour le tirage de la météo en direct. D'ordinaire, on se retrouve dans la loge pour discuter et répéter un peu avant de passer à l'antenne, mais la productrice veut que l'invité du jour reste une surprise.

– Pas d'inquiétude, ma belle. Je sais que tu t'en sortiras parfaitement bien. Même si l'invité était un chat.

– Dites-moi juste une chose. Ce n'est pas Jehno, si ?

Je prie pour que ce ne soit pas le cas. Elle se contente de rire d'un air affecté.

Dix minutes plus tard, la plaque tournante pivote de 180°, plaçant le plateau météo en face de la caméra du direct. C'est le top départ de mon moment préféré de la journée, le créneau pendant lequel la joie ou la déception des spectateurs repose sur les balles météo que je pioche.

Debout sous des projecteurs plus brillants que le soleil d'avril, j'y vais gaiement de ma phrase d'ouverture.

– Bonsoir, tout le monde. C'est Goh Haeri, en direct du studio météo.

Même à mes propres oreilles, ça sonne bien. J'ai l'air agréable, confiante et professionnelle, aussi expérimentée que l'on peut l'être après cent jours à ce poste, et ça me donne de la force.

– Selon la légende, si vous faites un vœu devant un arc-en-ciel, une fée le fera se réaliser… je commence, prenant doucement le rythme.

Tandis que Fran avait insufflé au bulletin sa propre dynamique, son énergie et son élégance, je tente de captiver les spectateurs avec un style qui joue sur mes points forts. C'est devenu un temps calme, décontracté et même thérapeutique, si j'ose dire.

– Si vous le pouvez, regardez tout de suite par la fenêtre et faites un vœu devant l'arc-en-ciel de ce soir. Mon vœu à moi, c'est que les vôtres se réalisent.

Puis je ferme les yeux et joins les mains. Sans public devant moi, c'est un peu difficile de croire que tant de gens regardent l'émission, même si j'étais l'une d'entre eux, avant. Mais les récapitulatifs du journal du lendemain matin finissent toujours par dissiper mes doutes.

« Nous avons quelque chose à fêter, aujourd'hui. Oui, le premier bulletin présenté par notre Miss Météo, Goh Haeri, vient de dépasser un nouveau record d'audience. »

« Vous savez ce que je porte, aujourd'hui ? Oui, c'est de Wang. Wang Dohyoung, bien sûr, une styliste et résidente de première année à Snowglobe, qui croule tout à coup sous les commandes depuis que notre Miss Météo est apparue dans l'une de ses robes. »

« La tendance coiffure du printemps chez les femmes de tous âges, c'est le carré châtain, qui fait déjà le buzz dans certains cercles depuis que la célèbre Miss Météo a commencé à le porter il y a quelques semaines. Elle a vraiment redonné du souffle à un style qui était jusque-là un peu fade, non ? »

Je me redresse, me grandis, et affiche un sourire parfait.

– Aujourd'hui, nous avons un invité surprise ! Je n'ai aucune idée de qui il s'agit, alors, mesdames et messieurs, découvrons-le ensemble. Accueillons l'invité du jour !

Je me tourne vers le passage à ma gauche, et sursaute à la vue de Bonwhe qui s'avance en direction du plateau. J'écarquille les yeux. Encore plus qu'il y a un mois, quand les invités, un couple sur le point de se marier, ont fait une chute spectaculaire après avoir trébuché sur les pieds l'un de l'autre.

Bonwhe monte sur la plateforme et m'adresse un sourire décontracté assorti d'un petit salut de la tête.

– Dois-je faire face à la caméra là-bas ? demande-t-il.

Je murmure un oui, et après ça, il est comme à la maison. L'échauffement habituel d'avant l'émission, pensé pour aider les invités à se libérer du trac et à se familiariser avec le rythme du direct, aurait été une perte de temps pour tout le monde. Sa gestion de la caméra, en particulier, est irréprochable. J'aurais pu en prendre de la graine pendant mes deux premières semaines de travail. Il prend même élégamment les devants pour moi quand, troublée, j'oublie de le présenter.

– Bonjour. Je m'appelle Yi Bonwhe. Je suis un résident de Snowglobe depuis bientôt vingt ans, dit-il, affichant un sourire parfaitement en accord avec le ton de l'émission.

Son aisance et sa confiance sur le plateau sont comparables à celles des deux présentateurs du *Journal de 20 heures*, qui font ça depuis déjà deux ans.

Je veux faire entrer la famille dans la série. Et tu vas m'aider. Tu as une intuition excellente pour la production d'émissions.

– Merci de nous rejoindre aujourd'hui dans nos studios, monsieur Yi, je réponds. Nous sommes ravis de vous recevoir.

Je remarque une lueur amusée qui traverse ses yeux au moment où je dis « monsieur Yi ».

– Merci, mademoiselle Goh Haeri. Cela fait un moment qu'on ne s'est pas vus, ajoute-t-il en me regardant fixement.

– En effet. La dernière fois que nous nous sommes croisés, c'était au championnat de biathlon.

Ce n'est pas vrai, évidemment, mais je ne vais pas parler de notre rencontre secrète et des miroirs maintenant. Je passe à la question habituelle.

– Alors, pour qui tirez-vous la météo ce soir ?

– Pour mon neveu. Il est en maternelle, dit-il, avec le sourire de l'oncle aimant. C'est son premier voyage scolaire demain, et je lui souhaite une magnifique journée, ainsi qu'à ses camarades.

– Comme c'est gentil, je roucoule, sans jouer la comédie. (Je suis véritablement charmée.) Je lui enverrai de bonnes ondes !

Puis nous passons de tambour en tambour : Bonwhe pioche les balles vierges et je les active entre mes mains.

– La météo de demain affichera un grand soleil avec quelques nuages de beau temps, qui s'accumuleront en fin de journée pour donner des averses isolées dans certains quartiers. Total des précipitations : 25 mm. Température minimale autour de 13 °C, s'élevant jusqu'à 24 °C en maximale. Humidité à cinquante-quatre pour cent, avec une brise légère soufflant du sud-ouest à quatre kilomètres par heure. Visibilité : quatre kilomètres.

– Coupez.

Le signal de Mme Yi me parvient par l'oreillette, mettant fin au direct du jour.

J'enlève à peine l'écouteur et remercie l'équipe, quand la porte du studio s'ouvre à la volée et qu'une flopée d'employés entassés de l'autre côté, qui attendaient leur chance de rencontrer Bonwhe, envahit la salle. Je le regarde serrer les mains et échanger des salutations, le tout sans que son sourire poli ne s'estompe jamais. Son ombre humaine, l'assistante Yu, est à côté, bien sûr, décourageant gentiment mais fermement toutes les personnes brandissant un Polaroid ou une caméra pour garder une trace de leur rencontre avec le brillant héritier. Quand je croise enfin son regard à elle, je lui fais signe en direction de la loge pour lui rappeler le thé post-tournage.

D'ordinaire, les invités sont conviés à boire quelque chose avant l'émission, mais la routine a été bousculée pour s'adapter à l'invité extraordinaire du jour.

– Je reviens tout de suite, dit l'assistante Yu, debout dans le couloir. Fermez la porte à clé entre-temps, s'il vous plaît. On ne sait jamais qui pourrait débarquer avec une caméra.

Sur ce conseil, elle se retourne et part vers l'ascenseur, nous laissant Bonwhe et moi seuls dans la loge.

Il observe la scène en silence, faisant glisser son regard sur la roseraie intérieure. Il se frotte les sourcils d'un air absent, et je sens une étrange pique de regrets. Il a forcément deviné que c'est l'œuvre de Jehno.

– Tout va bien, Jeune Maître ? je demande, conservant une politesse formelle pour les caméras cachées tout autour de nous.

Il tourne son poignet et regarde l'heure sur sa montre.

– Oui, bien sûr. Merci. Mais l'assistante Yu va être déçue, quand elle reviendra de chez le fleuriste. (C'est donc pour ça qu'elle est partie.) Elle a insisté sur le fait que c'était impoli de notre part de se présenter les mains vides, explique-t-il, examinant les roses encore une fois.

Ses yeux s'arrêtent alors sur la table de maquillage, sur la carte de Jehno. Je ne comprends pas bien ma réaction à cet instant, mais je l'attrape et la fourre dans un tiroir. Le regard qu'il m'adresse m'indique qu'il est déjà au courant, et il consulte sa montre de nouveau.

– Vous avez un emploi du temps chargé aujourd'hui, Jeune Maître ?

– Oh, non, répond-il d'un ton léger.

Une seconde plus tard, les rayons de lumière quadrillent la salle, puis résonne le *clap !* de la table rase.

Bonwhe sourit.

– C'est ça, que j'attendais, dit-il, focalisé sur moi.

J'ouvre la bouche pour lui demander comment il savait que ce serait la pause, mais je me tais. Haeri lui a sûrement déjà posé la question.

Il s'installe sur la chaise de la coiffeuse, jetant un regard pensif au comptoir débordant de produits divers.

– Comment vas-tu ? demande-t-il avec un sourire doux.

Je me lance mentalement dans un diaporama des événements récents. Comme la plupart des acteurs, moi aussi, je me suis rapidement adaptée à la vie à Snowglobe. Bien que la peur de ne pas être à la hauteur d'une Haeri qui mériterait l'amour et la vénération du monde entier me titille en permanence, la pression m'a aidée à apprendre vite, me forçant à perfectionner tous les tics et habitudes de Haeri. Le coût de cette performance de haute volée ? Une fatigue chronique, et une anxiété qui frémit juste sous la surface. Et dans mes moments de faiblesse, la voix de Cooper résonne à mon oreille : *Je ne dirais pas que la vie y est sans souffrance. Mais il y a toutes sortes de remèdes contre la douleur à Snowglobe, et en abondance.*

Blottir ma joue contre celle de Maeryung et marcher main dans la main avec Sanghui est toujours une torture, mais je m'y habitue. On se fait à tout, en vérité. Et je m'offre bien des récompenses avec le genre de remèdes que seule Snowglobe peut proposer : des footings quotidiens dans le parc à travers le frais brouillard matinal, suivis de parfaits au chocolat indécents. Malheureusement, ces derniers engendrent quelques kilos en plus, inspirant des compliments douteux à Maeryung et Sanghui en coulisse. Les jours où leurs moqueries me blessent le plus, je saute le dîner et me tourne vers mon propre remède antidouleur : les lettres mensuelles que m'envoie ma famille, avec l'autorisation de Mme Cha, que je lis et relis dans un angle mort des caméras. Le soutien financier, aussi organisé par Mme Cha, a permis à maman de démissionner de la centrale et de passer du temps à la maison avec grand-mère. En plus de rire et pleurer ensemble devant leurs séries préférées, elles peuvent s'offrir de temps à autre quelques fruits frais de Snowglobe, et maman s'est même mise au tricot. La vie est belle, me raconte-t-elle, et les nouvelles qu'elle m'apporte de son écriture familière me redonnent toujours de l'énergie.

Voilà comment j'allais jusqu'ici. Et aujourd'hui ? Les dix mille roses de Jehno qui parfument l'air de ma loge devraient me donner un élan suffisant pour me faire tenir une semaine de plus sans parfaits au chocolat.

– Très bien, merci, dis-je, incapable de lui révéler quoi que ce soit de la vérité. C'est comme si ce travail m'avait insufflé une nouvelle vie !

Ce n'est pas un mensonge. Les dix minutes sur le plateau sont devenues le moment le plus relaxant de mes journées, pendant lequel je peux jouer un rôle sans me sentir comme une usurpatrice. Même Haeri doit jouer le rôle de Haeri, la Miss Météo, non ? Tout le monde tente d'incarner une version supérieure de lui-même au moment de venir tirer la météo avec moi, et je parle de gens filmés 24 h/24. Personne n'est au-dessus de ça. Me rappeler cela m'aide à me sentir plus légitime.

Je plaque une expression de bonheur sur mon visage, et regarde Bonwhe droit dans les yeux.

– Tu sais, j'ai réfléchi à la chance que j'ai d'être aimée de tellement de monde. Et le fait que tous ces gens allument la télé sur ma chaîne chaque jour est vraiment une bénédiction. (Puis je tourne les yeux vers la fenêtre, vers l'arc-en-ciel qui commence tout juste à disparaître.) Ça m'a fait repenser ma décision de partir.

Boum.

– Sérieux ?

C'est la seule réaction de Bonwhe, et je suis déçue. Mais à quoi m'attendais-je ? À un peu plus d'enthousiasme, peut-être. Voire à de la joie.

Il reste silencieux une minute, et sourit un peu.

– Tu penses aller le chercher un jour, le cadeau que je t'ai laissé ?

Mon cœur s'arrête. J'ai l'impression qu'il lit en moi.

LE COUP DE TÉLÉPHONE

« Trop occupée » serait vraiment la pire des excuses. Mais qu'est-ce que je pourrais dire d'autre ? *J'ai foncé dans un mur l'autre jour et me suis fait une lésion au cerveau, est-ce que tu pourrais me rappeler où il est caché ?*

Ce n'est pas faute de l'avoir cherchée, cette cachette. En fait, chaque fois que j'entends le premier *clap !* de la table rase, en général avant l'aube, je me traîne hors du lit et utilise les dix précieuses minutes pour fouiller partout.

– C'est à cause de Jehno, je lâche, acculée.

– Jehno ?

– Oui, Jehno. Je ne me vois pas lui en parler, et ça me fait bizarre qu'on s'écrive en secret.

Ma capacité à mentir du tac au tac me consterne. Je me fiche de Jehno, et je ne lui ai jamais fait croire le contraire.

Bonwhe se tourne sur sa chaise, balayant encore lentement des yeux les dix mille roses qui remplissent la pièce.

– C'est pour ça que tu es revenue sur ta décision ? Pour Kim Jehno ?

– Peut-être, dis-je, ce qui me reviendra probablement en pleine face plus tard, mais ça fera l'affaire pour l'instant.

– Et Cha Seol, alors ? Tu lui pardonnes ?

Un long moment passe, et je lève enfin un regard fatigué sur lui.

– Je ne sais pas. Je crois que j'ai juste envie de me concentrer sur le positif dans ma vie, en ce moment. Et de prendre soin de moi, tu vois ?

Bonwhe retourne aux roses, réfléchissant à ma réponse. Puis il se lève.

– Je ne pensais pas que qui que ce soit pourrait te faire rester à Snowglobe.

Argh.

Il enfonce une main dans l'une des poches intérieures de sa veste et en sort une broche en argent.

– Prends-la. C'est à toi, après tout, dit-il en me la tendant. (Je le regarde sans comprendre.) C'est un cachalot.

Je suis sur le point de lui demander ce que c'est, quand quelqu'un frappe à la porte. Sans réfléchir, j'attrape la broche et la glisse dans ma poche. Un instant plus tard, l'assistante Yu entre avec un bouquet de cent roses – exactement un centième de la contribution de Jehno. Je regarde son expression se défaire à la vue des fleurs qui ont transformé ma loge.

Bonwhe a déjà repris son air officiel. Il distribue quelques compliments à propos de l'émission de son ton froid, et je lui fais des réponses tout aussi standards. Quelques minutes plus tard, notre thé se termine sans même qu'une goutte ait été consommée, et je me retrouve encore plus déconcertée par le personnage que je ne l'étais avant.

Il est presque 23 heures quand j'arrive enfin à l'hôpital dans les quartiers privés de Fran, qui m'accueille avec un sourire fatigué.

– J'aimerais être chez moi, et te recevoir avec un plat de pâtes comme je te l'ai promis, dit-il d'un air mélancolique.

Les pièces qu'il occupe pourraient très bien constituer un appartement : il y a une grande salle de bains, un lit en plus pour les visiteurs, et un canapé d'angle en cuir démesuré devant un home cinéma dernier cri.

– Ne t'inquiète pas, Fran. Je te ferai tenir ta promesse, je réponds, en tentant d'être enjouée. Mais regarde-moi cette vue ! C'est spectaculaire !

Au dernier étage, le 204ᵉ, on est tellement haut qu'on a l'impression d'observer la photo d'une ville miniature. Ici, au 73ᵉ, le paysage agrandi grouille de vie.

– Tu n'allais pas garder ça pour toi tout seul, si ? Tu m'inviteras plus souvent ?

En vérité, ce n'est pas lui qui m'a demandé de venir aujourd'hui. En fait, il n'a eu de cesse de déjouer mes menaces de visites, attendant le jour où il pourrait rentrer chez lui et reprendre une vie normale. Mais les semaines et les mois ont passé, jusqu'à ce que je lui dise que je viendrais à l'occasion de mon centième jour de travail, qu'il le veuille ou non.

– Super émission, aujourd'hui, chère amie, lance-t-il, m'adressant un sourire éclatant. Tu étais particulièrement radieuse à côté de l'invité spécial de ce mois-ci.

Ça fait quelque temps maintenant qu'il m'appelle chère amie, bien que je ne sois pas certaine de le mériter. Mais à vrai dire, je ne sais pas s'il y a d'autres personnes qui lui demandent des nouvelles régulièrement.

Je le remercie et lui retourne le compliment, lui parlant de sa bonne mine, ce qui est complètement faux.

– Ça vaudrait mieux, avec tout ce Botox ! réplique-t-il. (Je ris, et il reprend son sérieux.) Allez, tu n'as pas remarqué ? Regarde. Les rides au-dessus de mon nez ? Disparues.

Il lève le visage pour que je l'inspecte. Il a raison, sa peau est aussi lisse que celle d'un bébé. Mais du Botox pendant qu'on lutte contre un cancer ? Je n'aurais jamais cru qu'on puisse faire ça.

– Je me suis dit que je devais me donner un petit coup de jeune de temps en temps, pour tous les fans. Ça doit être déprimant, de voir quelqu'un si débraillé et malade en permanence.

Je sens alors la honte me poignarder, pour toutes les fois où je me suis apitoyée sur les difficultés d'être la chouchoute du monde entier. Je raconte des mensonges pour en couvrir d'autres, et alors ? Ce n'est rien à côté de ce que Fran traverse.

– Tu nous inspire tous, Fran.

Il me rend un sourire mêlé de chagrin, puis change rapidement de sujet.

– Viens voir la terrasse avec moi, dit-il, se levant de son lit avec effort.

Il me fait signe de le suivre, et la porte en verre coulisse automatiquement à son approche.

Je hume l'air frais de la nuit, la ville scintillant sous nos pieds comme autant de pierres précieuses.

– L'accès à la terrasse est réservé aux patients avec des chambres privées, donc ici, en général, il n'y a que moi et quelques rares personnes, explique-t-il. La grande vie, pas vrai ?

Je lui adresse un sourire espiègle.

Un couple médecin-patiente apparaît depuis une autre porte vitrée, et s'installe à l'opposé de nous, parlant à voix basse.

– Bonsoir, docteure Cha ! appelle Fran, déjà parti pour les rejoindre.

La patiente rentre vite à l'intérieur, mais la médecin se tourne vers nous. Elle a l'air presque étonnée. Avec ses grands yeux et son chignon serré, elle me fait penser à quelqu'un.

– Bonsoir, Fran ! dit-elle d'une voix rauque. Qu'est-ce qui vous fait sortir si tard ?

Est-ce que je l'ai déjà vue ?

Ça me revient. La femme de ménage chez Mme Cha. Et maintenant la voilà, à l'étage VIP de l'hôpital, avec un badge indiquant Dr Cha Sohm épinglé à sa blouse.

Fran nous présente tandis que la docteure se balance, mal à l'aise, luttant pour sourire.

– Haeri, voici la Dr Cha Sohm, annonce Fran avec un clin d'œil. La Dr Cha est la petite sœur de Mme Cha.

Je me souviens d'un article dans *Guide TV* qui racontait que Mme Cha n'avait ni le temps ni l'envie de cultiver de nouvelles amitiés, parce que ses deux petites sœurs étaient ses meilleures amies. En revanche, j'ignorais que l'une d'elles était médecin.

– Une famille si honorable, s'épanche Fran, tandis que le sourire forcé de la docteure se transforme en un genre de grimace.

Je reste là sans bouger, sans trop savoir quoi dire, et elle fait mine de partir.

– Contente de vous avoir vu Fran, et ravie de vous avoir rencontrée, mademoiselle Haeri, dit-elle en reculant vers la porte. Passez une bonne soirée.

Elle nous adresse un rapide sourire, se retourne, et je me rends compte que la patiente n'est jamais rentrée à l'intérieur. Elle attend la Dr Cha sur le seuil. On ne voit que ses yeux, le reste est caché par ses longs cheveux noirs et un masque chirurgical bleu. Sentant mon regard, elle se tourne vers moi, et nos yeux se croisent un moment. Un moment comme un coup de tonnerre, paralysant.

Impossible.

J'ai dû l'imaginer, dans la faible lumière de la terrasse. Parce que… Parce que Haeri est *morte*, point barre. Mais ces yeux ? Je les connais mieux que les miens.

De retour dans ma chambre, j'appelle Mme Cha, le cœur battant. Je tombe sur le répondeur à la troisième sonnerie.

– *Bonjour. Vous êtes bien chez Cha Seol. Je ne peux pas vous répondre pour le moment. Veuillez laisser un message après le bip, et je vous rappellerai dès que possible. Si c'est une urgence, appelez le bureau de montage.*

Elle ne donne pas le numéro du bureau de montage.

Je raccroche et me jette sur le lit. L'horloge au mur indique 23 h 52. Presque minuit. Mais qu'est-ce qui me rend si nerveuse, à vouloir l'appeler aussi tard ? Je vais lui raconter que j'ai vu quelqu'un dont les yeux m'évoquaient ceux de Haeri ?

Me rendant compte du ridicule de la situation, j'enfile un pyjama, me couche et tente de m'endormir. Mais je n'arrête pas de penser à ces yeux.

Clap !

Le son de la table rase me réveille. Encore ensommeillée, je regarde l'horloge. Trois heures. Soudain, la sonnerie du téléphone explose dans la chambre. Par réflexe, je décroche.

– Allô ? je siffle dans le combiné.

Silence. Pressant l'appareil contre mon oreille, je m'efforce d'écouter. Puis vient un « Salut » d'une voix familière, et mon cœur s'arrête.

– On s'est vues sur la terrasse, dit la voix. Tu m'as reconnue ? (Je me couvre la bouche pour étouffer un cri.) Allô ? Tu m'entends ?

Je voudrais répondre, mais je peux à peine respirer, la gorge nouée par le choc.

– J'ai vu des photos de toi au banquet à ma place dans les journaux, continue la voix, puis elle laisse échapper un petit rire. Je n'en croyais pas mes yeux.

– Haeri ? je couine. C'est vraiment toi ?

Ça craint. Ça craint carrément.

– La boîte à code, tu l'as encore ?

La boîte à code ? Ça me revient. La voix légèrement nasillarde et rauque au bout de la ligne qui me demandait de la cacher en lieu sûr. Maintenant, je comprends. Cette voix, c'était celle de Cha Sohm.

– Tu peux la sortir, s'il te plaît ? demande-t-elle, mais je suis trop sonnée pour bouger, ou même comprendre tous ses mots.

Je reste paralysée, serrant le combiné, tremblante, quand la voix ressurgit, m'envoyant comme une décharge.

– Vite ! Tu dois l'ouvrir et la ranger avant la fin de la pause.

– Haeri, je répète, étouffée par l'incompréhension. C'est vraiment toi ?

– Ouvre la boîte. Tu verras.

Je fouille le tiroir du bureau et en sors la boîte à code que j'avais cachée. Les chiffres sont sur 0000.

– Le code ? je croasse.

– Neuf, un, un, deux.

J'aligne les chiffres. Un clic, et la boîte s'ouvre.

LA VÉRITÉ

À l'intérieur, il y a un Polaroid, face cachée.

– La photo te montrera pourquoi tu as dû me remplacer, dit Haeri.

La gorge serrée, je la retourne. Son visage me regarde depuis la photo, un visage bien connu à part la brûlure au troisième degré qui recouvre son nez et sa bouche. Je pousse un cri et laisse tomber le Polaroid.

– Je suis en vie, me souffle-t-elle. Depuis tout ce temps. Je ne suis juste pas prête pour les caméras. Merci de m'avoir remplacée, au fait, en allant au banquet, au championnat, aux feux d'artifice, etc. Et bien sûr, pour la météo. (Elle pousse un soupir triste.) Mme Cha était catégorique, il fallait que je me retire jusqu'à ce que mon visage guérisse.

– Mme Cha ? je répète d'un air absent.

– Oui, bien sûr. Elle est absolument convaincue que personne ne voudrait voir une Haeri laide.

– C'est absurde, je lance, les yeux sur la photo qui devient floue avec les pleurs qui montent, l'estomac noué.

Mais maintenant, je peux le croire : Mme Cha a exploité Haeri, l'a manipulée comme une marionnette. Et quand celle-ci s'est retrouvée abîmée, elle l'a remplacée par une autre, flambant neuve. Une larme coule sur ma joue et atterrit sur le cliché.

Mais, et moi ? Comment a-t-elle pu me proposer de vivre le reste de ma vie en tant que Haeri, tout en la sachant vivante ?

– Je… je suis désolée, je lâche, prise de nausée. Je ne savais pas.

– Ça ne fait rien. Je suis guérie, maintenant. Enfin. Presque. (Sa voix redevient claire.) Un peu de maquillage, et le tour sera joué.

– C'est super, dis-je sincèrement.

Elle s'arrête de parler un instant.

– Tu le crois vraiment ? Qu'est-ce qu'il va t'arriver, quand je serai de retour ?

Une toute nouvelle terreur m'envahit, asséchant aussitôt ma langue et ma gorge. Toutes mes peurs se résumaient à celle d'être démasquée, jamais je n'ai imaginé le retour de Haeri.

Elle pousse un long soupir.

– Vu tout ce que tu sais… tu te rends compte que Mme Cha ne te laissera pas simplement rentrer chez toi.

Le visage de Cooper, sa bouche ouverte d'horreur, apparaît devant mes yeux, et je laisse échapper un cri.

– Ma famille !

– Chh… oui. Cette femme a toujours un coup d'avance sur nous, ajoute-t-elle à voix basse.

Nous. Il me faut un moment pour comprendre le mot. Quel son réconfortant, malgré les larmes qui montent et me piquent les yeux de nouveau.

– C'est pour ça qu'il faut qu'on se rencontre le plus vite possible. Je peux t'aider, déclare-t-elle.

– Tu veux m'aider ?

– C'est la moindre des choses.

Mais pourquoi ? Ne devrait-elle pas m'en vouloir, à moi, l'usurpatrice mise là afin de se débarrasser d'elle pour de bon ?

– Tu as été mêlée à tout ce bazar uniquement parce que je me suis brûlée, ajoute-t-elle. Si je n'avais pas été aussi maladroite, tu serais encore chez toi. Je suis désolée. C'est moi qui devrais m'excuser.

Je meurs d'envie de la contredire. *Non ! Tu n'as rien fait de mal ! Ce n'est pas toi qui m'as fait ça !* Mais les mots restent coincés dans ma gorge. *Je me le suis fait à moi-même. Je détestais ma vie, donc j'ai volé la tienne.*

Ma poitrine se soulève, et tout à coup me voilà en train de sangloter, trembler et chercher ma respiration à travers les larmes. Mais il faut que je me reprenne. Finalement, je me calme suffisamment pour répondre.

– Tu ne risques pas d'avoir des problèmes ? Et si Mme Cha nous voyait sur une des caméras ?

Je jette de nouveau un œil à l'horloge. Cinq minutes avant que les caméras se rallument. La SnowTower est à trente minutes d'ici en voiture. Sans réfléchir, je saute sur mes pieds et me dirige vers le miroir que j'ai déjà touché de nombreuses fois, le câble en spirale du téléphone tendu derrière moi. Mais quand mes doigts touchent la glace, la surface dure et froide résiste. Évidemment. Les Yibonn n'ont rien à faire d'une maison ordinaire. Et si ç'avait été l'un de leurs miroirs, alors quoi ? Je n'ai aucune idée de la façon de les contrôler.

– Viens voir Fran ce soir, dit Haeri. Je te retrouverai sur la terrasse.

Elle est folle ?

– Mais, et les caméras ? Mme Cha saura !

– Ne t'inquiète pas, me rassure-t-elle. La Dr Cha est avec nous. J'appelle depuis son bureau en ce moment.

La Dr Cha. Est-ce elle qui a fourni la crème anti-engelures et les vaccins à sa sœur ?

– Pourquoi est-ce qu'elle nous aiderait nous plutôt que sa sœur ? je rétorque, de plus en plus perdue.

– Quelqu'un doit arrêter la réalisatrice, répond-elle d'une voix dure. Les gens ne peuvent même pas imaginer ce qu'elle a fait.

Je pense à Bonwhe, et à combien il la déteste. Avant de pouvoir m'en empêcher, je me remets à parler.

– Il y a une autre personne qui pourrait nous aider…

– On n'a pas beaucoup de temps. Il faut que je retourne dans ma chambre avant la fin de la table rase, me coupe-t-elle. On se retrouve sur la terrasse. Fais en sorte d'être avec Fran pour que Mme Cha ne se doute de rien. La Dr Cha s'occupera de lui ensuite.

Mon cœur s'arrête à l'idée de Haeri et moi côte à côte sous l'œil des caméras. Mme Cha serait furieuse. Haeri sait-elle de quoi elle est capable ? Et ma famille, dans tout ça ?

– On va se faire attraper, j'insiste, ma voix sonnant comme un bêlement pathétique à mes oreilles.

– Non. Il y a un angle mort, le seul du 73e étage. On se voit ce soir.

Je fixe bêtement ma silhouette sombre dans le miroir, tandis que Haeri m'indique comment trouver l'angle mort, puis la connexion se coupe. Je me précipite dans mon lit et ferme les yeux. Quelques secondes plus tard, la pause prend fin.

Je veux la remercier. Je veux lui dire que je suis désolée, encore et encore. Je veux trouver la force d'admettre que ce n'est pas moi la victime ici, que j'étais trop heureuse de voler ce qui lui appartenait. Mais la vérité, c'est que je ne peux pas.

Je passe la journée à prétendre du mieux que je peux que tout va bien et que la vie de Haeri continue comme si rien n'avait changé. Quand la nuit tombe, je retourne au 73e étage et salue Fran en le prenant dans mes bras, puis je lui tends le smoothie de chou kale que je lui ai apporté, une petite surprise de son bar à jus préféré, et l'excuse parfaite pour lui rendre visite. Il prend une gorgée et m'adresse un grand sourire. Son humeur gaie augmente encore ma culpabilité de l'entraîner dans la mission d'aujourd'hui, mais je n'ai pas d'autre choix.

Après un moment à discuter, je suggère que nous sortions profiter de l'air de la nuit, et il accepte avec joie. Quand nous passons sur la terrasse, la docteure est assise sur un banc, et Fran se dirige droit vers elle.

– Bonsoir, docteure Cha ! lance-t-il d'une voix chantante. (Elle lève les yeux et lui rend son salut.) Ce n'est pas votre patiente là-bas ?

Il parle de Haeri, assise dans un fauteuil roulant à l'autre bout de la terrasse. Elle est partiellement cachée derrière une colonne qui dépasse de la façade, à cause des caméras, j'imagine.

– Oui, répond la Dr Cha en soupirant. Elle ne peut sortir que le soir. On la soigne pour des brûlures au visage, mais heureusement, elle sera bientôt guérie. Elle se bat contre une dépression, maintenant, ajoute-t-elle d'un ton plus sombre.

Fran hoche la tête d'un air compréhensif. La docteure fait mine d'aller raccompagner sa patiente, mais elle se retourne vers lui.

– On n'est pas encore venus faire votre check-up ce soir, non ? Et si on faisait ça avant que je rentre ?

Fran me regarde, et j'acquiesce avec enthousiasme. Quelques instants plus tard, ils disparaissent tous deux dans le bâtiment, et comme par un fait exprès, des gouttes d'eau se mettent à tomber sur ma tête et mes épaules. C'est la pluie que Bonwhe et moi avons tirée hier soir.

Bzzzz.

Je lève les yeux et vois l'auvent automatique qui se déroule, activé par les précipitations. Une fois qu'il s'est complètement ouvert, le tapotement irrégulier des gouttes de pluie s'est changé en un crépitement soutenu.

– On avait bien prévu de la pluie, je lance pour les caméras.

Puis je fais mine de m'étirer les bras au-dessus de la tête en jetant un regard inquiet à la patiente dépressive – toujours pour les caméras – avant de me diriger vers l'angle mort au bout de la terrasse, comme par respect pour l'intimité et le calme dont elle a besoin.

Selon les lois de la symétrie architecturale, l'autre bout de la terrasse est aussi à moitié caché par une colonne. L'angle mort est petit, et quiconque de plus large que nous aurait eu du mal à disparaître derrière.

Rentrant le ventre, je me faufile dans l'espace étroit, les cheveux dressés sur la tête à l'idée que la pluie cesse et que l'auvent se rétracte, exposant ma marche en crabe aux caméras au-dessus.

Quand j'émerge de l'autre côté, Haeri me salue depuis son fauteuil roulant, les yeux doux et souriants au-dessus de son masque chirurgical. De nouveau sous ce regard, tout ce dont j'ai envie, c'est de déballer ce que j'ai sur le cœur, lui dire combien je suis heureuse d'apprendre que son suicide était un mensonge dégoûtant – la pire histoire qu'on aurait pu inventer.

Mais je ne parviens qu'à lui faire une grimace stupide, avant qu'elle ne tire soudainement son masque sous son menton, dévoilant son visage sans défaut. Est-ce du maquillage ? Il n'y a aucune trace de la brûlure que j'ai vue sur le Polaroid. Lentement, elle se lève de son fauteuil pour me faire face.

On se dévisage mutuellement, pétrifiées. Est-ce à cela que ça ressemble, une expérience extracorporelle ? Une goutte de pluie éclate sur mon nez, me tirant de ma transe.

– Haeri, je commence, mais elle pose un doigt sur ses lèvres, et je me rappelle que nous sommes dans un angle mort, pas dans un angle sans micro.

Mais si on ne peut pas parler, qu'est-ce qu'on est censées faire ? Soudain, Haeri se jette sur moi et me saisit par le bras. Une vive piqûre me rappelle le vaccin contre la grippe que Mme Cha m'a administré. Ensuite, elle fait un petit pas en arrière, les yeux durs et la bouche pincée, une étrange seringue dans sa main pâle et tremblante. Je titube dans sa direction, et mes yeux se ferment malgré moi. Je me sens aussi lourde qu'une brique de plomb qui coule au fond de la mer.

Partie 3

NOUS

BANNIE

Mes yeux s'ouvrent d'un coup et je me lève en catastrophe, mais quelque chose me retient fermement. Dans les vapes, avec l'impression d'être soûle, je jette un regard autour de moi et découvre que je suis dans un lit inconnu, dans une robe d'hôpital, une perfusion au bras gauche. Et est-ce bien ma cheville gauche qui est menottée au cadre du lit ? Je tente de m'asseoir de nouveau, désorientée, mais j'entends un claquement métallique et je suis rejetée contre le matelas. J'ai aussi un poignet menotté.

Que se passe-t-il ? Un sentiment d'alarme m'envahit. Je me soulève sur mon bras libre et tente d'analyser la scène. On dirait que je suis prise au piège dans un lit posé au milieu d'une énorme cage à oiseaux. À travers le grillage en métal, je vois une unique ampoule nue pendre de la poutre au plafond, baignant l'intérieur d'une lumière morne. À côté, j'entends de l'eau couler dans ce qui semble être un lavabo. Une salle de bains. Ce n'est pas un hôpital. Je suis chez quelqu'un.

Prise de terreur, je me débats, tirant violemment sur les menottes pour tenter de me libérer. La perfusion se détache, mais l'effort est vain. Je m'arrête à l'instant où je remarque que mes coups font avancer et reculer le lit sur ses roulettes. Je balaie de nouveau la pièce du regard, cherchant frénétiquement une échappatoire, quand une femme enveloppée dans un peignoir bas de gamme surgit de la salle de bains, un œil fermé à cause du shampoing qui coule de ses cheveux mouillés en tas sur sa tête. Nous restons toutes deux figées un moment, nous dévisageant, puis elle traîne les pieds jusqu'à moi. Sans réfléchir, je pousse un hurlement, un cri sauvage, à vous arrêter le cœur, qui me déchire la poitrine. Il ne me reste plus que ça.

Stoppée net, elle se bouche les oreilles.

– Eh ! Du calme ! Ça suffit !

Je remplis mes poumons et libère un deuxième cri, puis un troisième. Elle finit par se déboucher les oreilles. Une main en l'air, elle s'approche lentement.

– Ooh ! Chut… oh, oh, répète-t-elle comme pour calmer un gros animal en colère. Tout va bien. Chh… Du calme, maintenant ! Qui c'est la gentille fille ?

Je continue de hurler de toutes mes forces.

– Hé ! s'exclame-t-elle par-dessus mes hurlements. Tu peux crier tant que tu veux, personne ne t'entend. C'est la seule maison dans un rayon de deux kilomètres.

Je lui réponds avec un nouveau cri, et elle sort une télécommande d'un canapé loqueteux pour allumer la télé. En quelques clics rapides, le volume est assez fort pour noyer le bruit, mais je n'abandonne pas. Je hurle jusqu'à ce que ma gorge déraille, et elle coupe enfin le son. Tout ce que je peux encore faire, c'est l'intimider avec le regard le plus haineux possible.

– T'es plutôt tenace pour quelqu'un resté trois jours dehors dans le froid.

Trois jours dans le froid ? Menottée à ce lit tout ce temps ?

– Regarde un peu la télé et détends-toi, dit-elle. Je vais me rincer les cheveux, puis je t'apporte à manger.

Avant que j'aie le temps de lui poser des questions, elle remonte le volume et retourne à la salle de bains, dont elle laisse la porte ouverte pour garder un œil sur moi. Comme si je pouvais bouger, enchaînée à un lit dans une cage.

Prisonnière, j'observe l'environnement du mieux que je peux. Il y a un canapé, un fauteuil inclinable, une table basse, et ce lit-cage qui encombre la pièce exiguë. Mais où est le téléphone ?

C'est là que l'image de Haeri me revient, une seringue à la main et un air sinistre sur le visage.

« Et maintenant, c'est au tour de notre présentatrice préférée d'annoncer la météo de demain. »

C'est Mme Chung ! Je me tourne brusquement vers l'écran, et la caméra passe à Haeri sur le plateau météo. Elle porte un costume jaune citron que je ne reconnais pas, regardant droit dans l'objectif pour que son sourire fasse un maximum d'effet.

« Vous connaissez la température idéale pour vivre ? » gazouille-t-elle.

La broche cachalot de Bonwhe est accrochée à sa poche de poitrine.

« D'après les scientifiques, celle-ci est de 20 °C.

Elle sourit un peu plus. Charmante, adorable, et confiante. Cette Haeri n'est certainement pas la personne vulnérable, abattue et quelque peu nerveuse que j'ai rencontrée sur la terrasse. Mais pourquoi le serait-elle, maintenant qu'elle a récupéré sa place légitime ?

Pourtant, quelque chose me dérange. Je ne peux pas m'empêcher d'y voir une troisième personne, comme si la fille à l'écran n'était ni Jeon Chobahm, ni Goh Haeri. Il y a une vague différence sur laquelle je n'arrive pas à mettre le doigt, et ça me perturbe.

« La maximale d'aujourd'hui était d'exactement 20 °C, accompagnée d'un ciel dégagé, poursuit-elle. J'espère que je pourrai encore vous offrir des conditions parfaites pour demain, samedi ! »

Elle sourit encore plus, et plonge sa main dans le premier tambour.

Comment peut-elle sourire ? C'est comme si elle ignorait que j'étais enfermée dans cette maison inconnue. Ou bien le sait-elle ? Y a-t-il des caméras ici ? Mme Cha est-elle au courant que j'ai disparu depuis trois jours ?

Tout à coup, je me rends compte à quel point j'ai froid. L'air me mord les joues, et la seule source de chaleur provient d'une couverture électrique tiède entre le matelas et moi. *Quoi ?* La maison sombre et triste, la télé antique, les meubles usés jusqu'à la corde, le gel dans l'air… Ça me frappe comme un coup de poing. Ce n'est pas Snowglobe.

Je suis prise de nausée, quand ma geôlière sort de la salle de bains, les cheveux enveloppés dans une serviette.

– Hein ? jappe-t-elle. Qui regarde cette merde ?

Elle attrape la télécommande et éteint la télé, puis se tourne vers moi.

– T'as faim ? Je te fais du gruau.

Du gruau ? C'est une blague ?

– Qui êtes-vous ? je grogne. Et où suis-je ?

– Où ? répète-t-elle, passant à l'espace cuisine dans un coin de la pièce. (Elle ouvre une boîte, verse un peu de riz dans une casserole.) T'as déjà entendu parler du village des retraités ? L'endroit où les craignos passent le reste de leur vie à attendre de mourir d'ennui ?

– Le village des retraités ?

L'inconnue passe la casserole sous le robinet, puis attrape une bouteille de soju posée sur le comptoir, une paille pliée sortant de son goulot étroit. Elle en prend une longue gorgée, comme si c'était un soda, et j'en ai un haut-le-cœur.

Le village des retraités. À part sa localisation approximative – en dehors de Snowglobe –, on en sait si peu sur l'endroit, qu'il a acquis un statut presque mythique.

– Alors pourquoi je suis là ? je siffle.

Elle ignore ma question, s'approche lentement de ma cage avec un bol, puis le passe à travers le grillage métallique.

– Mange. Tu passeras au porridge demain.

– Pourquoi je suis là ? je hurle. Et qui êtes-vous ?

– Qui je suis ? répète la femme, regardant dans le vide un moment, comme si elle réfléchissait à la question. Appelle-moi grande sœur, répond-elle enfin, et elle rit. Pas de formalités entre nous.

Jamais, jamais je n'appellerai cette femme *grande sœur*, pas même si c'était la dernière personne sur Terre.

– Quoi ? Tu trouves que je suis trop vieille pour être ta sœur ou quoi ? J'ai à peine plus de trente ans, tu sais. (Elle attend, mais je ne dis rien.) Et cousine, alors ?

Je continue de lui lancer des regards noirs, les dents serrées.

– Très bien, conclut-elle en haussant les épaules. Appelle-moi comme tu veux. *Ajumma* – ça te va ? Les jeunes de nos jours… marmonne-t-elle dans sa barbe. Ils pensent qu'à peine passé trente ans, on a déjà un pied dans la tombe.

– Identifiez-vous, je lui ordonne d'une voix rendue tremblante par la peur. Votre nom, et pourquoi vous me faites ça.

– M'identifier ? ricane-t-elle. Pas de problème. Nom : Cha Hyang. Profession : travailleuse à la centrale.

– Cha Hyang ? (Le nom tombe dans mon oreille avec fracas.) Vous êtes liée à Mme Cha ?

– Oui, répond-elle amèrement. Liée par un sang souillé pour toujours.

La sœur de Mme Cha vit dans le village des retraités ? Je ne savais pas.

– Est-ce que… c'est elle qui m'a envoyée ici ?

– Mmh-mmh. (Elle fait un geste vers le gruau.) Mange tant que c'est chaud. T'es gauchère, pas vrai ?

Elle sourit comme si elle s'attendait à ce que je la remercie d'avoir menotté ma main droite plutôt que la gauche. Je n'arrête pas mes regards noirs. Elle soupire, puis va s'installer dans le canapé fatigué à côté de la cage.

– Mange. Tu pourras continuer de me haïr ensuite. Oh, et tu as arraché la perfusion ? C'était la dernière que j'avais, donc t'as plus le choix, obligée de te fourrer des trucs dans le gosier à partir de maintenant, que ça te plaise ou non.

Défaisant la serviette sur sa tête, elle la jette à travers la pièce et se vautre de nouveau, balançant ses longs cheveux noirs et mouillés par-dessus le dossier comme des algues échouées sur une plage. À en juger par sa méthode de séchage, l'électricité doit être précieuse ici.

Je la fixe, bouillant de l'intérieur, avec l'envie de pleurer.

– C'est quoi le problème ? dit-elle. Tu pouvais pas la fermer il y a cinq minutes, et maintenant, tu peux plus l'ouvrir pour y mettre un peu de gruau ? (Un soupir. Puis elle passe une main sous le canapé, cherchant à attraper quelque chose.) Enfin bon, je serais soûlée aussi, je suppose, si quelqu'un m'avait promis une vie de rêve, tout ça pour changer d'avis et me bannir.

Ses mots me gèlent le cœur. Elle est sérieuse à propos de Mme Cha ?

Puis elle lâche un « Oui ! » victorieux en sortant une bouteille de soju, qu'elle soulève comme un trophée. Les yeux brillants de joie, elle fait sauter le bouchon, insère sa paille usagée dans le goulot, puis se met à aspirer le contenu.

– T'en veux une gorgée ? me propose-t-elle sans ironie.

Cette femme vit dans une autre dimension.

– Qu'est-ce que vous voulez dire par changer d'avis et me bannir ?

– Quoi, qu'est-ce que je veux dire ? Seol trouvait que l'autre fille – c'est quoi son nom ? Chobahm ? Bambi ? – était une meilleure candidate pour le rôle. Le remplacement qui était censé servir seulement quelques mois s'est révélé de la bombe. T'as été virée.

– *Quoi ?* je murmure.

Elle me jette un regard fugace.

– Ça vaut pas le coup d'essayer de mourir de faim, dit-elle. Qui sait ? Peut-être que cette Bambi conviendra pas, et Seol te rappellera ? Mais en attendant, tu es sous ma tutelle – et ma garde – que tu le veuilles ou non. D'ailleurs, tu vas finir par te péter un vaisseau, si tu continues à me regarder comme ça. Du calme.

Cette femme. Cette ivrogne. Elle est incohérente.

– Mais c'est moi, Jeon Chobahm ! je m'exclame avec colère.

Elle s'étouffe, crachant du soju par les narines.

– Quoi ? couine-t-elle en toussant.

– J'ai dit, Jeon Chobahm, c'est moi !

– Non, c'est pas toi, parvient-elle à lâcher entre deux quintes de toux. Seol m'a envoyé Serin. Bae Serin.

L'idiote. Elle continue de s'étouffer, et le temps d'un instant, j'éprouve plus de pitié que de colère. Quand la toux diminue, elle fait une grimace et inspecte sa bouteille.

– J'ai trop bu ou quoi ?

Elle me demande alors combien de doigts elle lève. Voyant que je bous sans un mot, elle exige que je compte à rebours à partir de vingt.

– Arrêtez vos bêtises et laissez-moi sortir. Maintenant !

– Tu sais quoi ? C'est clair que tu sais jouer la comédie, tu te mets en rogne comme une vraie victime d'usurpation d'identité. Ha ! Si j'étais pas plus maligne… Je te le dis. (Elle laisse échapper un rire nerveux et m'examine.) T'es sérieuse ? T'es vraiment Jeon Chobahm et pas Bae Serin ?

– Combien de fois il faut que je vous le dise ? (Je m'accroche à la cage de ma main libre et la secoue.) Laissez-moi sortir !

Elle se félicite dans sa barbe de la bonne idée qu'elle a eue de m'attacher, puis elle me fixe d'un air sombre qui lui transforme le visage.

– Alors comme ça, tu es Chobahm ? La doublure que Seol a fait venir en urgence de Snowglobe pour la fête de Noël ? C'est toi, la Bambi ?

Observant la réponse s'installer dans ses yeux, je sens mon cœur se serrer. Une sensation soudaine d'impuissance et de futilité me submerge. Je veux prendre ce bol de gruau aqueux pour remplir le vide qui s'ouvre en moi avec quelque chose, n'importe quoi, mais je ne suis pas assez bête pour manger quoi que ce soit que cette dégénérée aurait touché.

Slurp.

La paille de Hyang absorbe les dernières gouttes de soju dans sa troisième bouteille. Rassemblant les forces qui me restent, je me déchaîne de nouveau.

– Si vous avez fini de boire comme un trou, faites-moi sortir, espèce d'idiote !

Elle lâche un long soupir, son haleine empestant l'alcool.

– Attends-moi ici.

Comme si j'avais le choix.

Elle se lève en chancelant, sort une clé de sa poche et se dirige vers une porte fermée. Elle la déverrouille, l'entrouvre avec une prudence exagérée, se glisse derrière et la referme.

J'entends des tiroirs s'ouvrir et se refermer, puis des jurons prononcés à voix basse, suivi du son d'objets qu'on jette sur le sol et de papier qu'on froisse. Quand elle reparaît enfin, elle tient une cassette VHS et quelques petites enveloppes.

– Ça sera plus rapide si tu le vois par toi-même, dit-elle, enfonçant la cassette dans le lecteur près de la télé.

L'écran s'allume et montre l'auditorium plein de vie d'une école. L'image glisse le long du tableau noir pour filmer l'estrade, et la mise au point se fait sur une guirlande de lettres blanches. 115E AUDITION ANNUELLE D'ACTEURS : ÉLÈVES, peut-on lire, et juste en dessous, écrit à la craie jaune : AH-D-3.

La 115e ? C'est quand j'étais encore à l'école.

Une fille avec des couettes apparaît à l'écran, et je suis paralysée.

« Bonjour », dit-elle. On dirait en tout point Haeri, comme moi.

Seulement, la peau qui va de son nez à son menton est tendue, rose et brillante comme une cicatrice de brûlure. La Haeri sur le Polaroid avait la même.

« Je m'appelle Bae Serin. Je suis élève en première année. »

Cette voix. Mes yeux errent jusqu'à la carte d'élève cousue sur la poche de poitrine de son uniforme, 9112, et l'appel téléphonique me revient comme un coup de tonnerre.

Le code ?

Neuf, un, un, deux.

Regardant droit dans la caméra, elle montre son plus beau sourire. À part la cicatrice et son air négligé de fille visiblement mal nourrie, sa ressemblance avec Haeri est inquiétante.

La voix de Yujin résonne dans ma tête.

Il paraît que chaque personne a deux clones.

DOUBLURE DE LA DOUBLURE

Hyang met la vidéo en pause, figeant la fille du nom de Serin dans son mouvement, la bouche ouverte comme un oisillon qui réclame à manger.

– C'est Serin. La Haeri que tu as rencontrée à Snowglobe.

– Pourquoi ? je souffle, le pouls à toute allure. Pourquoi est-elle à Snowglobe, à faire semblant d'être Haeri ?

– Des mois avant la mort de Haeri, Seol l'a fait entrer en secret à Snowglobe pour une série d'opérations de chirurgie esthétique.

Je me retourne vers l'écran, fascinée par la cicatrice sur son visage.

– Elle voulait une nouvelle Haeri, poursuit Hyang. Une Haeri dont les ambitions s'élevaient à la hauteur des siennes, une Haeri aussi dure qu'elle.

Tu as tout ce qu'il faut pour devenir Haeri. En mieux.

Et si la théorie folle de Yujin à propos des sosies, que j'ai repoussée pendant des années – tout le monde a deux clones – se révélait vraie ? Alors Cha Seol les aurait toutes trouvées – Goh Haeri, Bae Serin, et moi, Jeon Chobahm. Je suppose que ça n'a pas dû être trop difficile, étant donné que la participation aux auditions annuelles était obligatoire pour l'ensemble des élèves. Et une réalisatrice en exercice, en tant que membre du comité de casting, a accès à tous les enregistrements.

– Si on en croit Seol, continue Hyang, Serin était le choix idéal, poussée par un désir obsessionnel de vivre un jour comme Haeri.

Pas besoin d'être réalisatrice pour voir ça chez Serin. Elle démontre son admiration en incarnant complètement son idole. Ses couettes, son sourire, ses inflexions et ses pauses : c'est Haeri tout craché.

Hyang relance la vidéo, et Serin reprend : « La première chose que je voudrais faire en arrivant à Snowglobe ? Devenir amie avec Haeri, bien sûr ! Maman dit que quand j'étais petite, je courais jusqu'à la télé pour embrasser l'écran dès qu'elle apparaissait, et je lui parlais comme si elle pouvait m'entendre. Dites que je suis folle si vous voulez, mais je crois qu'elle m'aime, elle aussi. Je pourrais être sa jumelle perdue ! »

Serin laisse échapper un rire en trille, qu'elle contient avec un sourire adorable, celui de Haeri, plissant les yeux pour en faire deux arches douces. Et même si personne ne pouvait encore la confondre avec Haeri, l'étincelle dans ses yeux retient l'attention.

– Il y a eu un petit problème, explique Hyang, jouant nerveusement avec l'enveloppe qu'elle a rapportée de l'autre pièce. Serin s'est fait cette cicatrice au visage quand elle avait trois ans, donc Seol a recruté Sohm, sa petite sœur, talentueuse chirurgienne esthétique et pleine d'admiration pour son aînée, qui a commencé à travailler sur le visage de Serin pour la rendre présentable à l'écran. Tout se passait comme prévu. Jusqu'au suicide de Haeri. (Le visage de Hyang s'obscurcit.) Depuis un moment déjà, j'avais peur qu'elle soit trop gentille, trop douce pour continuer sa vie en tant que Haeri…

Sa voix s'éteint, vacillante.

La véritable fin tragique de Haeri me poignarde le cœur une nouvelle fois. Elle a tout enduré : une mère qui ne l'aimait pas, jalouse de son succès, une grand-mère vicieuse, narcissique, et une réalisatrice qui l'a utilisée sans merci. Qui aurait cru que, derrière ce sourire qui entretenait un rêve commun à Snowglobe, elle affrontait autant de tristesse en silence ?

– J'allais recevoir Haeri, reprend Hyang, la voix pleine d'émotion. Quand Seol m'a raconté son plan avec Serin, je lui ai dit que je m'occuperais de l'autre fille. Je suppose que je craignais déjà que Seol songe à s'en débarrasser radicalement.

– Débarrasser radicalement ? je murmure, incrédule.

Hyang baisse les yeux.

– La disparition soudaine de Haeri a créé un vide que Seol était bien en peine de remplir, vu que Serin avait encore besoin de quelques mois avant d'être fin prête. C'est là que tu es arrivée, comme doublure de la doublure.

Je n'ai pas fait le chemin jusqu'ici par charité, si c'est ce que tu crois.

Non seulement je ne suis pas l'originale, mais je ne suis même pas sa relève. Je suis la doublure de la doublure, un substitut jetable.

– Les mois ont passé, et le traitement de Serin a touché à sa fin. Le plan de départ de Seol était de… de se débarrasser de toi ici. Mais il s'est avéré que tu avais toutes les qualités qu'elle recherchait pour Haeri. Elle était partagée, parce qu'elle avait déjà investi tellement pour Serin. Donc elle m'a écrit pour me dire que je prendrais Serin, puisque Haeri était partie. Elle voulait un plan B, au cas où il se passerait autre chose. (Elle m'adresse un regard douloureux.) Comment j'ai pu me retrouver avec toi à la place de Serin ?

Alors je lui raconte tout, jusqu'au moment où Serin m'a piquée dans le cou. J'imagine qu'elle a échangé ses vêtements avec les miens dans l'angle mort avant de repasser de l'autre côté. Et c'est comme ça que Bae Serin est devenue la nouvelle Goh Haeri.

Hyang reste sans voix un moment, puis elle me passe les lettres à travers les barreaux de ma cage. Les pages sont noircies de l'écriture de Cha Seol.

J'ai regardé les auditions en boucle. Serin ferait une parfaite Haeri, si ce n'était son affreuse cicatrice. Mais Sohm devrait pouvoir s'en occuper.

Des pensées. Beaucoup de pensées. J'aimerais qu'on puisse en discuter autour d'un verre ou deux, même si je t'entends déjà refuser. Haha. Mais je sais que je peux tout dire à mes sœurs. Pas vrai ? Je n'aurais pas dû te laisser nous quitter, quitter Snowglobe. C'est mon plus grand regret.

Ça faisait longtemps que je ne t'avais pas écrit ! J'étais occupée, tu y crois, toi ? Pour faire court, j'ai amené Serin ici, à Snowglobe. Quand je lui ai parlé de la maladie incurable de Haeri, j'ai vu une étincelle dans ses yeux, qui m'a laissée penser que ce n'était pas la peine de tourner autour du pot. Pas avec elle. Elle est 100 % avec moi depuis le début. Le plus grand défi, ç'a été de se débarrasser des caméras à l'intérieur de la chambre d'hôpital, mais Sohm s'en est chargée pour moi.

Une rage bouillante me saisit de nouveau, et je froisse la lettre dans ma main.

– Pourquoi me montrer ça ? je lâche d'un ton sec. Vous n'êtes pas de son côté ?

– J'espérais que ces lettres servent à quelque chose un jour. J'allais tout raconter à la fille à son arrivée. Mais elle s'est tuée avant même que j'en aie l'occasion. Elle est morte sans rien savoir. Non, elle est morte parce qu'elle ne savait rien. Je ne voulais pas que tu tombes dans le même piège.

– Donc vous voulez me faire croire que vous n'avez pas pu lui raconter avant ? Pourquoi ? Vous pensez que c'est un genre de confessionnal, ici ? Pourquoi n'avez-vous pas raisonné votre sœur et sauvé Haeri avant qu'il ne soit trop tard ?

Hyang baisse la tête, mais je suis tellement énervée que je ne peux pas m'arrêter de lui rentrer dedans, qu'elle le mérite ou non.

– Il n'y a qu'une seule Haeri, et ça ne changera jamais, peu importe le nombre de personnes qui lui ressemblent. Comment votre sœur et vous avez-vous pu penser qu'on pouvait remplacer quelqu'un encore en vie ?

Je ne lui ferais jamais de mal volontairement.

Mon cœur se serre quand je me rappelle le regard sombre de Cha Seol au moment où elle a prononcé ces mots.

Puis je me souviens de mon propre rôle dans tout ça, comme j'étais prête à participer au complot, et comme je me suis glissée avec facilité dans la vie de Haeri. Qui suis-je pour juger les actions des autres ? La honte et la culpabilité me submergent et les larmes se mettent à couler.

– Allons, dit Hyang. Tu auras tout le temps de pleurer. Mets-toi quelque chose dans le ventre avant de tomber dans les pommes.

– J'aurais dû lui dire non, je crache en essuyant les larmes qui gouttent de mon menton. J'aurais dû refuser. Ce jour-là, dans la limousine…

– Tu n'avais plus le choix, une fois que Seol est venue te trouver. La fête de Noël était une urgence. Elle aurait obtenu ta coopération par tous les moyens. Les réalisateurs de Snowglobe sont tous à moitié fous, sans exception. Et Seol ? Elle est complètement dingue. (Son expression se durcit.) Et ce n'est pas la seule. Il y a deux sociopathes. L'autre, c'est notre grand-père, Cha Guibahng.

Le visage de Hyang est flou à travers les larmes qui n'arrêtent pas de monter. Cha Guibahng ? Leur grand-père, qui a reçu la Médaille nationale des Arts pour la série qu'il a dirigée ?

– C'est dans toute cette putain de famille, poursuit Hyang. Et je ne m'exclus pas – j'ai réussi dans cette vie sous le nom de Cha.

Fouillant sous le canapé de nouveau, elle en sort une bouteille, de vin cette fois-ci, et dévisse le bouchon. Elle fabrique alors une très longue paille à partir de deux pailles normales, la glisse dans le goulot et se met à boire. Je la regarde siphonner le liquide rouge quand je prends conscience que je meurs de soif. Finalement, j'attrape le bol de gruau et l'engloutis comme un verre d'eau fraîche.

– Je veux me dégourdir les jambes, dis-je.

Ça fait des jours maintenant que je me suis réveillée dans cette pièce inconnue. Hyang est affalée sur le canapé, les jambes sur l'accoudoir, un roman de fantasy de l'Âge de Guerre en équilibre sur le ventre.

– Quoi ? lance-t-elle en levant les yeux de sa page.

– J'ai dit, je veux me dégourdir les jambes, je répète en m'asseyant.

J'ai fini par convaincre Hyang de me laisser sortir du lit-cage pour aller sur le canapé, mais elle m'y a menotté le poignet droit, et a enchaîné chacune de mes chevilles à un boulet de dix kilos. Elle est persuadée que sans entraves, je me précipiterai à la cuisine pour me trancher la jugulaire avec un couteau, ou que je me ferai exploser comme un pétard d'une manière ou d'une autre. Un jour, elle est tombée sur une paire de ciseaux oubliée sous le canapé.

Elle a hurlé comme si elle avait vu un serpent et l'a jetée par la fenêtre.

Depuis, cette folle doit se débrouiller avec ses propres incisives quand elle a besoin de couper quelque chose. Je ne suis pas psychologue, mais sa réaction doit être un genre de symptôme du traumatisme lié à la mort de Haeri.

«Je te tuerais avant même de songer à me suicider», je lui ai assuré, mais ça ne l'a pas incitée à m'accorder plus de liberté.

– Je sors, je lance par-dessus mon épaule, tirant les boulets à mes chevilles pour partir devant, pendant que Hyang fabrique je ne sais quoi dans la cuisine.

Il m'a fallu deux semaines pour la convaincre que je n'étais pas capable de sprinter à cent kilomètres par heure tout en tirant vingt kilos derrière moi, et que je n'avais aucun intérêt à raconter aux habitants du village que j'ai servi de doublure à Haeri.

En fin de compte, ce ne sont pas mes paroles qui l'ont persuadée, mais l'impressionnant total de 227 parties de Darpion, 101 parties de poker et 359 parties de Go-Stop que j'ai accepté de disputer. La liberté a un prix.

En attendant, on dirait que cette femme n'a pas de vie en dehors de ma surveillance. Même si elle assure avoir une amie dans le village, précisément *une*, je ne l'ai jamais vue sortir pour lui rendre visite, et l'amie n'est pas venue la voir non plus.

«Quand tu vivais à Snowglobe, tu avais des amis, ou tu étais déjà une tocarde là-bas? je lui ai demandé un jour, le venin montant en moi de nouveau.

– Je t'ai dit que j'ai une amie! J'en avais aussi une à Snowglobe. Elle est rentrée chez elle quand sa série a été annulée, voilà tout.»

Cette fille revient assez régulièrement dans les discours de Hyang, ce qui me fait penser qu'elle existe réellement. Un jour, nous avons fantasmé sur un bol de chocolat chaud, et Hyang est devenue toute bizarre et sentimentale, en se rappelant comme son amie l'a rendue accro quand elles étaient inséparables à Snowglobe. Peu après, elle a confié que c'est le fait de l'avoir vue se faire brutaliser par le système qui l'a poussée à quitter le dôme pour de bon.

Cette révélation m'a prise au dépourvu, et m'a amenée à la regarder sous un autre angle. Est-ce la seule réalisatrice à s'être volontairement retirée ? Cela fait-il d'elle une objectrice de conscience ? Ou simplement une déserteuse ?

Devant la porte d'entrée, sur une plaque de boue gelée, je regarde le thermomètre : -8 °C, plutôt agréable, comme prévu. Je prends une grande bouffée d'air frais et je sens tout mon corps se réveiller, puis je soulève les boulets attachés à mes chevilles et les lance devant moi pour commencer à me traîner.

Au-delà du dôme de verre, le ciel est d'un gris familier. Comme Snowglobe, le village des retraités est sous cloche. Mais sans l'écran qui double l'intérieur du dôme, les habitants voient le monde gelé dehors : un ciel post-apocalyptique et des plaines monotones qui s'étendent jusqu'aux montagnes à l'horizon. Grâce à la bonne isolation du dôme, cependant, la température moyenne le jour reste autour de -10 °C. La nuit, en revanche, elle tombe souvent sous les -20 °C.

– La vache, il fait froid ! s'écrie Hyang en me rattrapant.

C'est loin d'être désagréable selon mes standards, mais elle est emmitouflée dans quatre couches de vêtements, comme punie pour les trois décennies de vie facile à Snowglobe, où le mercure ne plonge jamais sous le point de gel.

Je tire les boulets à mes pieds et fais quelques malheureux pas en avant. C'est ma façon de me déplacer, ces temps-ci. Quand nous atteignons l'épaisse frontière de verre, je suis en nage.

– Hé, Bambi, il neige, dit Hyang, son souffle s'élevant en un nuage blanc.

De l'autre côté du dôme, de gros flocons se sont mis à tomber doucement.

– Je te l'ai déjà dit, Ajumma, je m'appelle Chobahm. Ça veut dire nuit de début d'été. *Cho*, c'est le début de l'été, et *Bahm*, la nuit. Comment tu peux me battre chaque fois au Go-Stop et ne pas être capable de prononcer deux syllabes ?

– Relax. *Bambi*, c'est un de mes films préférés. (Je lève les yeux au ciel.) Vous avez un début d'été aussi, dans le monde extérieur ? C'est comment ?

Elle a l'air sincèrement curieuse.

– Non.

Je m'assieds sur mon boulet, les yeux sur la neige qui tombe dehors.

Je ne prends pas la peine de lui proposer l'autre boulet. De toute façon, elle n'accepterait pas, préférant rester à bonne distance de moi. Selon elle, elle n'aspire pas à mourir étranglée par des chaînes. En vérité, nous nous gardons bien toutes les deux de trop nous habituer à la compagnie l'une de l'autre.

– Alors pourquoi tes parents t'ont appelée comme ça ?

– L'année où ils se sont mariés, c'était le centième anniversaire de la dynastie des Yibonn, j'explique en soupirant. Ils étaient l'un des couples chanceux invités à Snowglobe pour la cérémonie.

Je continue l'histoire que maman nous a racontée à de nombreuses occasions, les yeux brillants de plaisir. C'était le mois de mai. L'air était tiède et infusé du doux parfum du printemps. Papa et elle, se tenant par leur main nue sans se soucier de perdre des doigts à cause des engelures, ont flâné longtemps sur la promenade bordée de lampadaires.

– C'est ce souvenir qui a inspiré mon nom, dis-je enfin à Hyang, qui m'écoute en silence. J'ai un frère jumeau qui s'appelle Ongi. Mon père l'avait déjà nommé avant même de savoir que maman attendait des jumeaux. J'étais un genre de surprise.

Elle écarquille les yeux, mais ne dit rien, et nous restons silencieuses un moment.

– Tiens, lance-t-elle finalement, en me jetant quelque chose enveloppé dans un mouchoir sorti de la poche intérieure de son manteau.

Je défais le nœud sur le dessus. C'est un petit pain farci cuit à la vapeur, encore chaud. Ça doit être pour ça qu'elle traînait dans la cuisine.

Je prends une grande bouchée et commence à mastiquer.

– C'est bon, hein ? J'ai bossé dur, dit-elle en rigolant.

– Je te dirais même que c'est délicieux, si tu me libérais.

– Petite ingrate, marmonne-t-elle en sortant une bouteille de soju de son manteau et en jetant une paille dedans. Ça coûte un bras ces trucs-là !

– Et alors ? Je suis sûre que c'est Seol qui a payé. (Elle me lance un regard d'avertissement.) Elle est au courant que son argent entretient ton alcoolisme, aussi ? j'ajoute pour faire bonne mesure. (Je ne peux pas m'en empêcher.)

– Elle me paye les dépenses de tous les jours, et alors ? rétorque-t-elle, visiblement blessée. Normalement, je ne demande jamais rien à cette femme, pas même d'argent pour acheter du soju. Mais comment je suis censée gagner ma vie, maintenant que je me coltine ta garde ? Je peux pas travailler à la centrale et te laisser seule toute la journée. Je serais pas venue ici si j'avais pensé que j'aurais besoin de son argent.

OK, d'accord, mais je ne bats pas en retraite.

– Si tu la détestes, alors pourquoi tu l'aides ?

– L'aider ? souffle-t-elle, incrédule. De quoi tu parles ?

– Tu me gardes enfermée ici. Comment t'appelles ça, si ce n'est pas aider Mme Cha ?

– T'as rien compris. Je suis pas en train de l'aider. Je te garde en vie ! T'as plus le droit d'exister. Pas à Snowglobe. Pas même chez toi. Nulle part.

– Alors arrête d'attendre et de faire comme si tu étais impuissante ! Détache-moi !

– Je peux pas, énonce-t-elle platement. Une fois que t'auras commencé à te balader en ville, les gens vont se mettre à parler. Et ça n'apportera rien de bon.

– Qui a dit que j'irai me promener ?

Mais elle ne répond rien. À la place, elle reste assise sans bouger, regardant le vent se lever dehors, soulevant des nuages de neige dans l'air.

– Il faut que je retourne à Snowglobe, je lâche. Et j'ai besoin de ton aide, Ajumma.

Elle ricane et me dévisage comme si je venais de faire une mauvaise blague. Voyant que je ne réagis pas, elle soupire et son regard se perd vers l'horizon.

– Tu veux reprendre la vie de Haeri, c'est ça ? demande-t-elle d'un ton dégoûté.

– Non. Je veux *éliminer* Haeri. Je veux mettre fin à son existence pour que Cha Seol ne puisse plus jamais l'exploiter.

LE GRAND SAUT

De retour à la maison, Hyang est dévorée d'agitation.

– L'idée n'est pas neuve, dis-je. Ça fait trois semaines que j'y pense.

– Quand est-ce que t'as eu le temps de penser à quoi que ce soit ? Je me suis tuée à mélanger les cartes et distribuer les pierres de go pour te garder occupée et t'empêcher d'avoir des idées. Et maintenant ça ?

Elle frappe du poing sur la table, faisant vibrer une bouteille de soju à moitié vide, qui tombe, roule et chute sur le sol. D'ordinaire, elle bondirait sur le liquide renversé comme un animal sauvage sur une oasis dans le désert, mais elle ne lui jette même pas un regard. La peur et la frustration se mêlent dans ses yeux, de la même couleur ambre que ceux de son aînée.

– Pourquoi tu penses que j'ai perdu toutes ces parties ? je réponds d'un ton léger. J'avais la tête ailleurs.

Ça ne l'amuse pas.

– Éliminer Haeri ? J'imagine que tu vas pas tuer Serin, donc qu'est-ce que tu veux dire ? Non. Qu'est-ce que tu vas faire ?

À Snowglobe ? demande-t-elle, sa voix s'élevant de nouveau. Tu crois sérieusement, même une seconde, que tu seras pas dans le collimateur de Seol à l'instant où tu poseras le pied sur son territoire ? Et elle hésitera pas à tirer. La vie des autres n'a aucune valeur pour elle !

Je rassemble mes esprits du mieux que je peux pour lui exposer mes idées calmement.

– S'il te plaît, Ajumma, laisse-moi t'expliquer. Je pourrais attendre mon heure ici, regarder les jours passer en jouant aux cartes et aux échecs avec toi. Les menottes et les boulets finiront par tomber, mais je ne serai jamais libre. En tant que résidente illégale, je ne peux même pas aller trimer à la centrale comme tous les autres habitants. Et si Cha Seol me rappelait un jour parce que Serin lui fait défaut, ça voudrait dire voler de nouveau la vie de quelqu'un d'autre. Tu crois que c'est ce que je veux vraiment ? Et si Serin s'en sort bien ? (Hyang me dévisage, sans voix.) Alors, je serai coincée ici jusqu'à ma mort. Je ne reverrai jamais ma famille, n'entendrai plus jamais leur voix. Et quel genre d'existence ce serait, privée de liberté, séparée des gens que j'aime ? Ce n'est pas une vie, voilà. Retourner à Snowglobe pour en finir avec Haeri et redevenir Chobahm, ce n'est pas un meurtre, mais la vie qui reprend ses droits. Ça va à l'encontre de ma nature d'abandonner sans me battre, dis-je en guise de conclusion. J'ai hérité ça de mon père.

Hyang reste silencieuse un long moment. Finalement, elle laisse échapper un soupir.

– C'est ma faute. J'ai été trop stricte en pensant te protéger. Je vois que ça a été contre-productif. Ce que tu ressens, c'est…

– Non, Ajumma, je la coupe en secouant la tête. Il y a une actrice dans ma ville qui est rentrée chez elle quand sa carrière a pris fin. Elle s'appelle Jo Miryu. Ça te dit quelque chose ?

Le visage de Hyang se transforme sous le choc. Évidemment que oui. Miryu était la star de la série qui a valu les honneurs à son grand-père.

– On la traite comme un genre de fantôme, ou… de fléau, je continue. Certains tentent de l'ignorer, et d'autres la pourchassent chaque fois qu'elle met un pied hors de chez elle. Tout ça à cause de ce qu'elle a fait à Snowglobe. (Je soupire.) Je me demande comment elle va depuis l'accident…

– Non ! gémit Hyang, me faisant sursauter. De quoi tu parles ? Elle va bien ? demande-t-elle, les yeux fous et la voix tremblante.

Elle qui n'aurait même pas trébuché par accident à un mètre de moi, se jette soudain sur moi, me tordant le bras d'un air désespéré.

– Attends, dis-je, reconstituant soudain le puzzle. Jo Miryu, c'est ton amie actrice retraitée ?

– Je t'ai demandé comment elle allait ! Elle est blessée ?

– Ça devrait aller mieux vu qu'elle a été prise en charge, je commence.

Alors, tandis que le visage de Hyang se tord de chagrin et de douleur, je lui fais le récit de la nuit où j'ai été recrutée par Cha Seol : Miryu à l'arrêt de bus, notre marche éprouvante jusqu'à la clinique, la visite de Cooper et la proposition de Mme Cha, mon deuxième passage à la clinique. Je ne suis même pas arrivée à la partie où Miryu s'étranglait de terreur à la mention de la limousine noire, que Hyang bondit du canapé, renversant presque la table basse avec ses genoux.

– Cette connasse ! hurle-t-elle, tremblante de rage. C'est sûr, c'est la limousine de Seol qui l'a renversée ! Cette meurtrière, cette psychopathe, cette sociopathe. *Je la hais ! Je la hais ! Je la hais !*

Je tente de la calmer sans rejeter ni approuver ses accusations. Hyang est dans tous ses états, et elle continue comme ça pendant vingt bonnes minutes, à taper des pieds, frapper les coussins du canapé, insulter Seol et tous les autres : un fantôme ? Un fléau ? Comment les gens peuvent-ils traiter Jo Miryu comme ça ?

Elle finit tout de même par se jeter dans le fauteuil inclinable et se dissout en sanglots sans retenue.

Entravée comme je le suis, je ne peux pas lui proposer un câlin, ni même aller lui chercher une bouteille de soju réconfortante. Alors, je tends le bras et attrape une boîte de mouchoirs sur la table basse.

– Tiens, dis-je en la lui envoyant, et elle entre dans une nouvelle explosion de colère et d'indignation.

– Cha Guibahng. Ce fils de…

La boîte de mouchoirs l'atteint pile dans la tempe. Nous nous figeons toutes deux.

– Je… Je… Pardon, vraiment, Ajumma, je bégaie. Je pensais que tu voudrais des mouchoirs. Je te jure que je t'écoutais. Continue, s'il te plaît.

Elle tourne son visage couvert de larmes et de morve vers moi.

– Attends, s'interrompt-elle. Pourquoi elle c'est Miryu, mais moi je suis Ajumma ? J'ai que deux ans de plus qu'elle. T'es au courant ?

Puis son visage se déforme de nouveau, et elle recommence à sangloter.

– Je ne sais pas, je réponds, ne sachant plus où me mettre. J'imagine que je n'avais pas envie qu'on soit trop à l'aise l'une avec l'autre ? Vu le contexte ?

Quand elle est enfin à court de larmes, elle jette la tête en arrière, ferme les paupières, et respire un grand coup. Puis, revenant à moi, elle me regarde droit dans les yeux.

– Merci, Chobahm, d'avoir sauvé mon amie.

Je me surprends à lui sourire – pour la première fois depuis que je me suis réveillée dans cette maison, en plein cauchemar.

Pourriez-vous passer à la poste et demander s'il y a du courrier pour moi, s'il vous plaît ? Mon nom est Jo Miryu.

La correspondante de Miryu me sourit en retour, le visage rouge et gonflé d'avoir tant pleuré pour sa meilleure amie.

Quarante-huit heures que je suis libre de mes chaînes, et pourtant, la joie de pouvoir bouger mon corps comme je le souhaite n'a pas faibli. Debout au-dessus du lavabo, le visage couvert de mousse, ça me traverse soudainement l'esprit.

– Pourquoi tu ne lui as pas envoyé de carte pour Noël, ou quelque chose du genre ? je demande.

Hyang, appuyée sur l'encadrement de la porte, sirote une bouteille de soju à la paille.

– Il n'y a pas de bureau de poste ici, répond-elle platement. Ni de téléphone. On est complètement isolés.

Elle explique alors que leur unique lien avec le monde extérieur est un camion qui livre des denrées de base depuis Snowglobe certaines semaines. Parfois aussi des choses qui ne sont pas essentielles, j'imagine, vu que j'ai été introduite ici dans un gros paquet de la part de Seol.

Mais cette histoire d'isolement total, c'est n'importe quoi. Hyang et Seol continuent de communiquer deux à trois fois par mois sans problème. Seol tient Hyang au courant de mes performances en tant que Haeri, et Hyang lui ment à propos de Serin. Je le lui fais remarquer.

– Je connais quelqu'un qui connaît quelqu'un. J'ai mes contacts, et Seol a les siens.

– Des contacts ?

Elle me jette une serviette et se laisse tomber dans le canapé.

– Oui, des contacts, répète-t-elle avec un grand sourire. Tu comprendras.

Je saisis l'occasion de ressusciter l'air de rien le sujet qu'elle a tué et enterré l'autre jour.

– Est-ce que ces contacts peuvent aussi me faire rentrer discrètement dans Snowglobe ? La boîte de livraison est toujours quelque part dans un coin.

Son sourire a disparu. Elle soupire et me regarde d'un air exaspéré.

– Et qu'est-ce que tu comptes faire dans un endroit où il y a une caméra par mètre carré ?

– Elles ne sont pas là pour la surveillance.

– Seol a accès à toutes les images qui montrent ton visage, répond-elle en levant les yeux au ciel.

– Mais elle doit attendre une semaine, je lui fais remarquer, et c'est la vérité.

Même les réalisateurs doivent attendre ce délai avant de pouvoir regarder les enregistrements. Hyang elle-même est une ancienne réalisatrice, elle n'a pas pu l'oublier.

– Prête-moi juste des vêtements décents de ta vie à Snowglobe. Je sais que je peux m'infiltrer dans la station en tant que Haeri.

– Tu vas t'infiltrer où ? demande-t-elle, les yeux exorbités.

– Dans la *station*. Imagine, je monte sur scène pendant un direct pour me mettre à côté de Serin. Y a-t-il meilleure façon de montrer au monde qu'il y a plus d'une Haeri ? Qu'aucune de nous deux n'est la vraie, et que l'originale est morte ?

– C'est la chose la plus stupide que j'aie jamais entendue, dit-elle en posant sa bouteille sur la table basse. Tu crois que Serin va se mettre en retrait et te laisser faire ? Elle te traitera de menteuse et d'usurpatrice. Et qui crois-tu que les gens vont écouter ? Ça reviendrait à te livrer à Seol, qui te fera tuer.

– Et si tu m'aidais, Ajumma ? Si tu témoignais pour moi ? Tu as gardé toutes ses lettres et…

– Et tu penses que les gens vont croire une réalisatrice ratée, prématurément exilée de Snowglobe, plutôt que la toute-puissante Cha Seol ? Je vois déjà les gros titres : « La petite sœur jalouse invente une ruse absurde ! »

Je savais qu'obtenir le soutien de Hyang ne serait pas facile, pourtant je ne peux pas m'empêcher d'être un peu déçue par la vitesse à laquelle elle rejette mon plan. Mais peu importe, je suis comme mon père : tenace par-dessus tout.

– Donc tu t'attends à ce que je reste cachée ici pour le restant de mes jours, et que je me contente de haïr Seol à une distance respectable, comme si ça changeait quoi que ce soit ?

Elle fait la grimace.

– C'est une pique contre moi, pas vrai ?

– Non, mais ç'aurait dû ! je crie.

– Si t'as fini, répond-elle en laissant échapper un rire, est-ce que je peux te dire ce à quoi, moi, j'ai longtemps réfléchi ?

– Je t'en prie, je rétorque en me tournant vers la fenêtre, vers le ventre mou et gris du ciel de l'autre côté du dôme.

Hyang se lève en silence du canapé et disparaît dans la pièce fermée à clé. Quand elle en ressort, elle a un sac de randonnée sur le dos, et en tient un second entre les bras.

Je pouffe.

– Quoi ? Tu me jettes dehors, maintenant ?

– Aucun acteur n'a jamais osé dénoncer à l'écran les abus d'un réalisateur, commence-t-elle. C'est perdu d'avance, d'attaquer la personne qui monte ses propres images. Et ceux placés devant les caméras du direct – les présentateurs des journaux et de la météo –, c'est l'élite, ils n'ont aucune envie de faire des vagues, tu vois ce que je veux dire ?

– Tu peux en venir au fait, s'il te plaît ?

Hyang me jette un sac à dos que j'attrape, vacillant sous son poids.

– L'idée, c'est que quitte à provoquer un scandale sans précédent, autant faire ça bien.

Je la dévisage, incrédule. Est-elle en train de me proposer son aide ?

– Quoi ? lance-t-elle. T'es pas d'accord ?

– Ajumma… Tu m'emmènes à Snowglobe ?

– Oui, madame. Mais d'abord, on a quelques visites à faire.

Il me faut un long moment pour retrouver la parole.

– Merci ! je m'écrie, puis j'éclate de rire.

– C'est ça, rigole. Rigole tant que tu le peux encore, lâche-t-elle en retournant dans la pièce.

Je reste plantée là. Quelques minutes plus tard, la porte se rouvre et une lourde parka en sort en volant, pour atterrir à mes pieds. Une odeur de moisi s'élève dans l'air.

– Des visites où ça ? je demande.

Hyang sort un petit calepin de la poche de sa veste et se met à le feuilleter.

– Notre premier arrêt est… (Elle s'arrête sur une page.) Ja-B-6.

– Dans le monde extérieur ? je m'étonne, sans plus rien y comprendre.

Elle m'ignore et disparaît dans la pièce de nouveau. J'entends des tiroirs qu'on ouvre et referme, et des sacs qu'on secoue.

– Juste pour information, crie-t-elle de l'intérieur. Ça sera ma première fois à l'extérieur. Donc si t'as des trucs pour survivre en climat glaciaire, c'est le moment de les partager.

– Je croyais qu'on allait à Snowglobe. Pourquoi le monde extérieur ?

Hyang réapparaît sur le seuil, et cette fois, elle me jette bonnets en fourrure, moufles et bottes.

– *Pourquoi ?* répète-t-elle. Parce qu'on va avoir besoin de renforts.

LA SURVIVANTE

Avant l'aube, le village est désert. Les rues vides quadrillent les ruines d'anciens gratte-ciel qui projettent des ombres sur les petits chalets en bois trapus où vivent les habitants.

– C'est quoi, tous ces gratte-ciel ? je demande.

– Ils sont là depuis le début, répond-elle, à bout de souffle. Depuis l'Âge de Guerre.

Hyang se dandine comme un pingouin sous les kilos de son sac, qui serait plus léger sans les deux grosses bouteilles de soju qu'elle a refusé d'abandonner. Je lui propose de porter une des bouteilles, mais elle secoue la tête d'un air solennel.

– On continue, grogne-t-elle, puis elle accélère. Mon Dieu, il fait froid !

Je la regarde, un peu inquiète. Il ne risque pas de faire plus chaud à l'extérieur.

Il nous faut quelques heures pour atteindre enfin la frontière.

– J'en peux plus, déclare Hyang quand nous arrivons, et elle se jette sur le sol gelé, avec son sac à dos et tout le reste.

Je cherche une issue des yeux, mais la vue est identique à celle qu'on a depuis le jardin de Hyang. Où est la sortie ? Je continue de scruter l'horizon, et ma frustration se change en rage.

Finalement, des lignes se fondent ensemble dans la grisaille au loin. Au début, ça ressemble à un autre chalet en bois, puis j'aperçois des roues. Bientôt, un énorme camion apparaît, le plus gros que j'aie jamais vu, plus haut que le bus à impériale qui nous amenait à la centrale, avec un chasse-neige géant installé à l'avant. Un visage passe hors de la cabine perchée à deux mètres du sol.

– Vous êtes là ! s'exclame une voix claire.

L'instant suivant, la portière s'ouvre à la volée, et la conductrice du véhicule en saute, atterrissant sur le sol gelé avec l'agilité d'un chat.

Elle se dirige vers nous, et je baisse immédiatement la tête pour cacher mon visage, le cœur battant. Hyang, toujours par terre, me tapote paresseusement le mollet.

– Dis bonjour à mon amie, qui est aussi mon contact.

L'amie de Hyang me tend une main.

– Enchantée. Moi, c'est Hwang Sannah, dit-elle, et elle retire l'écharpe qui lui couvre les deux tiers du visage, dévoilant une cicatrice qui traverse sa joue droite.

Je reste sans voix. *Hwang Sannah.* La seule condamnée à mort à avoir survécu aux championnats de biathlon dans l'histoire du sport. Je lui prends la main, gênée.

– B-bonjour.

Elle me la serre, fort, m'étudiant du regard.

– Je me demandais pourquoi Seol se donnait tant de mal à envoyer une énorme caisse de pommes, lance-t-elle avec un sourire triste. Je me disais qu'elle avait aucune idée de ce qu'aimait sa sœur. Mais j'imagine que je sous-estimais sa malfaisance.

Elle laisse échapper un rire guttural, et je suis fascinée par la cicatrice qui lui creuse la joue comme une longue fossette.

– Votre cicatrice, je lâche, trop sous le choc pour retenir mes pensées, elle vient du championnat ?

– Eh ben, oui, confirme-t-elle, de toute évidence heureuse d'avoir été reconnue. Tu l'as regardé ?

Tout ce que je peux faire, c'est acquiescer, bouleversée par le tristement célèbre personnage qui se tient devant moi.

Au championnat il y a trois ans, Sannah a reçu un total de cinq balles, à commencer par celle qui lui a râpé la joue droite. Mais elle respirait encore quand la dernière des dix-huit compétitrices a été disqualifiée pour avoir dépassé la limite de temps. Il n'y a donc pas eu de championne dans la catégorie féminine cette année-là.

– Comment vous êtes-vous retrouvée ici ? je lui demande. Je croyais que le village des retraités était réservé aux anciens réalisateurs.

– N'est-ce pas ? répond-elle en aidant Hyang à se relever. Monte dans le camion. Je t'expliquerai en chemin.

On grimpe dans la cabine où Hyang me fait entrer en premier. Prise en sandwich entre Sannah et elle sur la longue banquette, j'observe le dôme autour de nous à travers le pare-brise. Sannah attrape le volant et enfonce l'embrayage. Le moteur rugit, et les phares inondent l'obscurité.

– Un système biométrique. Il n'y a que mes empreintes digitales qui peuvent donner des ordres à ce bébé, explique-t-elle fièrement.

Puis elle lâche le volant pour couper le moteur et éteindre les lumières. Avec un signe de la tête, elle m'invite à le prendre à mon tour. Je m'exécute, et une alarme explose dans la cabine.

– Plutôt cool, non ? dit-elle, en reprenant le volant.

Instantanément, l'alarme est désactivée et le moteur rugit de nouveau, projetant ses puissants phares sur le verre devant nous. En fait, la lumière est tellement intense que la vitre devient argentée, comme un miroir.

– Waouh ! s'écrie Hyang en se tournant vers Sannah et battant des mains comme une enfant enthousiaste. C'est de ça dont tu parlais !

Sannah avance, recule le levier de vitesse comme un bâton de magicien, et le camion file en direction du verre. Je n'ai même pas le temps de paniquer. Le véhicule rencontre la paroi le nez d'abord, et l'instant suivant, nous sommes de l'autre côté, comme avec les miroirs de Snowglobe. Hyang et moi nous tournons l'une vers l'autre, les yeux écarquillés, bouche bée.

Le camion de Sannah fonce à travers la plaine gelée. Hyang me tire vers elle et montre du doigt le rétroviseur par sa vitre. Le dôme miroir du village des retraités recule au loin, brillant intensément sous les rayons du soleil levant.

– Snowglobe se trouve de l'autre côté de cette chaîne de montagnes, nous explique Sannah. Donc on va la suivre pour les prochains quatre cents kilomètres et quelques.

C'est seulement là que je remarque que le massif enneigé traverse le dôme dont nous venons de sortir.

Dans le rétroviseur, les yeux de Hyang sont partis à l'horizon.

– Tu savais que ce dôme, c'est le Snowglobe originel ? dit-elle.

Je pousse un cri de surprise, tentant de me rappeler les petits bouts de savoir qui me restent des cours d'histoire.

Une année, Snowglobe a déménagé. Peu après le transfert, le groupe Yibonn a organisé son audition inaugurale, et un an plus tard, la première série a été diffusée à la télé.

– Ils avaient construit le dôme originel – l'actuel village des retraités – avec un miroir sans tain, qui permettait de voir dehors, mais pas depuis l'extérieur, parce qu'à l'époque, la défense était centrale, et le verre assurait un genre de camouflage, commence Hyang, avant de poursuivre avec un rapide récapitulatif de l'histoire mondiale.

Quand l'ère glaciaire a débuté il y a environ deux cents ans, l'ordre mondial d'États-nations individuels s'érodait déjà : gouvernements et économies s'effondraient comme des châteaux de cartes partout dans le monde. Au début de la transformation – du climat et de l'ordre du monde –, les climats tempérés se maintenaient sur certaines parties du globe, mais ils ont fini par disparaître eux aussi. Heureusement, le fait de posséder un véhicule personnel était généralisé, permettant aux gens normaux de rester mobiles, et la plupart ont adopté un style de vie nomade, à la recherche d'un environnement habitable. Très peu ont accepté la catastrophe climatique comme nouvelle réalité, et la majorité de l'humanité a refusé de s'installer à un endroit alors que l'étau du froid se resserrait autour d'elle. Pendant ce temps, les bouts d'environnements habitables, en nombre limité, continuaient de disparaître. En peu de temps, les habitants chanceux de ces territoires se sont mis à ériger des frontières infranchissables et à prendre les armes contre le flux infini de migrants climatiques.

Une jeune femme du nom de Yi Bonn vivait dans une zone par-dessus laquelle les habitants avaient construit un dôme en miroir. Elle venait d'une famille puissante qui avait possédé un empire médiatique pendant l'Âge de Guerre. En fait, c'était sa famille qui avait fondé le dôme pour les protéger, elle et sa communauté, des hordes d'envahisseurs.

– « La puissance militaire seule ne peut assurer la paix, et l'énergie géothermique restante est limitée. À partir d'aujourd'hui, nous devons créer un ordre nouveau pour notre société. Plus d'armes. Plus de larmes. Plus de sang. Nous atteindrons la paix, la stabilité et le progrès, grâce à Snowglobe. »

Hyang récite par cœur le célèbre discours donné par Yi Bonn, la fondatrice éponyme du groupe médiatique.

– Ha ! C'est ça que j'étais censée apprendre il y a toutes ces années ! s'exclame Sannah, les yeux rivés sur le tableau de bord. Je comprends maintenant ! Le nouveau dôme est en verre transparent parce qu'ils n'avaient plus d'envahisseurs à repousser. N'empêche, ils auraient pu juste changer les panneaux et rester où ils étaient ? ajoute-t-elle, les yeux brillants de la joie de cet apprentissage tardif. Pourquoi est-ce qu'ils ont bougé ?

– Facile. Le dôme originel a été construit là parce que c'était la terre natale des fondateurs, pas parce qu'il se trouvait sur d'abondantes ressources géothermiques comme c'est le cas pour Snowglobe. C'est un vrai igloo, le village des retraités, tu sais, répond Hyang.

Elle fait claquer ses lèvres, comme si tous ces discours lui avaient donné soif de son breuvage de choix. Pivotant sur son fauteuil, elle tend le bras vers son sac à dos, et à cet instant, un bip nous parvient de l'intérieur de la cabine. Hyang se retourne d'un coup et regarde Sannah.

– C'est le truc ? s'écrie-t-elle d'un ton inquiet.

– C'est ça, répond la conductrice, sans enthousiasme.

Mes yeux passent de l'une à l'autre.

– De quoi ? je demande.

Sannah se contente de sourire. Hyang ne dit rien, le regard dans le vague, une expression troublée sur le visage.

– Tu me demandais comment je me suis retrouvée dans le village des retraités ? commence Sannah. Laisse-moi te raconter comment une actrice expulsée de Snowglobe a fini camionneuse.

– Sannah est la kryptonite des réalisateurs, en exercice et à la retraite. C'est pour ça, dit Hyang, reprenant ses esprits.

Son amie laisse échapper un rire franc et poursuit :

– Il y a un nombre étonnant de réalisateurs qui dilapident leur fortune pour des trucs stupides, et quand ils arrivent au village, ils sont fauchés et doivent travailler à la centrale, comme tout le monde. Mais vu qu'ils ne sont pas habitués à vivre sans argent, certains décident de voler. De la nourriture, des cigarettes, de l'alcool, et tout ce qu'il peut y avoir dans ce camion. Seulement, les portes du cargo ne s'ouvrent qu'avec les empreintes digitales du chauffeur. Donc ils complotent: *S'il y avait un moyen de maîtriser la conductrice...*

Elle laisse traîner ses mots, et regarde Hyang, qui reprend là où elle en était.

– *Mais comment on pourrait se charger de la garce que les balles n'ont pas tuée ? Avec des couteaux et des battes ?*

Sannah s'est retrouvée dans le couloir de la mort et est devenue une cible humaine dans le stade pour le tristement célèbre meurtre de son réalisateur. Avec un couteau de cuisine, qui plus est. Un assassinat brutal et froid. Les médias n'arrêtaient pas d'en parler, à l'époque.

– Quand ils ont annoncé que Sannah serait une cible cette année-là, poursuit Hyang, le village entier est sorti pour fêter ça. Tuer un réalisateur ? Cette traîtresse méritait d'être perforée comme une passoire, disaient les gens. Tout le monde s'est réuni dans les bars pour regarder le championnat. (Sourire aux lèvres, elle raconte la fin que l'on connaît tous.) Et là, l'impensable! Cinq tirs plus tard, la garce refusait toujours de mourir. Et même si elle respirait à peine, elle a levé le poing en l'air comme si c'était elle qui avait gagné. Quelle sauvage. Quel monstre. Éloignez-vous de cette abomination, ils criaient. Puis un jour, elle a débarqué au village comme la nouvelle camionneuse. Choqués, indignés – et effrayés –, les gens voulaient se débarrasser d'elle, mais personne n'osait rien faire, et pas seulement parce qu'ils ne voulaient pas violer l'accord de maintien de la paix une nouvelle fois.

– Tu vois, tous les réalisateurs sortants doivent signer un accord de maintien de la paix avant d'être admis dans le village. Ils l'ont brisé une fois avec le chauffeur avant moi – lui-même ancien réalisateur, poursuit Sannah, en me lançant des regards. Il a été tué une nuit par une foule d'ivrognes qui voulaient lui prendre le camion, et en punition, Snowglobe a retardé son remplacement pendant les six longs mois qui ont suivi, coupant l'approvisionnement du village tout ce temps. Mais il y a au moins une personne qui a retenu la leçon, ajoute-t-elle en soulevant l'ourlet de sa veste pour révéler une paire de pistolets rangés dans un holster à sa ceinture. Tu l'as peut-être deviné. Ces bébés sont les seules armes à feu en ville, et ils disposent aussi d'un système biométrique.

Pendant que Sannah parlait, le bip a augmenté, et accéléré. Ça commence à me stresser.

– C'est quoi ce bip ? je demande de nouveau, jetant des regards à mes deux accompagnatrices.

Le sourire de Hyang disparaît.

– Oh, ça ? C'est une bombe, répond Sannah.

Je la dévisage, sous le choc. C'est une blague ?

– La localisation du camion est suivie et contrôlée par le système de radar de Snowglobe. Quand il atteindra un *biiiiiip* continu… *boum* ! explique-t-elle avec l'enthousiasme de quelqu'un qui décrit un ballon de fête qui éclate.

– T'es sérieuse ? Une bombe ?

– Détends-toi, dit-elle en riant. Je vous dépose, et je reprends ma route avant que ça n'arrive.

Je sais que Sannah nous laissera à une gare à mi-chemin entre le village des retraités et Snowglobe, mais la question me démange.

– Est-ce qu'on aura assez de temps avant que l'alarme s'arrête ?

J'adorerais qu'elle me donne une réponse ferme, mais je suppose que j'attends surtout d'être rassurée.

– Ah, j'espère, répond-elle avec une nonchalance exaspérante. C'est la première fois que je m'égare. Je suppose qu'on le découvrira par nous-mêmes.

Je ravale ma terreur de façon audible.

LES CHERCHEUSES

Nous avons roulé pendant encore quatre heures avant que le bip ne devienne presque une tonalité continue, et nous avons décidé que, pour la sécurité de tout le monde, Hyang et moi finirions le chemin jusqu'à la gare à ski.

Nous activons nos compresses chauffantes et les enfilons sous les couches de notre équipement, et alors qu'on baisse nos masques sur nos yeux, Sannah arrête le camion. Même elle a du mal à cacher son inquiétude, surtout pour Hyang, qui n'est jamais sortie dans le monde extérieur.

– Hyang, lui dit-elle. Dis-moi que ça va aller, s'il te plaît. (Elle se tourne ensuite vers moi et sourit, sa cicatrice en fossette la rendant étrangement plus charmante.) Bonne chance.

Tandis que je la remercie, le bip jaillit à une nouvelle intensité effrayante, et Hyang et moi nous précipitons hors du camion. Depuis l'intérieur de la cabine de son monstre de métal, Sannah nous fait au revoir de la main, et nous chaussons nos skis. Au loin, la lumière de la gare luit faiblement.

Côte à côte, Hyang et moi glissons en direction de la lumière.

– Ce vent, putain ! jure Hyang pour ce qui me semble être la centième fois.

Je lève une moufle et la tapote contre mon passe-montagne. Il est gelé par mon souffle dans ce froid à déchirer les poumons, et j'ai l'impression que l'intérieur de mon nez est à vif chaque fois que je prends une inspiration. C'est paradoxal, mais je trouve ça réconfortant. C'est comme rentrer à la maison.

– Aaargh ! Merde ! couine Hyang encore une fois. Pourquoi il fait si froid ?

Un peu plus tôt, elle m'a raconté qu'elle aimait faire de bonnes sessions de ski quand elle vivait à Snowglobe, et elle disait vrai : elle suit parfaitement mes foulées, au point où je me demande si c'est bien la même personne que celle qui passait ses journées avec une bouteille de soju reliée à la bouche. Nous avançons sûrement, mais la gare est encore loin.

– Cette bombe, je crie pour qu'elle m'entende par-dessus le sifflement du vent, tu sais où elle est posée ?

Une violente bourrasque nous envoie des boulettes de neige dure au visage, et Hyang me hurle quelque chose que je ne comprends pas tout à fait. Quelque chose à propos de la sixième vertèbre lombaire.

– Quoi ?

Elle lève le visage vers le ciel et balance une série de jurons. Puis elle se retourne vers moi.

– La bombe ! Elle est dans son corps ! C'est pas le genre de bombe que t'imagines ! Quand elle explose, elle souffle pas tout ce qu'il y a autour ! (Elle marque une pause brève pour hurler et jurer.) Elle fait la taille de l'ongle de ton pouce, et elle arrête le cœur de son hôte ! Tu croyais qu'ils feraient exploser le camion ? demande-t-elle en laissant échapper un rire mauvais. Avec tout ce qu'il y a dedans ?

Donc la seule personne à risquer sa vie dans ce camion, c'était Sannah ?

– Ils sont pas géniaux, mes contacts ? lance Hyang comme si elle lisait dans mes pensées.

Je peux voir qu'elle rayonne de fierté malgré son masque de ski et son passe-montagne.

– Mais pourquoi ? Pourquoi est-ce qu'elle a risqué sa vie pour nous aider ? Pour m'aider moi ?

– Ne te sens pas redevable. Sannah a ses propres raisons de haïr Snowglobe.

Je voudrais creuser la question, pour apprendre ce qui a poussé Sannah à commettre ce qui est généralement considéré comme le meurtre le plus odieux de tous les temps, mais le sifflet lointain du train m'interrompt.

– Oh merde ! On va le rater ! s'écrie Hyang, et elle accélère ses foulées glissées, jurant à pleins poumons de nouveau. Du nerf, Bambi ! Allez ! Arrête le train avec ton corps, s'il le faut !

– Tu es bien plus apte à cette tâche que moi, Ajumma ! je lui crie en m'efforçant d'aller plus vite.

Les renforts dont nous avons besoin se trouvent dans la colonie Ja-B-6, ce qui veut dire qu'il faut qu'on attrape le train de la Ja-line, et parce que les conducteurs sont choisis dans des villes au terminus des lignes, celui de la Ja-line doit venir de Ja-P-22, ma colonie d'origine. Filant vers la station de toutes mes forces, je prie pour que le conducteur soit Jo Woong, un homme sombre et taciturne, qui s'intéresse rarement aux autres.

Saine et sauve, dégelant petit à petit dans le train, je m'appuie contre le dossier de mon fauteuil. Nous sommes montées à bord seulement quelques minutes avant la fermeture des portes, mais les employés de la centrale doivent encore charger la cargaison avant que l'on puisse partir. Le conducteur apparaît soudain, pour faire sa ronde.

– Quelle est la raison de votre visite ? dit-il, et à travers le verre miroir de mon énorme masque, je vois Hyang s'efforcer de faire un grand sourire.

– Nous sommes des scientifiques venues pour mesurer l'énergie géothermique.

Il a l'air satisfait de sa réponse, et après quelques questions pour la forme, il s'en va.

Hyang retire son bonnet et son manteau en fourrure de renard, grisée par la chaleur du wagon. Il me faut un moment pour retirer mes couches, moi aussi, quand je me rends compte que les costumes noirs et les cravates que nous avons choisis à notre départ nous donnent plutôt l'air d'agents de sécurité privés que de scientifiques climatiques. J'expose mon inquiétude à Hyang, qui m'assure que le plus important, c'est que nos vêtements indiquent que nous venons de Snowglobe, plutôt que montrer ce qu'on est venues faire précisément.

J'ai l'impression que quelques minutes seulement ont passé, quand le conducteur réapparaît, cette fois avec du thé chaud sur un plateau. Hyang attrape une tasse, tendant le bras autant qu'elle peut pour dévoiler sa montre ornée de diamants dépassant de la manche de sa veste. Son extravagance hurle Snowglobe, et me rappelle le jour où Cooper est venu à la clinique pour me chercher. Un seul coup d'œil à ses chaussures en cuir ciré, et je savais d'où il venait

Hyang se redresse sur son siège et bombe le torse fièrement. Elle prend une gorgée élégante de son thé rouge, puis adresse la parole au conducteur.

– Des études récentes ont identifié la présence probable d'énergie thermique hors de Snowglobe. La Yibonn Corporation est remplie de pionniers : ils se sont intéressés aux études et nous ont embauchées pour prendre des échantillons le long des chemins de fer.

Le conducteur de province nous dévisage avec une admiration non dissimulée.

– Waouh, soupire-t-il. Vous faites un travail tellement important. (Toujours cachée derrière mon masque, je jette un autre coup d'œil à son sourire sincère.) Est-ce qu'il y a quelque chose que je puisse faire pour vous ?

Ses yeux sont rivés sur mon masque ; il se demande sans doute pourquoi je le porte dans le train. Une fois encore, je laisse Hyang répondre à ma place.

– Oh, ma partenaire de recherche vient de se faire opérer des yeux. Vous savez, pour corriger sa vision. Ça la rend extrêmement sensible à la lumière, donc elle doit porter ça les jours qui viennent. Comme protection.

J'acquiesce et porte la tasse de thé à mes lèvres, la vapeur faisant disparaître la croûte de glace sur la vitre du masque. Je ne peux pas le laisser entendre ma voix. Surtout pas ce conducteur-là.

Car celui-là, frais et pimpant, trop sérieux, n'est autre que mon propre frère jumeau, Ongi. Apparemment, sa persévérance à la centrale a fini par payer.

Où sont passés sa nature craintive et son besoin intense de sociabiliser ?

– Une opération des yeux ! s'exclame-t-il. Waouh !

Pour être honnête, il a l'air d'aller bien – mieux que bien, en fait, presque comme s'il était né pour le rôle, et ça me fait sourire. Intérieurement.

Quelqu'un frappe quelques coups rapides sur le corps métallique du train, et appelle de l'extérieur.

– C'est tout bon. Vous pouvez partir.

C'est le superviseur de la centrale Ja-A-1 qui l'informe qu'ils ont fini de décharger la cargaison.

– Bien reçu ! Merci ! répond Ongi.

Puis, se retournant vers nous avec son sourire accueillant, il nous souhaite un agréable voyage et passe à travers l'étroite porte qui mène à sa cabine. Le son étouffé de sa voix qui communique avec les contrôleurs de circulation nous parvient brièvement. Quelques instants plus tard, le train pousse un sifflement impressionnant, et se jette en avant.

Hyang et moi sommes les seules passagères, et je respire enfin alors que le train accélère. Même si, comme les wagons de fret, la voiture passagers n'a pas de fenêtres, je nous imagine fendant les plaines blanches qui constituent le monde extérieur tout en observant l'espace qui est maintenant la deuxième maison de mon jumeau.

Le wagon n'a de voiture passagers que le nom, car il semble plutôt servir de lieu de vie à Ongi. À part la poignée de sièges, il y a une table et des chaises fixées au mur, en face desquelles se trouvent une couchette et une salle de bains minuscule.

Rapidement, le souffle régulier du train commence à bercer mon cœur, qui a pris un coup quand j'ai vu Ongi émerger de la cabine pour la première fois.

– Mets ça, plutôt, suggère Hyang à voix basse, et elle me tend une paire de lunettes de soleil. T'as l'air stupide.

Mais je les refuse. Ongi est peut-être trop naïf pour se douter de quoi que ce soit, mais je ne peux pas sous-estimer notre passé. En tant que jumeaux, on se connaît.

À la place, je vais aux toilettes, et une fois la porte refermée derrière moi, j'examine mon visage dans le miroir de la taille d'une main. Le masque de ski en cache la moitié supérieure, et sa vitre bombée reflète la lumière en un arc-en-ciel, créant une petite diversion. Comme unique déguisement, c'est plutôt pas mal. Le train tangue doucement de gauche à droite, et mon reflet avec. J'essaie de sourire, repoussant la noirceur qui monte en moi à l'idée de ce qui m'attend, de ce que j'ai fait. Moi, dans un costume ridicule, jouant le rôle d'une scientifique climatique, avec une ivrogne, en chemin pour aller chercher un renfort nimbé de mystère.

Six heures plus tard.

– Plus que deux heures jusqu'à Ja-B-6, nous informe Ongi, traversant la voiture passagers. Vous voulez manger ? Je meurs de faim, ajoute-t-il.

Et c'est normal. À chaque arrêt, il saute du train et discute avec le superviseur de la centrale comme s'il le connaissait depuis toujours. De temps en temps, Hyang et moi sommes aussi descendues, faisant mine de récolter des données géothermiques. Chaque fois, Ongi s'efforce d'informer les manutentionnaires curieux à propos de notre projet, le visage illuminé de fierté, comme s'il en était en partie responsable.

Il sort son repas et s'assied à la table. Le voyant perché devant son dîner constitué d'une simple rangée de kimbap aux légumes, je me sens coupable d'avoir englouti l'épais sandwich au jambon que Hyang nous avait préparé. Ongi a activé le pilotage automatique pour pouvoir manger, et l'engin avance lentement mais sûrement, même si mon frère ne peut s'empêcher de tendre le cou régulièrement pour jeter un œil aux voies devant nous ou au tableau de bord dans sa cabine.

– Il vous reste encore six jours sur les rails ? demande Hyang.

– C'est ça, répond Ongi d'une voix enjouée, et il s'arrête pour avaler sa nourriture. Six jours avant de rentrer à la maison, au bout de la ligne.

– Ce n'est pas trop solitaire ici, ou stressant ? Loin de chez vous pour des semaines ? le sonde Hyang.

– Ce n'est pas un choix de carrière idéal, concède-t-il.

– Que pense votre famille de votre métier si dangereux ? poursuit-elle, passant à la prochaine question que je lui ai demandé de poser.

– C'est sûr qu'elles sont inquiètes, dit-il d'un ton plus sombre. Moi, j'étais plutôt anxieux de les laisser seules pour des semaines entières, avec ma grand-mère qui n'est plus en bonne santé. Honnêtement, je n'aurais pas pu suivre cette voie sans ma sœur jumelle. (Son sourire timide revient.) Parce qu'elle a été acceptée à l'école de cinéma, on reçoit un soutien financier, et ma mère a pu démissionner de la centrale pour rester à la maison et s'occuper de grand-mère.

Je sens ma gorge se serrer, et les larmes me brûlent les yeux. Voir Ongi dévorer son maigre repas, même s'il parle de l'amélioration des conditions de vie de sa famille, me fait mal, sachant tous les excès auxquels j'avais droit à Snowglobe.

– C'est merveilleux, continue Hyang. Que vous ayez enfin pu réaliser votre rêve.

Ongi réfléchit un moment avant de répondre.

– Je ne sais pas. C'est peut-être la faute de ma sœur, si j'ai ce rêve, dit-il en riant. Depuis qu'elle avait appris à parler, elle racontait à tout le monde qu'elle deviendrait réalisatrice, et ça voulait dire qu'il me fallait aussi un rêve à brandir. La réalisation ne m'intéressait pas – ni être acteur, par ailleurs – et personne n'aspire vraiment à travailler à la centrale. C'est là que ça m'est venu. Et si je devenais conducteur de train ? Tous les enfants ont envie de prendre le train, pas vrai ?

Il attrape la théière et nous ressert du thé rouge.

Hyang me lance un regard en coin et se penche vers lui.

– *Ooh*, reprend-elle d'une voix sirupeuse. Une sœur jumelle… vous devez avoir un lien particulier.

Je lui jette un regard furieux à travers mon masque.

– Parfaitement, acquiesce Ongi. Ça va faire six mois qu'elle est partie, mais son année scolaire se termine en juin. Les étudiants en cinéma ne peuvent pas rentrer chez eux pour l'été, mais ils peuvent inviter de la famille sur le campus. Elle va péter un plomb quand je vais lui dire ce que je fais maintenant. J'ai gardé le secret pour lui faire la surprise.

Il ébauche un nouveau sourire humble, et mon cœur se serre au souvenir des jours où nous crapahutions ensemble dans la neige jusqu'aux genoux, à nous lancer des boules de neige, ou bien simplement de ceux où nous traînions devant la télé, devant nos séries préférées.

Les larmes débordent, mais seulement une fois que Ongi a ramassé ses affaires pour retourner dans sa cabine, heureusement. J'attends le prochain claquement des rails pour ravaler les sanglots et la morve qui salissent mon visage.

Je me tourne vers Hyang.

– Est-ce que tu m'en voudrais si je décidais de rentrer à la maison avec Ongi ?

LE SOSIE

Hyang me dévisage, surprise, sa main tenant sa tasse de thé suspendue dans les airs.

– T'es sérieuse ? lance-t-elle, s'approchant de moi et plissant les yeux pour voir les miens derrière le masque.

– Pourquoi pas ? je réponds d'une petite voix. Ce train va chez moi. Ta sœur n'est pas obligée de le savoir, si tu ne veux pas le lui dire.

– Tu te rappelles le souvenir qu'elle a laissé à ta famille ? demande-t-elle en poussant un lourd soupir. Le machin doré en forme de caméra ? (J'acquiesce.) Eh bien, ce « cadeau » est une caméra cachée en pleine lumière. Elle tiendra des années avec sa petite batterie intégrée, et Cha Seol y a accès en temps réel.

Mon estomac se noue et mes oreilles se mettent à bourdonner. C'est une blague ? Je refuse d'y croire, alors même que Hyang continue à parler.

– La qualité vidéo n'est pas la meilleure du monde, mais le petit micro peut enregistrer des chuchotements.

Si c'est la vérité, rentrer à la maison et l'éteindre ou la fourrer dans un placard suffirait à alerter Seol.

– Qu'est-ce que tu racontes ? je crie malgré moi, mon incrédulité se transformant en rage. Elle espionne ma famille depuis tout ce temps ?

Jusqu'à quel degré d'abjection ira-t-elle, cette horrible femme ?

La porte de la cabine du conducteur s'ouvre, et Ongi passe la tête, un sourcil levé d'inquiétude. Hyang lui adresse un sourire serein et quelques mots pour le rassurer, et il replonge d'où il venait. Je suis torturée de culpabilité envers lui, envers ma famille.

– J'avais bien pensé à t'envoyer dans une autre colonie, dit Hyang. Mais l'idée me semble mauvaise maintenant que je sais comment Miryu est traitée dans la tienne. Te faire passer dans un lieu tiers pour échapper au radar de Seol ? Et puis quoi ? Vivre comme un fantôme toute ta vie ? (Une profonde tristesse passe dans ses yeux.) C'est Seol qui doit payer. Pas toi.

Elle retombe dans le silence et je hoche la tête avec gravité, les yeux vers la cabine sombre du conducteur, où Ongi se trouve seul derrière les commandes.

– Merci de nous avoir emmenées en sécurité à notre dernier site, dit Hyang à Ongi, inclinant la tête en une petite révérence.

Je fais de même, mais peut-être en serrant un peu les dents, aussi.

Ongi nous rend notre salut.

– Vous êtes sûres que vous prendrez un autre train pour le retour ?

– Oui. La Ma-line passe aussi par cette ville, ce qui est parfait pour nous.

Ongi est appuyé à la fenêtre de la cabine, un sourire doux sur les lèvres, et je grave cette image dans mon esprit, car je ne sais pas quand je le reverrai la prochaine fois.

– Je me demande s'il y a une chance que je tombe sur vous à Snowglobe quand j'irai rendre visite à ma sœur en juin, dit-il avec un petit rire sincère. En tout cas, j'espère que nos chemins se croiseront encore un jour. Qui sait ?

– Oui ! répond Hyang, tentant elle-même un gloussement. Nous aussi.

– Dans ce cas, à la prochaine, docteure Kim Seolwon et docteure Yi Woon, lance-t-il avec une autre révérence, et nous nous séparons enfin.

Tremblantes de froid, nous avançons péniblement dans la neige jusqu'à la centrale. Nous y sommes presque, lorsqu'une femme d'âge mûr apparaît de derrière le bâtiment et nous interpelle.

– Par ici, s'il vous plaît !

Nous apprenons bien vite que c'est la superviseuse de Ja-B-6, et Hyang nous présente comme des inspectrices de la santé et de la sécurité au travail envoyées pas Snowglobe. La femme a l'air aussi surprise que moi par notre identité, et nous adresse un sourire tendu. Hyang se contente de faire du charme et demande à être amenée à la salle de pause.

À l'intérieur, je commence à dégeler dans une chaleur relative. La pièce est un petit espace où s'entassent trois lits de camp nus. Hyang et moi nous asseyons côte à côte sur l'un d'eux, attendant que la superviseuse revienne avec une travailleuse du nom de Myung Somyung, à la demande de Hyang.

La superviseuse, réticente, a demandé pourquoi nous voulions parler à une employée alors qu'elle pouvait répondre à nos questions elle-même.

« Si, à tout hasard, c'est encore en rapport avec l'incident passé, je peux vous assurer tout de suite que nous avons mis en place toutes sortes de renforcements depuis. Je vous promets que la centrale sera encore debout dans cent ans. »

D'après ce que j'ai compris de son baratin anxieux, le plafond de la salle du moteur central s'est effondré il y a quelques années, tuant et mutilant une douzaine de personnes. Il va sans dire que l'incident tragique a perturbé la production d'énergie de la centrale un long moment après, pendant lequel la colonie entière a souffert grandement, ce qui n'a pas ravi les Yibonn.

Hyang, maligne, prenant un ton professionnel et sympathique à la fois, a assuré à la dame agitée que le but de notre visite était d'améliorer les pratiques de sécurité au travail, et non de prendre des mesures punitives. Celle-ci a fini par se détendre et est partie chercher Myung Somyung.

La façade calme et autoritaire de Hyang tombe à l'instant où la superviseuse nous quitte, et elle se met à se ronger les ongles comme un castor.

– Et donc, comment connais-tu ce « renfort » ? je demande, plutôt pour la distraire qu'autre chose.

– Je la connais pas. (Elle recrache un ongle.) Pas encore.

Je la regarde, sidérée, quand la porte s'ouvre en grinçant. Une fille entre, à contre-jour dans la lumière du couloir. Elle pivote pour refermer derrière elle, et c'est presque comme si elle voulait qu'on voie clairement le pistolet à sa ceinture. Se retournant de nouveau, elle traverse la pièce jusqu'à nous, et la vue de son visage me fait l'effet d'un coup de poing dans le ventre.

– Vous me cherchez ? lance-t-elle.

Derrière mon masque, je la dévisage, le souffle coupé.

Ses cheveux rêches sont coupés court pour le côté pratique, comme les miens avant Snowglobe. Et ce visage sale, plein de sueur en dessous… c'est le mien. Ou celui de Haeri. Ou de Serin. Mon pouls bat tellement fort dans mes oreilles, j'entends à peine Hyang parler.

– Oui. Mais commençons par le commencement. Est-ce que la superviseuse t'a dit que tu pouvais rentrer chez toi après l'entretien ?

– Ouep, répond la fille du nom de Somyung. Elle a aussi menacé de retenir ma paye de cette semaine si je dis un truc stupide.

Hyang saute sur l'occasion.

– Et si on allait chez toi, pour qu'elle ne puisse pas te surveiller ?

Somyung ricane et passe ses doigts dans ses cheveux pleins de sueur.

– Cet entretien, lance-t-elle d'un ton légèrement dégoûté. C'est un piège, pas vrai ? Trêve de conneries, venons-en au fait.

Je cligne des yeux, sans voix, et jette un regard à Hyang, qui n'était pas préparée à ça non plus, je le vois bien. Elle cherche une réponse, et Somyung la presse.

– C'est Cha Seol qui vous envoie, pas vrai ? Il y a quatre ans, cette dingue est venue ici et m'a raconté son idée de malade, poursuit-elle en nous regardant avec mépris.

Nous voilà toutes trois à bord d'un bus scolaire rempli d'enfants rentrant de l'école. Nos compagnons de route, leurs joues tendres rougies par le froid et leurs cils brillants de givre, n'ont pas cessé de nous fixer, Hyang et moi, depuis que Somyung nous a présentées comme des scientifiques de Snowglobe. Peut-être que les lunettes noires et les masques attirent plus l'attention que si nous n'en avions pas. Une fillette d'une dizaine d'années pivote sur son siège et agite une main à quelques centimètres de mon masque, souriant d'un air curieux.

– Vous pouvez vraiment voir avec ça ? demande-t-elle.

– Oui, ma puce, je réponds, en prenant une voix grave pour tenter de me donner un peu d'autorité.

Ces enfants n'ont jamais rencontré de résidents de Snowglobe dans la vraie vie, et ils nous bombardent de questions pendant le trajet : *Pourquoi on vous a jamais vues à la télé ? Il faut être un génie pour devenir scientifique à Snowglobe ? Je peux essayer votre masque ? Est-ce que les scientifiques doivent protéger leurs yeux tout le temps ?*

Heureusement, l'arrêt de Somyung n'est pas trop loin de la centrale, et nous descendons avant que leurs questions et leur observation attentive ne dévoilent notre couverture.

Dans sa petite cuisine, Somyung remplit deux verres d'eau du robinet.

– Vous êtes pas des scientifiques, ça c'est sûr, dit-elle en posant lourdement les verres sur la table à trois pieds devant nous. Alors qu'est-ce que vous voulez ?

Elle plisse les yeux, se penche vers moi et regarde à travers mon masque. Je déglutis et détourne la tête vers une vitrine exposant une impressionnante collection d'armes à feu, du petit pistolet au plus gros fusil que j'aie jamais vu. Je frissonne de peur, et ce n'est pas la première fois depuis que nous sommes arrivées. La collection de crânes qui orne l'avant de sa maison n'est pas ce qu'il y a de plus accueillant.

Hyang retire ses lunettes de soleil. Elle prend le verre d'eau et le vide en quelques longues gorgées.

– Impressionnant, lance-t-elle en désignant la vitrine de son verre vide.

– Un héritage familial, déclare fièrement Somyung, et elle s'assied. On était dans le business des armes avant que le monde devienne un putain de glaçon.

– Et qu'est-ce qui va dans cette place vide ? s'aventure Hyang en forçant un sourire.

Somyung croise les bras sur sa poitrine et se recule dans sa chaise.

– Le pistolet que j'ai sur moi. Chargé, répond-elle avec le même rictus que Haeri quand elle est d'humeur espiègle.

Le sourire de Hyang vacille.

– Tu peux nous en dire plus sur la visite de Cha Seol il y a quatre ans ? se hasarde-t-elle pour changer de sujet.

– Elle m'a dit que Haeri était atteinte d'une terrible maladie, mais qu'elle ne voulait pas mourir – ou plus précisément, qu'elle ne voulait pas que la série meure, raconte Somyung en levant les yeux au ciel. Elle m'a dit qu'elle était venue ici pour respecter la volonté de la fille, de lui trouver une remplaçante.

Ses mots tombent comme des masses, et mes poings se serrent sur mes genoux. Cela veut dire que Mme Cha avait déjà essayé d'échanger Haeri il y a quatre ans. Je sens une nouvelle bouffée de haine.

– Je ne sais pas comment, mais elle était au courant que mes deux parents sont morts quand le plafond s'est effondré, poursuit Somyung. Elle a essayé de me convaincre de la suivre à Snowglobe, pour une nouvelle vie en tant que Haeri.

Hyang hésite un moment, me jette un regard, puis l'invite à continuer.

– Pourquoi t'y es pas allée ?

Somyung la fixe sans expression, comme pour jauger le sérieux de sa question. Puis, avec un rire perçant, elle la lui renvoie directement.

– Pourquoi je voudrais vivre en tant que Haeri si je suis née Somyung ? (L'assurance absolue de sa réponse me frappe.) Et avec ça, la fille continue de vivre sa vie de rêve, pas vrai ? Une terrible maladie, mes fesses. Elle a l'air mieux que jamais. Chaque fois que je la vois à la télé, elle déborde tellement de vie que les pixels qui la constituent pourraient traverser l'écran et se réassembler dans mon salon. Et tant qu'on est sur le sujet, je peux vous poser une question ? Qu'est-ce qui lui a pris, à Haeri ? Une *remplaçante* ? Elle pense que la vie des autres est tellement vide de sens qu'elle vaut même pas la peine d'être vécue jusqu'au bout ? Mon Dieu, ces célébrités sont tellement perdues, détachées de la réalité et imbues d'elles-mêmes. (Elle ricane.) Depuis, j'arrive plus à la regarder sans avoir envie de vomir.

Elle ponctue son dégoût en secouant amèrement la tête. Hyang saisit son sac à dos et l'ouvre. Elle respire à fond, lève le visage et me contemple un long moment. Puis elle me suggère de retirer mon masque. J'hésite, mais je finis par l'enlever et révéler mon visage.

Somyung se redresse, les yeux écarquillés.

– Goh Haeri ? murmure-t-elle, regrettant peut-être tout ce qu'elle vient de dire sur la fille qui semblerait-il est assise devant elle.

Je suis sur le point de lui expliquer, quand Hyang abat sur la table un dossier en métal sorti de son sac.

– Bon, soupire-t-elle. Il faut que je le fasse, même si ça me tue. (Elle prend une autre longue inspiration, et lève les yeux sur Somyung.) Ne me tire pas dessus, s'il te plaît. Ou au moins, laisse-moi terminer.

– Pas la peine d'être aussi dramatique, je la taquine nerveusement.

Qu'est-ce qu'elle mijote ?

– J'y ai beaucoup réfléchi, reprend Hyang, mais il n'y a pas de manière douce de vous l'apprendre. Donc c'est parti…

Mon cœur se met à battre lentement. Ce qu'elle s'apprête à nous balancer est énorme. Somyung, elle aussi, la regarde d'un air méfiant. Soudain, elle sort son pistolet de son étui, et le pose sur la table avec un bruit sourd.

– Je vais peut-être devoir te tuer, si c'est pour que tu me dises que je dois la remplacer, la menace-t-elle.

Hyang sort deux documents du dossier et tend une page à chacune de nous. J'attrape la feuille et la lis en diagonale. C'est mon papier d'inscription à l'école, quand j'ai atteint l'âge d'être scolarisée, avec ma toute première photo d'identité. *Nom : Jeon Chobahm, date de naissance : 25 déc., taille : 94,5 cm, poids : 22 kg, Colonie : Ja-P-22, Classe : 1re année, Famille : grand-mère Jeon Wol, mère Jeon Heewoo, père Yim Hahnyung (décédé), frère Jeon Ongi,* etc.

– Pourquoi ? je murmure dans le vague, quand mes yeux sautent sur les mots sous ma photo.

Goh Sanghui (donneuse d'ovule), Yi Ohyun (donneur de sperme).

– Donneuse d'ovule, Goh Sanghui ?

Somyung me fait écho, la voix tendue.

– Donneur de sperme, Yi Ohyun ?

– La mienne dit pareil ! je m'exclame en levant les yeux vers elle, puis vers Hyang.

Hyang se mord la lèvre et serre les poings tellement fort que ses jointures deviennent blanches. Ses yeux pleins de larmes rougissent.

– Seol ne cherchait pas des sosies de Haeri. Vous avez toutes été *conçues* pour pouvoir être Goh Haeri un jour.

Somyung et moi nous tournons l'une vers l'autre, nos yeux reflétant notre chaos intérieur.

SHOW MUST GO ON

Mes parents se sont mariés l'année du centenaire du Yibonn Media Group. Un tas de gens du monde extérieur était invité à Snowglobe pour se joindre à la cérémonie de la corporation.

Cha Seol, récemment diplômée de l'école de cinéma, travaillait comme assistante de réalisation pour l'émission de la famille de Maeryung, sous la direction de son célèbre grand-père, Cha Guibahng. Même si la série était un succès constant, Cha Guibahng ne prenait pas beaucoup de plaisir à diriger l'aînée de Maeryung, Goh Sanghui, qui paraissait incapable d'y mettre du sien. Mais un jour, Goh Sanghui a commencé à fréquenter son amour de longue date, Yi Ohyun, ce qui a donné un nouvel élan à l'audience déjà importante de la série. La profiteuse méritait enfin sa place.

Cependant, quelques mois plus tard, Ohyun a rompu avec Sanghui, et ils sont redevenus amis. Peu de temps après, Guibahng a convoqué Maeryung et l'a menacée de virer sa fille, « horriblement ennuyeuse et désagréable, sans une once de talent ». Maeryung, prête à tout pour garder sa descendance à Snowglobe, a eu une idée : que Sanghui tombe enceinte de Ohyun. Et voilà comment l'idole du nom de Goh Haeri a été conçue.

Immédiatement, Guibahng a embauché une équipe de généticiens de premier ordre pour concevoir le bébé, qui hériterait de tous les attributs physiques de son très beau père, Ohyun. Il a ensuite placé son ambitieuse petite-fille, Cha Seol, à la tête du spin-off après avoir sélectionné Miryu pour jouer dans la nouvelle série policière qu'il était en train de développer.

– C'est là que Seol a eu une idée qui n'aurait jamais dû voir le jour, dit Hyang, soupirant tristement.

Cha Seol et Cha Guibahng ont scruté les profils des couples de l'extérieur invités à la cérémonie, à la recherche d'hommes ressemblant à Ohyun, tant en âge que physiquement. Et bingo. Parmi les élus, il y avait les jeunes couples qui deviendraient les parents de Jeon Chobahm, Myung Somyung et Bae Serin.

Guibahng a invité les couples dans sa propriété pour une soirée privée. Les excès de cette fête à couper le souffle comprenaient un traitement en spa et un massage du corps entier pour les femmes, pendant lequel elles se sont toutes assoupies, sans exception. Peu de temps après leur retour à la maison, les femmes ont appris qu'elles étaient enceintes. Ma mère était déjà enceinte d'Ongi. Ce qu'elle ne savait pas, c'est que je l'avais rejoint pendant son séjour à Snowglobe.

Les petites filles – clones parfaitement identiques du point de vue du code génétique – sont presque toutes arrivées à la date prévue, y compris le bébé de Sanghui à Snowglobe, Haeri.

– Il y en avait d'autres, poursuit Hyang, sa voix fatiguée à peine plus forte qu'un chuchotement. J'ai entendu dire que certains bébés avaient des défauts congénitaux et n'ont pas survécu plus de quelques jours.

Je pense à la frêle vieille dame qui a veillé sa petite-fille arrivée avec un cœur défectueux. Comment peut-elle ne pas être ma vraie grand-mère ? Et ma mère, la seule que j'aie jamais connue... Comment se peut-il que je ne sois pas sa fille ? Et Ongi ? Nous ne sommes pas jumeaux, alors ?

– Ce que Guibahng et Seol voulaient, c'était donner naissance à un personnage que tous les spectateurs trouveraient irrésistible, explique Hyang. Ils ont commencé par l'apparence. Chaque partie de vous est le résultat de réflexions scrupuleuses. Des lignes de vos yeux, nez et bouches, jusqu'à la longueur de vos doigts, tout a été prévu pour satisfaire certaines exigences esthétiques, un peu comme une voiture de luxe.

Le reste, c'est ce que Cha Seol m'a déjà raconté, y compris la partie où elle veut utiliser Bonwhe pour infiltrer le manoir Yibonn et créer la série qui écraserait toutes les autres.

– Pourquoi il lui fallait autant de Haeri ? dit enfin Somyung.

– Pour réduire les risques, répond Hyang. Avoir une Haeri de plus, plusieurs Haeri, même, c'était une assurance contre un futur imprévisible.

– C'est-à-dire ? insiste Somyung, le regard embrasé.

– L'ingénierie génétique peut provoquer certains risques pour la santé. Pour le projet « Haeri », cela s'est traduit par un certain nombre de morts néonatales dues à des défaillances cardiaques. Et même pour celles qui ont survécu, la vie est toujours pleine de mauvaises surprises : accidents de voiture, étouffement, noyade, délinquance juvénile, ce que tu veux. Vos parents n'étaient pas de simples substituts non plus. Après avoir fourni la pièce naturelle du puzzle, Guibahng et Seol ont attendu qu'ils apportent la pièce de l'éducation, afin de voir quelle Haeri avait le meilleur tempérament pour mettre en œuvre leur vision de la série. Il n'a jamais été question que le bébé de Sanghui serait Haeri pour toujours simplement parce qu'elle avait été portée par sa célèbre mère.

– Putain, c'est pas vrai, je m'entends dire.

Malgré moi, j'empoigne le pistolet de Somyung sur la table et le braque sur Hyang, les mains tremblantes. Ma vision se rétrécit. Je sens mon pouls battre dans mon index droit.

– Sérieux, Ajumma ? je m'exclame, la voix injectée de rage. Des clones génétiquement fabriqués ? Cha Seol qui choisit la meilleure ? C'est quoi votre problème à tous ? je crie à présent.

Le canon du pistolet danse frénétiquement devant le visage de Hyang, mais elle n'est pas impressionnée.

– Je n'ai pas de réponse à te donner. J'aurais seulement aimé ne pas savoir de quelle lignée malade je descends.

– Quelle lignée ? lance maintenant Somyung, passant de moi à Hyang, la voix coincée dans la gorge. Tu es qui ?

– Je suis la sœur de Cha Seol. Une des petites-filles de Cha Guibahng. J'ai appris ce qu'ils avaient fait il y a quelques années seulement. C'est là que j'ai décidé de quitter Snowglobe pour de bon. Ma sœur, elle, refusait ma décision. Elle insistait en disant qu'elle avait besoin de moi comme partenaire de réalisation, et comme meilleure amie. Puis notre grand-père a fait un AVC, qui le retient à l'hôpital depuis. C'est à ce moment-là que j'ai appris tous les détails.

Les larmes lui montent aux yeux. Elle confesse sa complicité, et la peur qui lui a dicté de prendre ses distances avec sa famille, plutôt que de nous venir en aide.

– Tu me files la gerbe, crache Somyung. Ma mère a failli mourir en donnant naissance à l'enfant de quelqu'un d'autre. Merde. (Elle se tourne alors vers moi avec un rictus.) Et toi, regarde-toi avec ce pistolet. Est-ce que tu sais même t'en servir ? C'est quoi, ton histoire ?

Soudain, mes forces m'abandonnent. Je baisse la main tenant l'arme, et Somyung s'approche pour me l'enlever doucement, pendant que Hyang se dévoue pour faire un bref résumé de mon passé, s'arrêtant de temps en temps pour se calmer.

– Tu déconnes, marmonne Somyung dans sa barbe. Et cette gourde avait même pas enlevé la sécurité, ajoute-t-elle en inspectant le pistolet.

Puis elle se tourne vers Hyang, qui se sèche les yeux avec le dos des mains.

– Je peux t'appeler Ajumma aussi ? (Hyang acquiesce.) Ajumma. Tu savais tout sur le projet Goh Haeri, et t'as rien fait. Mais je suis pas là pour juger ta faiblesse pathétique. Merde, je comprends presque le dilemme que t'as dû ressentir à l'idée de t'opposer à ta sœur et ton grand-père. Ce que je veux savoir, c'est pourquoi là, tout de suite ? Pourquoi tu remues ça maintenant ? Pourquoi tu te donnes la peine de venir me chercher et de troubler ma paix ?

Les yeux rouges et gonflés, Hyang humecte ses lèvres gercées.

– C'est gênant, mais je vais te dire pourquoi. Mon amie Miryu haïssait son rôle de serial killer. Elle est restée longtemps prise au piège de son personnage, avant de se faire virer de Snowglobe, quand la série s'est trouvée à court d'idées de meurtres. Le massacre de l'âme de mon amie, déclare-t-elle, sa voix se remettant à trembler. C'est le premier crime dont j'ai été témoin. Ayant grandi dans une famille de réalisateurs, je n'étais pas consciente des fautes commises au nom de l'audience. Je croyais sincèrement que les décisions éditoriales ou de mise en scène, même incompréhensibles, étaient consenties des acteurs, dont l'unique priorité était de rester à Snowglobe. Ce n'est qu'après avoir vu ce qui est arrivé à Miryu que j'ai compris ce qui se passait réellement. Hélas. Je ne m'étais jamais battue pour rien ni personne, la seule chose que je savais faire, c'était fuir. Alors Seol a tout tenté pour me ramener dans le projet. Elle a tout essayé pour éveiller chez moi un genre de loyauté familiale. Chaque jour qui passait était un enfer. Je n'ai jamais dit oui, mais je ne pouvais pas non plus dire non. C'était ma grande sœur – elle avait toujours été mon modèle.

Hyang pousse un grand soupir, avant de reprendre :

– J'ai fini par me tourner vers l'alcool. C'était la seule chose qui émoussait ma douleur. À l'instant où mes sens s'aiguisaient, je les faisais taire avec encore plus d'alcool. Au bout d'un moment, j'ai réussi à fuir au village des retraités, et je me suis rendu compte que je ne supportais pas les habitants, tous d'anciens réalisateurs. C'est là que le désespoir a pris le pas et que je me suis coupée du monde. Le temps a passé. Finalement, Seol m'a envoyé une lettre m'apprenant le suicide de Haeri. Dévastée, furieuse, j'ai commencé à parcourir les documents que j'avais réussi à sortir discrètement de Snowglobe. J'étais enfin prête à utiliser les preuves permettant de punir ma famille pour ce qu'elle avait fait, mais je ne savais pas par où commencer.

Hyang se tourne vers moi.

– C'est à ce moment-là qu'on m'a envoyé Jeon Chobahm dans une grosse caisse de pommes. Elle m'a raconté l'existence maudite de Miryu dans sa colonie, et celle de la fille qui préférerait se battre à mort plutôt que de s'avouer vaincue devant l'injustice. Cette fille, partie de rien, avait plus de caractère que prévu, et ça m'a fait réfléchir à ma propre attitude. Je savais que je ne pourrais rien changer à ma lâcheté passée, mais je détestais l'idée de continuer à vivre dans la honte.

La pièce se plonge dans le silence. À travers mes larmes, je commence enfin à voir cette femme pour ce qu'elle est, une autre victime, avec toutes les cicatrices tragiques que porte son cœur.

Somyung acquiesce d'un air sombre.

– Et donc, c'est quoi notre plan ?

Hyang ne dit rien pendant un long moment. Puis, me jetant un regard, elle parle enfin.

– C'est inspiré d'une idée de Chobahm. On va réunir toutes les Haeri de l'extérieur et envahir le studio pendant le direct. Quelle meilleure preuve du projet Goh Haeri que vous toutes ensemble au même endroit ?

– Attends, je l'interromps. On est combien, en tout ?

– J'aimerais le savoir, soupire Hyang. Seol a éparpillé les dossiers entre plusieurs lieux de stockage. Ceux que j'ai volés proviennent de l'un d'eux seulement.

– Est-ce que tu aurais… (Je cherche les bons mots.) *Son* dossier à elle aussi ?

Je ne peux pas me résoudre à désigner la fille morte par le nom de Haeri. Plus maintenant. Nous avions toutes un prénom, après tout.

Hyang comprend.

– Non, répond-elle d'une voix étouffée. Je n'ai pas celui de Yeosu. Elle s'appelait Jo Yeosu.

Jo Yeosu.

C'est le nom que Bonwhe a essayé sur moi dans les bois.

– Yeosu ne s'est jamais doutée de rien, bien sûr, ajoute Hyang. Pourquoi aurait-elle soupçonné quoi que ce soit ? Elle a dû croire que son suicide mettrait fin à tout ce mensonge.

– Elle n'aurait pas pu choisir un moyen différent ? demande Somyung, frustrée et en colère.

Hyang secoue la tête.

– Yeosu voulait se venger. Peu de temps après qu'elle avait emménagé à Snowglobe, ses parents ont disparu de leur colonie. C'était l'œuvre de Seol, évidemment – pour s'assurer que Yeosu n'ait personne auprès de qui fuir.

La voix de Bonwhe résonne encore dans mes oreilles : *Ta dernière lettre avait vraiment l'air d'un adieu, et j'étais super inquiet.*

Mon cœur se serre à l'idée de la douleur de Yeosu, de la solitude infinie et du désespoir qui devaient la consumer quand elle a écrit cette lettre à Bonwhe.

Puis ça me frappe, comme un éclair.

– Yeosu, ce n'était même pas la fille de Sanghui ? La fille née Haeri ? Où est-elle ?

La douleur sur le visage de Hyang grandit.

– Morte, probablement, murmure-t-elle, à peine capable de prononcer les mots. J'ai exigé des réponses à ce propos. Seol m'a dit qu'elle s'était occupée de tout. Fin de la conversation.

J'ai un haut-le-cœur. Comme si tout ce qui s'était passé avant n'était pas déjà assez affreux.

La fille que nous aimions tous n'était qu'une illusion. Yeosu s'est tuée pour en finir avec ce mensonge, mais ça n'est toujours pas terminé. J'en tremble de rage. Pour elle, pour moi, pour nous toutes.

– Je vais faire mes bagages. (La voix de Somyung me ramène au présent.) On va sûrement avoir besoin d'une arme à feu ou deux, non ? dit-elle en se dirigeant vers la vitrine.

UNE COPIE DE PLUS

La salle de pause à la centrale de Ra-H-11 est étonnamment spacieuse. Je compte dix lits de camp et à peu près autant de sacs de couchage sur le sol. Heureusement que nous sommes arrivées dans l'après-midi, autrement la pièce aurait été pleine à craquer de travailleurs épuisés.

– C'est bon de savoir qu'il y a une centrale quelque part où la salle de pause est accessible à tous, je lance.

– Le superviseur d'ici doit avoir une once d'intégrité, acquiesce Somyung.

Avant de monter dans le train de la Ra-line depuis la station Ja-B-6, Hyang a informé la superviseuse de Somyung qu'elle viendrait à Snowglobe avec nous pour une étude approfondie. À notre grande surprise, celle-ci a accueilli la nouvelle avec une joie à peine dissimulée, en disant que Somyung ferait une parfaite chasseuse ou douanière. À voix basse, elle nous a informées que, même si elle trouvait du bon à l'hypervigilance de l'orpheline, son caractère et le fait qu'elle porte ouvertement des armes intimidaient les gens à la centrale, elle comprise. Hyang s'est contentée de répondre par un grognement impatient, et je lui ai jeté un regard noir de derrière mon masque.

Shin Shinae, c'est le nom du clone vivant dans la colonie Ra-H-11. Elle a rechigné à l'idée d'un entretien chez elle, assurant que c'était le pire endroit imaginable, car ses quatre grands-parents retraités y vivaient avec sa famille, ainsi qu'une horde de cousins encore trop jeunes pour aller à l'école. C'est plutôt chose ordinaire selon les standards du monde extérieur, mais Hyang n'a pas réussi à cacher sa sidération à l'idée qu'une dizaine de personnes puissent se partager seulement trois chambres. Shinae a rapidement fini par révéler que le problème était surtout sa mère, qui venait d'être virée de son poste de conductrice de bus pour conduite en état d'ivresse, et se trouvait donc aussi à la maison. Nous sommes alors restées dans la salle de pause, avec Somyung qui montait la garde à la porte.

Shinae est en train de déchiffrer le document que Hyang lui a tendu. Je m'assieds à la table et retire enfin mon masque, tandis que Hyang lui expose la véritable raison de notre visite, et son explication est plus cohérente que les deux fois précédentes.

– Voilà, tu sais tout, conclut Hyang.

Ce qui a commencé par une incompréhension totale sur le visage de Shinae a mué au fil du discours. Elle a l'air étrangement en paix, maintenant, un sourire déconcertant sur les lèvres. A-t-elle même écouté ?

Hyang me jette un regard, et elle reprend :

– Je comprends que tu sois submergée par…

– Tu parles que je suis submergée ! la coupe Shinae, revenant soudain à l'instant présent.

Seulement, elle a l'air bien plus que ça. Elle a l'air *enchantée*.

– Alors, qu'est-ce que ça veut dire pour nous ? demande-t-elle, les yeux brillants d'excitation. En fin de compte, on est des victimes, pas vrai ? Est-ce qu'on peut s'attendre à une forme de compensation ?

Appelez ça un manque d'imagination si vous voulez, mais ni Hyang ni moi n'avions anticipé ce genre de réaction.

– J'ai toujours rêvé d'échapper à cette famille, dit Shinae avant de lâcher un rire triomphal, comme par satisfaction de s'être enfin délestée de la vérité. J'en peux plus. Enfin, je m'inquiète pour ma mère quand même. (Hyang et moi nous dévisageons, stupéfaites, et Shinae continue, d'une voix de plus en plus animée.) Mon père a toujours cru qu'elle l'avait trompée. Ça faisait un moment qu'ils étaient distants quand elle est tombée enceinte de moi, vous voyez ce que je veux dire ? Donc lui et le reste de la famille l'ont traitée de putain, et moi de bâtarde. (S'arrêtant un moment, elle baisse les yeux sur le bandeau gris usé qu'elle tient entre les mains, un sourire amer sur les lèvres.) Même ce truc stupide. Avant, il était rouge – mon père l'avait offert à ma mère le jour de leur mariage. J'ai dû le voler à ma cousine parce que ma grand-mère l'avait donné à cette morveuse. Avant, pour m'endormir, je m'imaginais que mes vrais parents débarqueraient un jour en trombe pour me réclamer. Ils seraient tellement riches qu'ils pourraient m'acheter des bandeaux de toutes les couleurs de l'arc-en-ciel.

La pièce plonge dans le silence, et je pense à Guibahng et Seol. Leur ambition sans limites a ruiné tant de vie ces dix-sept dernières années.

– Ma mère aussi devrait recevoir une compensation pour ses souffrances, ajoute Shinae. Elle a été poussée à la folie, au point de vouloir renverser mon père.

– C'est… se lance Hyang prudemment. C'est comme ça qu'elle a perdu son travail ?

– Elle n'était pas soûle, répond Shinae avec un rictus. Elle était parfaitement sobre, et je ne lui en veux pas. Elle en avait assez. (Hyang et moi restons sans voix.) Ne vous inquiétez pas. Le crétin va bien. Elle n'a pas le cran de tuer quelqu'un, la pauvre. (Elle s'interrompt pour contempler le bandeau.) Mais je ne suis pas la fille de ma mère. Alors merci d'être venues à ma rescousse. J'aurais préféré ne pas être née du tout, mais c'est trop tard pour ça.

Hyang ouvre la bouche pour parler, mais bafouille, tandis que Shinae contourne la table pour examiner mon visage de plus près.

– Incroyable, murmure-t-elle. C'est comme se regarder dans un miroir.

Puis elle se met à glousser comme une petite fille.

– La compensation à laquelle tu penses… tu parles d'argent, pas vrai ? je demande. On ne peut pas te le garantir. Je veux dire, on n'a pas songé à ça. Pas encore en tout cas.

– T'es sérieuse ? rétorque Shinae.

J'acquiesce d'un air désolé. Nous nous étions juste concentrées sur le projet de traîner Cha Seol et Cha Guibahng en justice, pour créer un précédent légal qui s'appliquerait à tous les réalisateurs.

– C'est quoi le plan, pour la suite ? Vous savez ce que vous voulez faire, au moins, quand la poussière sera retombée ?

Je regarde Hyang, et aucune de nous deux n'a de réponse. En soupirant, Shinae fait un signe du pouce vers Somyung à la porte.

– Et elle ? Elle a un plan ? Dites-moi que quelqu'un en a un ici.

– Un plan ? je répète enfin, histoire de dire quelque chose.

– Vous alliez vraiment rentrer chez vous avec rien en échange de votre sacrifice ? De toute la médiatisation forcée ? Et vos familles ? Ils pourraient ne plus vous considérer comme l'une des leurs, vous savez.

J'ouvre la bouche pour objecter à ce dernier argument, mais rien ne sort. Vais-je perdre mes proches en révélant la vérité ? Mon esprit se vide.

– L'argent, ça vous protège, poursuit Shinae. Ça ouvre des portes qui vous étaient fermées auparavant.

Finalement, Hyang retrouve sa voix, et explose d'un rire nerveux.

– Alors toi, t'es quelque chose, pas vrai ?

– À qui le dis-tu, réplique Shinae. C'est épuisant, de toujours être la seule à réfléchir. Le train arrive quand ? Je veux me tirer d'ici. Le plus tôt sera le mieux.

– Alors t'es partante ? je lâche, pleine d'espoir.

– Carrément.

– Même sans garantie de compensation ?

– Il faudra que je l'extorque à quelqu'un moi-même, apparemment. Mais t'inquiète, ce sera fait.

– Tu as besoin de passer chez toi pour prendre des affaires ? je demande.

Elle examine encore une fois le bandeau dans sa main.

– Nan. J'ai déjà tout ce que je possède.

Je laisse sortir le souffle que je retenais d'angoisse. La dernière Haeri que nous avons retrouvée se rallie à nous.

– Si on réussit, ce sera une démonstration, précise Hyang tandis que nous rejoignons Somyung à la porte. Autrement, ce sera un crime. Enfin, une insurrection, plutôt. Une tentative violente de contrôler le réseau, ajoute-t-elle, en nous regardant l'une après l'autre.

J'acquiesce d'un air sombre, bien consciente des conséquences si nous échouons.

– Même Seol pense qu'elle ne fait rien de mal, ajoute Hyang. J'aurais horreur de finir comme ces adultes mégalos qui vous entraînent dans leurs erreurs.

L'appréhension de Hyang à nous attirer dans un crime ne fait que solidifier ma foi en elle, mais quand elle se lance dans un genre d'avertissement, disant que toutes celles qui ont des doutes sont libres de partir, Somyung la coupe.

– Arrête ça ! Tu crois que je suis venue là juste pour renifler son bandeau moisi ? lâche-t-elle en faisant un signe du menton dans la direction de Shinae.

Cette dernière toise Somyung. Ses yeux s'arrêtent sur le pistolet, et elle laisse un rictus s'épanouir sur son visage.

– Cette brute est vraiment avec nous ?

Hyang se mord la lèvre pour s'empêcher de sourire.

– J'imagine que ça prouve que tout le monde est partant, dit-elle. On travaillera sur l'harmonie et la cohésion en chemin. Pour le moment, trouvons quelque chose à manger.

Dans la cafétéria, nos masques de ski et nos lunettes noires attirent des regards curieux. Il n'y a pas grand-chose d'autre à faire que comme si de rien n'était – comme si tous les habitants de Snowglobe portaient des lunettes et des masques au dîner. Derrière ses propres verres, Hyang évalue d'un air grave le dessert sur son plateau : un unique quartier de mandarine. En chuchotant, elle demande à Shinae s'il est possible de payer pour en avoir d'autres. Ça lui vaut un sermon de Somyung, qui lui rappelle qu'une résidente de Snowglobe ne serait jamais assez affamée pour faire un foin à propos d'un bout de mandarine. Shinae exulte alors en imaginant un futur où elle pourrait en manger un cageot entier à elle toute seule devant la télé. En les écoutant, je me surprends à sourire pour la première fois depuis longtemps. Et même à rire, furtivement.

Nous avons bientôt fini notre dîner quand tout à coup, la cafétéria s'agite, et quelqu'un monte le son de la télé au maximum.

« Flash info ce soir à propos de la présidente Yi Bonyung, dit la présentatrice Chung d'un ton sérieux. D'après Hong Hwa, porte-parole du groupe médiatique, elle a été admise en réanimation après s'être évanouie dans son bureau ce matin. »

L'écran montre ensuite l'aile VIP de l'hôpital de la SnowTower.

« La présidente n'a toujours pas repris conscience. On raconte que son petit-fils, M. Yi Bonwhe, est à son chevet. »

Je jette un regard pensif à l'édition de *Guide TV* de cette semaine, posée sur le banc à côté de moi. Sous le texte annonçant les séries à venir, il y a un titre accrocheur en gros et en gras : LA VICE-PRÉSIDENTE CACHE-T-ELLE UN NOUVEL AMANT ?

« Il y a deux étés, la présidente Yi avait subi une opération urgente du cœur à la suite d'un malaise semblable. Un remplacement temporaire pour une réunion du conseil d'administration ce matin… »

Je me tourne vers Hyang. Elle a les yeux rivés sur l'écran, évaluant l'imprévu qui nous frappe de plein fouet.

LES MEILLEURES AMIES DU MONDE

Nous attendons la Ma-line dans le hall de fortune à l'arrière de la centrale. Hyang farfouille dans son sac à dos et en tire une petite boîte à lunettes, qu'elle tend à Shinae.

– Essaie ça.

Shinae ouvre l'étui pour dévoiler une paire de lentilles de contact bleues et les examine avec curiosité, tandis que Hyang nous balaie du regard. Il nous faudra une semaine pour atteindre Ja-A-1, la colonie la plus proche de Snowglobe, et nous voyagerons dans une voiture passagers qui sert aussi de quartiers de vie spartiate au conducteur du train, comme avec Ongi. Inutile de nier que ce serait une torture de garder lunettes, masques et silence pendant tout le trajet : il nous faut des déguisements.

Hyang fait basculer la tête de Somyung en arrière et inspecte sa mâchoire, l'ouvrant et la fermant.

– Il faut qu'on s'assure que les fausses dents soient à la bonne taille, sinon elles tomberont pendant que tu manges, dit-elle d'un air concentré.

Somyung ajuste le dentier et referme ses lèvres d'un rouge criard sur sa nouvelle denture prognathe. Ses yeux sont cachés sous la frange lisse et épaisse de sa perruque rose. Pas de risque qu'on la confonde avec Haeri.

– Argh, je peux pas, se plaint Shinae, lorgnant la lentille de contact posée au bout de son doigt.

Le contour de ses yeux est noirci – elle a forcé sur le maquillage en mode panda.

– Je vais t'aider, dis-je, m'assurant d'abord que mon faux nez n'a pas glissé.

Pas facile de respirer dedans, avec son arête absurdement bombée collée à mon visage, mais je m'y fais. Mille fois mieux qu'à l'énorme masque. Je retiens mon souffle et guide doucement le doigt de Shinae vers son œil.

En face de nous, Somyung se remet du rouge à lèvres, sa bouche grossissant à chaque nouveau passage. Heureusement, le grincement du train qui approche l'interrompt avant qu'elle n'ait le temps de se changer en clown.

Nous sortons alors dans les -45 °C. Sous la lumière naturelle, nous oublions le froid et éclatons de rire en découvrant nos apparences ridicules.

– La cagoule fait vraiment ressortir ton smoky eye, Shinae, observe Somyung, et nous hurlons de rire.

J'ai l'impression que ce trajet pour Snowglobe ne sera pas si grave et solennel, après tout.

– Qui aurait cru que je transporterais de vraies résidentes de Snowglobe dans mon train ! s'écrie la conductrice de la Ma-line en versant du thé boi dans mon gobelet en carton.

Elle déborde de joie depuis que nous, une équipe de chercheuses en sécurité au travail sur le chemin du retour à Snowglobe, sommes montées dans son train il y a trois heures. Passant la tête par la porte de sa cabine à chaque occasion, elle veut savoir comment nous allons, si nous voulons plus de thé, ou s'il y a quoi que ce soit qu'elle puisse faire pour nous. En vérité, elle cherche la moindre excuse pour nous faire la conversation.

Le doux murmure de sa télé nous parvient dès qu'elle ouvre la porte, et j'entends que c'est *Let's Goh* qui lui tient compagnie dans sa cabine solitaire.

Cette fois, la conductrice se lamente de ne jamais pouvoir interagir avec des gens de Snowglobe malgré tous ses voyages à l'entrepôt rattaché à la ville. Puis, avec un sourire timide, elle nous avoue qu'elle n'a loupé aucune audition d'acteurs – pas une seule.

– Vous savez ce qu'il y a de mieux, dans mon métier ? dit-elle. (Sans attendre de réponse, elle poursuit son monologue.) Avoir le temps de rêver toutes sortes de scènes, avec l'intimité pour les jouer à ma guise, dans mon train. Vous avez vu Kim Jehno demander à Haeri de sortir avec lui au championnat de Noël ? Je me suis imaginée à sa place, et je ne sais pas si j'aurais été capable de prononcer une phrase cohérente devant tous ces gens. Haeri est vraiment exceptionnelle.

Du coin de ses yeux de panda, Shinae me lance des regards, le visage rouge de l'effort qu'elle fait pour s'empêcher de rire. Les yeux de Somyung aussi m'envoient des signes.

Je les regarde fixement comme un avertissement silencieux, tandis que la conductrice continue de jacasser.

– La famille, l'argent, les amis, l'apparence… mettez-la dans un sac à patates, Haeri aura toujours l'air parfaitement apprêtée. Si je pouvais choisir d'être quelqu'un d'autre, ce serait elle, c'est sûr. Elle a tout pour elle. (Elle pousse un soupir rêveur, puis sa voix se perd.) Presque trop belle pour être vraie.

À ces mots, nous serrons toutes les dents.

Tout ce que j'ai envie de lui dire, c'est: « Dans le mille, madame. Dans le mille.»

Et c'est ainsi que nous continuons en direction de Snowglobe, la conductrice brûlant d'admiration pour son idole, ignorant qu'elle est en train de transporter ses meurtrières. L'ironie est délicieuse.

Sannah ouvre l'arrière du camion et appelle Hyang, assise sur le siège passager.

– Panda et Rhino sont arrivées!

Elle parle de Shinae et moi.

Comme nous sommes parties directement de la centrale, Shinae n'avait pas ses skis, et n'aurait pas non plus pris une des deux paires que sa famille se partage. Étant la meilleure skieuse ici, je me suis portée volontaire pour la tirer derrière moi sur un traîneau, depuis la gare jusqu'à notre prochain arrêt, le camion de Sannah.

Essoufflées, Shinae et moi montons dans le coffre pour rejoindre Somyung, déjà installée.

– Beau travail, Bambi, me dit-elle.

Un instant plus tard, la femme responsable de ce surnom qui me colle à la peau vient nous voir. Cela va faire deux semaines que nous avons quitté le village des retraités, et Hyang doit encore s'acclimater aux éléments du monde extérieur.

– D-désolée, c-c'est moi qui aurais dû fermer la marche, s'excuse-t-elle en claquant des dents.

– On est juste contentes que tu nous ralentisses pas, répond Sannah.

Puis, en se retournant, elle nous montre une grande boîte posée au fond du camion dans l'obscurité.

– Des bricoles pour vous. Si vous avez besoin de quelque chose, donnez un coup de pied dans le mur, OK ?

J'ouvre la boîte pour en observer le contenu. Il y a un réchaud portatif, quelques couvertures, des chaufferettes pour les mains et des thermos. Mais ce sont les paquets de cacao en poudre qui me sautent aux yeux.

– Je pense que ça ira, je déclare en en brandissant un, ce qui déclenche des cris de joie chez Somyung et Shinae.

Nous remercions Sannah encore une fois.

– On se voit à Snowglobe, alors, dit-elle en souriant.

– Oui madame ! lançons-nous à l'unisson.

– Il n-n'y aura p-pas une s-seconde à perdre quand on y sera, ajoute Hyang. On vous fera s-signe cinq minutes avant d'arriver, donc restez v-vigilantes.

Nous acquiesçons, l'humeur redevenant sombre. La porte se referme, emportant la lumière avec elle. Une minute plus tard, nous entendons le rugissement du moteur, et nous voilà roulant à travers une plaine glacée impossible à distinguer d'un millier d'autres. Enfin, ce n'est pas comme si on voyait quoi que ce soit de l'intérieur du camion. Dans quatre heures, nous arriverons à l'aéroport de Snowglobe pour passer les douanes et l'immigration. Je l'espère.

Nous allumons le réchaud et, profitant de la maigre chaleur et de la lumière qu'il émet, nous nous démaquillons et enlevons nos déguisements. Je sors alors la grosse lampe torche de mon sac à dos et la place debout au centre de notre petit cercle. La faible lueur projette des ombres macabres sur nos visages identiques, et bien vite, nous recommençons à rire.

– J'ai une idée, je lance. Et si on créait un spectacle de rue, un jour ? On pourrait se promener toutes les trois dans la ville et demander aux gens : devinez qui est qui ?

C'est surtout une blague, bien sûr, pour alléger l'atmosphère, mais ça nous rappelle la question que nous tentons d'ignorer : qu'adviendra-t-il de nous après ce soir ?

– Dites-moi qu'on est en train de faire le bon choix, implore Shinae. Comment vous avez fait pour dormir dans le train ? Je n'ai pas pu. Du tout. Je n'ai pas arrêté de me demander si vouloir de l'argent n'allait pas finir par ruiner ma vie. (Elle rit d'elle-même.) Honnêtement, ça ne vous fait pas peur ? On pourrait finir en prison ! Pour avoir violé les lois de diffusion et des médias ? C'est grave…

– Tais-toi, lâche Somyung. Pourquoi on finirait en prison ? C'est nous les victimes ici. T'as oublié ça ?

Mais son expression nous révèle surtout son incertitude.

– Et si on se faisait arrêter avant même d'arriver au studio ? Rentrer clandestinement à Snowglobe, c'est un crime sérieux.

– Tu veux rentrer chez toi, alors ? demande Somyung sèchement.

– Non. Ça, non.

Nous ne disons plus rien pendant un moment, absorbées dans nos pensées.

– Eh, à vrai dire, commence Shinae, je suis née pour être la meilleure amie idéale, pas une immigrée clandestine ni une terroriste. C'est complètement naturel de passer par de la peur et du doute, vous ne croyez pas ? ajoute-t-elle en nous regardant. (Nous ne répondons rien.) C'est que vous êtes des psychopathes, alors, marmonne-t-elle.

Quelques instants de silence pesant s'écoulent. Mais soudain, quelqu'un étouffe un ricanement, et c'est fini. Nous partons toutes les trois dans un fou rire qui ne s'arrêtera pas avant que j'aie les larmes aux yeux et les abdos douloureux. Je ne saurais même pas dire ce qu'il y a de si drôle.

Quand notre frénésie de rire s'étiole, je déclare qu'il est l'heure d'un chocolat chaud, et en quelques minutes, nous voilà accrochées à nos tasses, papotant comme nous n'avions pas pu le faire dans le train.

– T'as déjà tiré sur quelqu'un ? demande Shinae à Somyung. (Celle-ci hoche la tête.) Waouh ! Je suis jalouse ! Si j'avais un pistolet, je n'aurais pas eu à supporter mon père tout ce temps. Non. Pas mon père. Le bouffon que je croyais être mon père.

Qu'elle soit sérieuse ou non, elle ouvre alors les vannes d'une conversation à cœur ouvert. Une fois épuisée la liste des personnes détestées, le sujet se dirige naturellement vers celles que nous aimons.

– Hé, Bambi. Tu ne ressentais vraiment rien pour Jehno ? m'interroge Shinae.

– On est amis. Mais ça, c'est bientôt fini.

– Amis ? Je te crois pas ! s'écrie Somyung.

Et nous poursuivons notre conversation joyeuse, ponctuée de taquineries, même si, bien sûr, l'atmosphère s'assombrit quand Somyung raconte l'accident fatal de ses parents, ou quand je parle du sacrifice de mon père.

Ces filles me manquent déjà. Quand tout ça sera terminé, il faudra qu'on se contente de lettres occasionnelles envoyées à travers le no man's land gelé, si même on en arrive là.

Toc, toc. Toc, toc, toc.

Le signal de Hyang nous fait taire, et le son de sa voix traverse le mur épais.

– Cinq minutes ! annonce-t-elle.

Nous savons toutes ce qu'il faut faire. Avec un regard et un hochement de tête, nous passons à l'action. Nous retirons notre équipement arctique pour enfiler des vêtements empruntés à Hyang. Nous éteignons ensuite le réchaud et la lampe torche et attendons le prochain signal dans le silence obscur du camion, main dans la main. Bientôt, l'engin de Sannah s'immobilise. Nous sommes arrivées.

LA FIÈVRE DU VENDREDI SOIR

La porte s'ouvre vers le haut avec un grincement métallique, et la lumière du jour inonde le camion. Un agent, à contre-jour sur l'arrière-plan aveuglant, murmure d'un air stupéfié.

– Qu'est-ce que…

Et *bam!* la fléchette tranquillisante de Somyung l'atteint au cou. L'instant suivant, ses yeux se révulsent et il s'effondre comme une poupée de chiffon. Somyung saute du camion et s'accroupit près de lui pour apprécier son coup.

– C'est juste une petite sieste de quelques heures, mon gars, lance-t-elle avec un sourire satisfait.

Je sors et attrape des clés de voiture dans la poche du pantalon de l'agent. Il joue un tout petit rôle dans une série sans succès qui survit péniblement depuis trois saisons par la seule force de son réalisateur : Cha Joonhyuk, le père de Cha Seol.

J'ai mes contacts, et Seol a les siens.

Cet homme est-il lié à Seol ? Ou est-ce qu'il conserve sa résidence à Snowglobe simplement parce qu'il obéit à ses ordres ?

– Attendez une minute. C'est pas Liam Solulu ? demande Shinae, qui a aussi reconnu le visage de l'agent assoupi. Dommage, lâche-t-elle en faisant claquer sa langue. Il va passer à côté de l'action.

Somyung acquiesce en ricanant, son regard dur comme l'acier. Puis nous nous cachons toutes trois derrière le camion pour observer Hyang pousser et bousculer Sannah en direction du bureau des douanes rutilant, un pistolet appuyé contre sa tête, ses mains attachées dans le dos.

– Ne tirez pas ! supplie Sannah d'un air terrifié.

Dans le bureau, un agent lève les yeux de ses ongles. Voyant la scène, il s'arrache maladroitement de sa chaise et se précipite à la porte, arme de poing à la main.

– Plus un geste ! hurle-t-il en pointant son pistolet vers le duo. Posez votre arme !

Les pantoufles en fausse fourrure à ses pieds sapent son autorité. Et malgré l'intensité du moment, il me revient une expression que j'ai entendue à la télé : *les habits font le moine.*

– Non ! s'exclame Sannah. Ne tirez pas ! Elle me tuera !

L'agent hésite. Pendant ce temps, Somyung se faufile vers l'avant du camion et tire une deuxième fléchette.

Pan !

Il s'écroule. Nous chargeons alors toutes trois sur Sannah, qui joue très bien la défense : elle crache, hurle et donne des coups de pied tandis qu'on la ligote au douanier, qui dort littéralement au travail. Puis nous courons à la voiture de Liam.

– Vous allez échouer ! crie-t-elle alors qu'on s'entasse dans la voiture. C'est moi qui vous le dis !

Somyung et Shinae se jettent sur la banquette arrière, et je saute à côté de Hyang, qui s'installe au volant. Nous mettons toutes trois nos lunettes de soleil et quittons les lieux. Tout le monde meurt d'envie d'évoquer la performance de Sannah, mais ça devra attendre. Nous sommes à Snowglobe maintenant, entourées de caméras, même à l'intérieur du véhicule qui nous emmène vers notre destinée. Nous restons donc dans nos rôles, nous moquant de la camionneuse et la singeant, mais nous évitons tout de même de répéter ses derniers mots : *Vous allez échouer !*

Oui, ça faisait partie de son script, mais la phrase résonne trop fort dans mon cœur.

– **Argh ! Ces fichus bouchons !** jure Hyang, frappant le volant de sa paume. L'horloge du tableau de bord indique 20 h 37, soit treize minutes avant la météo, ce qui signifie encore vingt-trois minutes de direct pour le *Journal de 20 heures*. Il faut qu'on atteigne la Salle de Contrôle dans ce laps de temps, ou tout est fini.

Pendant la diffusion du *Journal*, la Salle de Contrôle est aux commandes de Channel 20. La transmission de notre démonstration dépend donc de celle-ci, qui pourrait censurer le direct. À 21 heures tapantes, quand le bulletin météo se termine, la productrice Yi Dahm, en tant que cheffe de la Salle de Contrôle, appuie sur le bouton rouge DIRECT, rendant les commandes à la Salle Maîtresse.

Première étape de notre mission : envahir la Salle de Contrôle et protéger le bouton DIRECT pour rester aux manettes après 21 heures, jusqu'à ce que nous ayons révélé au monde la vérité sur Haeri.

– C'est pas vrai ! bougonne Hyang en pianotant nerveusement sur le volant.

Nous autres alternons entre nous ronger les ongles, prier et nous balancer sur nos sièges.

C'est vendredi soir, le meilleur moment de la semaine pour la plupart des habitants de Snowglobe. Les trottoirs qui bordent la rue principale grouillent de monde prêt à faire la fête. J'allume la radio, et les nouvelles crépitent hors du haut-parleur. La voix du présentateur Park résonne :

« Au 111e étage de la SnowTower, le banquet rassemblant les soixante biathlètes du championnat de cette année bat son plein. Écoutons ce qu'ont à dire le champion en titre, Kim Jehno, et celle de l'an dernier, Priya Maravan. »

Shinae interrompt le ronronnement de ses prières en entendant le nom de Jehno.

– Bambi, c'est ton mec ! s'écrie-t-elle, soudain d'humeur plus joyeuse. Monte le son.

Quant à la mienne, d'humeur, elle sombre plus profondément.

« Salut, ici Kim Jehno », dit-il, et on peut entendre qu'il sourit. Il n'imagine pas que la fille qui lui plaît est sur le point d'être anéantie.

« Oui, j'ai collé le logo du championnat sur mon fusil. Pour me porter chance ! J'espère que ça va marcher. »

Les voix enjouées de M. Park et des champions passent à l'arrière-plan alors que nous nous concentrons de nouveau sur notre respiration et nos prières.

– C'est quoi l'autre salle ? La Salle Maîtresse ? demande Shinae, et j'éteins la radio. Pourquoi on n'irait pas là-bas directement ? T'avais pas dit que c'était celle-là qui dirigeait tout le système ? Pourquoi ne pas prendre le contrôle du réseau entier pour que plus de gens puissent nous voir ?

– Ça serait bien, répond Hyang amèrement. Le problème, c'est que personne ne sait où se trouve cette foutue salle.

Comme son nom l'indique, la Salle Maîtresse domine tout en haut de la hiérarchie du système de transmission de Snowglobe, pour surveiller et réguler l'intégralité des opérations. D'après Hyang, même les réalisateurs avec trente ans d'expérience ne connaissent pas sa localisation. Son transfert d'autorité quotidien à la Salle de Contrôle pendant le *Journal* est un acte symbolique matérialisant le double principe de liberté de la presse et d'indépendance des médias garanti par l'ordre de Snowglobe.

– Pour faire court, si on n'est pas aux commandes de la Salle de Contrôle dans les vingt-trois prochaines minutes, notre plan part en fumée, clarifie Somyung pour Shinae. Et si ça arrive, demain à cette heure-ci on sera en garde à vue.

– Alors qu'est-ce qu'on fait à attendre ici ? C'est pas la SnowTower juste là ? lance Shinae, observant la tour au loin.

Je confirme d'un hochement de tête.

– On court ? dit Somyung, une main tirant déjà la poignée de la portière.

– Non ! je jappe avant qu'elle ne fasse une bêtise. Ça a seulement l'air proche parce qu'elle est très haute, et…

Trop tard. La porte s'ouvre à la volée et Somyung et Shinae bondissent de la voiture.

– Non ! Revenez ! hurle Hyang.

En vain. Les filles ne s'arrêteront pas. Hyang se tourne vers moi, les yeux fous, mais je ne peux que hausser les épaules.

– Accroche-toi. Tu t'apprêtes à expérimenter la colère des conducteurs de Snowglobe comme tu ne la verras qu'une fois dans ta vie.

Nous voilà hors de la voiture, piquant un sprint. Des klaxons et des voix enragées jaillissent de toutes les directions tandis que nous nous faufilons à travers le trafic à l'arrêt en direction de la tour.

La nuit est enfin tombée sur la ville, et les lumières kaléidoscopiques se sont intensifiées dans les boutiques et restaurants qui bordent les trottoirs. Nous courons à travers la foule, les discussions et éclats de rire faisant des ricochets autour de nous. Malgré nos lunettes noires, suspectes à cette heure de la journée, personne ne nous prête attention au-delà de quelques regards surpris. Nous sommes bien à Snowglobe.

Derrière la vitrine d'un magasin d'électronique, un écran plat géant diffuse le *Journal*. La bande défilante blanche habituelle, dans le coin en bas à droite, affiche une température de 21 °C, suivie d'un croissant de lune indiquant une nuit sans nuages.

Je me concentre de nouveau sur Somyung et Shinae, qui courent à quelques mètres devant nous, leur sac à dos dansant frénétiquement.

Tout à coup, Somyung fait volte-face.

– J'y crois pas ! nous crie-t-elle, à Hyang et moi, le visage rouge et mouillé de sueur.

– Qu'est-ce qu'il y a ? dis-je.

– J'ai chaud et je transpire, répond-elle, l'air émerveillée. À l'extérieur !

– Quoi ?

– Je cuis ! Comment font les gens pour vivre ici ? demande-t-elle, son sourire allant d'une oreille à l'autre.

J'éclate de rire. L'instant suivant, nous sommes toutes les trois pliées en deux. Encore une fois.

– Stop ! Je me sens faible, proteste Shinae, incapable de s'arrêter de se tordre.

– Mais sérieux. C'est possible, cette température ?

Vingt et un degrés Celsius. Nous bondissons à travers l'air doux en direction de la tour, prises d'une hilarité qu'aucune de nous ne saurait expliquer.

En nage et essoufflées, nous déboulons enfin dans le hall de la SnowTower. Le gardien étouffe son choc dans un murmure à la vue de mes cheveux décoiffés et de mon visage sans maquillage, rouge et brillant de sueur à quelques minutes du bulletin météo.

Je lui explique que les invités spéciaux et moi devons nous rendre tout de suite au studio, et il nous fait monter sans un mot, passant outre l'enregistrement des visiteurs et le reste du protocole de sécurité.

Nous voilà dans l'ascenseur, nous hissant à toute vitesse jusqu'au 204e étage. Exactement vingt-neuf secondes plus tard, il y a un *ding* et les portes s'ouvrent en coulissant. Nous filons droit jusqu'au studio, Somyung en tête, armée de deux pistolets.

LA PRISE DE POUVOIR

Une fois sur place, je ferme la porte insonorisée à clé. Nous sommes entrées comme dans un moulin, grâce à la sécurité désactivée temporairement pour le confort de l'équipe qui passe son temps à aller et venir dans l'espace. Le *Journal de 20 heures* bat son plein.

– Selon le porte-parole Hong, la vice-présidente Yi Bonshim assistera à l'événement anniversaire prévu dans une semaine…

Les présentateurs Chung et Park, debout de chaque côté de l'énorme écran tactile, se relaient pour faire le résumé des gros titres du jour. Du chef de plateau aux techniciens, tout le monde est focalisé sur ces deux-là.

Shinae fait le guet à la porte. Somyung et moi suivons Hyang en haut des escaliers et nous glissons dans la Salle de Contrôle. À l'intérieur, la productrice Yi Dahm et son équipe sont à leur poste devant la console clignotante surplombant le plateau, absorbées dans le montage et la surveillance du direct. D'un côté, un mur d'écrans diffuse les images en train d'être transmises, et au centre, le bouton DIRECT brille en rouge.

– Tiens-toi prête, Haeri, annonce Mme Yi dans le micro de son casque. Ça tourne dans soixante secondes.

C'est aussi mon signal. J'appuie sur la détente.

Pan !

La fléchette à plume frôle le bras de Mme Yi et atteint la console, puis glisse au sol comme un jouet d'enfant. Celle-ci se retourne, la bouche déformée.

Mince !

La demi-seconde la plus lente de tous les temps s'étire tandis qu'elle nous balaie des yeux, là devant la porte, son air renfrogné se transformant en regard vide puis en une expression d'incompréhension totale. Quand, enfin, elle aperçoit les pistolets dans les mains de Somyung, la terreur s'installe sur son visage.

Mon sang rugit sous mes tempes. Du bout du doigt, j'enfonce de nouveau la détente, sur le point de tirer une autre fléchette, quand elle pousse un cri déchirant. L'équipe sursaute, se détournant de la console, et le monde semble s'effondrer autour de nous.

Je me fige, observant la scène comme si tout cela était un cauchemar qui se déroulait sous mes yeux. Finalement, Hyang m'arrache le fusil des mains et touche Mme Yi au front, l'envoyant frapper le sol avec un cri perçant. L'ingénieure du son est la suivante, une fléchette dans le cou, s'agrippant au téléphone d'urgence.

– Évacuez la pièce et il n'y aura pas de blessés.

La voix de Somyung semble m'atteindre depuis le fond d'un puits. Je tourne la tête et la vois tenir en joue le reste de l'équipe – jusqu'à ce que le directeur technique se détache et lui saute dessus.

– Courez ! hurle-t-il au reste des employés.

Il parvient à s'accrocher à son bras et la pousse contre le mur, essayant courageusement de lui arracher les pistolets des mains.

– T'es un malade, mec ! Tu veux mourir ? crie Somyung en se débattant. (De toute évidence, elle veut éviter de le blesser.) Merde, Bambi ! Le fusil à fléchettes !

Sortant lentement de ma stupeur, je cherche Hyang et le fusil des yeux, et je la trouve en train de tourbillonner dans une valse folle avec les deux techniciens restants, à bout de souffle et se cognant contre les murs comme un seul corps.

Mon estomac se noue et mon cœur tambourine dans ma poitrine. Il faut que je fasse quelque chose. Mais quoi ? Soudain, me voilà sur le dos du directeur technique, un bras autour de son cou. Un gargouillis douloureux émane de sa gorge, et Somyung lui échappe. L'instant suivant, ses mains sont autour de mes poignets, qu'il tord de toutes ses forces en tentant de me faire lâcher prise.

– Merde ! Mes poignets ! je hurle de douleur.

Somyung passe de Hyang a moi, ne sachant qui secourir en premier.

– Hé, Ajumma ! Ça compte comme une circonstance extrême là, non ? crie-t-elle.

Hyang nous a fait promettre que nous n'utiliserions de force létale qu'en cas de circonstances extrêmes, en légitime défense.

– Non ! Ça compte pas… parvient-elle à répondre avant que l'un de ses adversaires ne lui tire la tête en arrière par les cheveux.

Ça dégage ma vision jusqu'à l'écran derrière elle, où j'aperçois le visage stupéfié de la présentatrice Chung. Un instant plus tard, sa voix anxieuse se déverse des haut-parleurs.

– Flash info, mesdames et messieurs ! Il… Il semblerait que le studio soit attaqué en ce moment même.

Elle lève le visage de la caméra en direct et regarde dans la Salle de Contrôle. Ses yeux effarés s'arrêtent sur les miens alors que je resserre mon bras autour du cou épais du directeur technique. Il lui faut un moment pour comprendre ce qu'elle voit.

– Haeri ? murmure-t-elle.

En professionnelle accomplie, elle continue de donner les informations au coup par coup.

– Mesdames et messieurs, la présentatrice météo Goh Haeri se trouve dans la Salle de Contrôle…

Puis quelque chose explose à ma gauche, et je vois noir un moment. À travers le rugissement dans mes oreilles, je perçois des voix distantes, étouffées qui m'appellent.

– Non ! Bambi !

– Chobahm ! Chobahm !

Quelque chose de chaud et mouillé coule le long du côté gauche de mon visage, brouillant ma vision. Je tente de cligner des yeux, mais ils refusent de voir net.

– Vous attendez quoi ? Tirez-lui dessus ! Visez ce connard !

Une explosion fend l'air, et le directeur technique sous moi bascule de côté sur le sol, où il hurle et se tord de douleur. Les deux agresseurs de Hyang se redressent et fuient la Salle de Contrôle. Un instant plus tard, j'entends un cri suivi du bruit de quelqu'un qui tombe dans des escaliers, puis un gémissement.

– Mesdames et messieurs, Haeri et les assaillants viennent de tirer un coup de feu dans la Salle de Contrôle !

La voix de la présentatrice Chung déchire de nouveau les haut-parleurs, mais ce sera la dernière fois ce soir-là, car elle rejoint le reste de l'équipe terrifiée en train d'être évacuée du studio par Shinae.

Au bout d'une minute, cette dernière appelle du bas des escaliers.

– Tout le monde est dehors ! Mais où est Bae Serin ?

Dans la Salle de Contrôle, Hyang, Somyung et moi sommes sous le choc. N'obtenant pas de réponse, Shinae appelle de nouveau, un soupçon de terreur dans la voix.

– Hé ! Allô ! Ça va là-haut ?

Je parviens à pousser un gémissement.

Mon visage m'élance. Il y a du verre brisé partout sur le sol, où le directeur technique s'accroche à sa jambe de pantalon imbibée de sang en poussant des râles. Hyang lève le fusil à fléchettes contre sa joue gauche.

– Espèce de grand malade, et si tu l'avais rendue aveugle ? dit-elle, la voix tremblante de colère.

Le directeur laisse alors échapper un cri et s'effondre sur le côté, une flèche à plume de paon plantée dans la joue.

Hyang rampe jusqu'à Mme Yi et retire le casque de sa tête endormie.

– On n'a pas de temps à perdre. C'est parti ! lâche-t-elle en me le lançant.

Je jette un œil au mur d'écrans qui affiche toujours scrupuleusement le studio vide depuis tous les angles. Le bouton DIRECT au centre est encore allumé.

Somyung et moi descendons les escaliers en titubant jusqu'au plateau pour rejoindre Shinae, qui ferme la porte derrière nous, allume une torche et applique la flamme contre le chambranle. Sous la chaleur, le matériau blanc qui encadre la porte devient aussi dur que du béton, scellant le battant à son cadre. Après ça, il faudrait de la dynamite pour l'ouvrir, ou du moins, c'est ce que nous a affirmé Hyang.

– C'est bon ! Allons-y ! dit Shinae tandis que des sirènes hurlent au loin.

Nous chargeons toutes trois en direction du bureau des infos. Il nous reste peu de temps. Très peu.

– Qu'est-ce que vous fichez ? lance une voix, nous arrêtant net.

Nous nous tournons dans sa direction, et voyons Haeri – non, Bae Serin – qui s'avance vers nous en chancelant, dans un pull à manches courtes blanc et une jupe assortie allant jusqu'aux genoux. Le choc sur son visage est presque insoutenable.

– Je vois, dit Shinae la première. Elle était cachée là.

Elle fait signe du menton vers le plateau.

Serin, qui attendait son signal de l'autre côté de la plateforme tournante comme tous les soirs, semble briller de mille feux pour les caméras, ressemblant en tout point à la Haeri qu'on connaît.

– J'ai dit, qu'est-ce que vous fichez ? répète-t-elle d'une voix furieuse, tremblante, ses yeux passant de l'une à l'autre.

– Quelqu'un m'a injecté un truc dans le cou sans explication ni avertissement, je rétorque en faisant un pas vers elle. Maintenant, c'est à toi d'être perdue. Pas le temps de t'expliquer.

Dans ses yeux, la surprise se transforme en terreur.

Dans mon casque audio, Hyang nous presse.

– On perd du temps ! Finissez-en, maintenant !

La douleur à mon visage se réveille, et je pose une main dessus. Je ne peux pas me voir, mais mes doigts m'informent que rien ne va. Mon œil gauche est en train de gonfler, et une balafre suintante court de mon sourcil à ma tempe.

– Désolée, mais on a des trucs à faire, je lance à Serin en m'essuyant la main sur ma chemise. Reste en dehors de ça. Et écoute bien. Tu vas comprendre.

Puis nous nous installons toutes trois sur le plateau du journal.

– Non, vous n'avez pas le droit ! Je ne vous laisserai pas faire ! hurle Serin, se jetant devant nous, bras écartés.

Ses yeux brillent dans l'éclat des spots, reflétant déjà un début de compréhension. On dirait qu'elle a deviné ce que nous voulons faire, et son lien avec nous.

– Je suis Goh Haeri, crie-t-elle, les traits déformés par la colère. Et pour la troisième fois, qu'est-ce que vous fichez ici et pourquoi vous montez sur le plateau ?

Nous échangeons toutes trois des regards. Après tout, Serin est l'une d'entre nous, mais elle n'a pas accepté notre plan. Son objection a plus de force que n'importe quelle arme. C'est évident d'après la tête que tire Somyung, la seule armée ici.

– Qu'est-ce que vous faites ! Réveillez-vous ! perce la voix de Hyang dans le casque.

– C'est parti, je m'exclame, et je me précipite jusqu'au bureau, passant près de Serin, qui se jette sur moi.

– Non ! crie-t-elle en plantant ses ongles dans mon bras. Non ! T'as pas le droit !

J'arrache le casque et le jette à Somyung.

– Commencez, vous deux ! j'ordonne, tandis que Serin me secoue, tapant des pieds comme un enfant qui fait un caprice.

– Je suis Goh Haeri ! hurle-t-elle, sa voix brisée par la peur, la colère et le désespoir. Vous ne comprenez pas ? Je suis Haeri !

Somyung et Shinae restent plantées là, hésitant à y aller sans moi.

– Qu'est-ce que vous faites ? Allez ! je lâche, Serin me tirant vers le sol.

On se met à rouler en se débattant comme des folles, la douleur me cuisant le visage. Mon adversaire ne s'avère pas une athlète. Rapidement, je prends le dessus, et l'immobilise.

– Allez-y ! je supplie Somyung et Shinae, toujours clouées sur place. S'il vous plaît !

Enfin, Somyung se décide et s'avance vers le bureau des présentateurs, poussant Shinae vers l'avant. Au bout de quelques pas, Shinae se retourne vers moi, sourcils froncés, comme perdue.

– Tu as quoi sur le front ? demande-t-elle.

Sur mon front ? Qu'est-ce qu'il y a sur le sien, c'est ça que je voudrais savoir. Un petit point rouge est apparu entre ses yeux. Minute. Il y en a un autre. Puis un troisième, un quatrième et un cinquième. Quand Somyung se retourne elle aussi, elle a toute une constellation de points rouges sur le visage.

– Lâchez vos armes, les mains sur la tête. Vous êtes encerclés, tonne une voix.

Serin arrête de donner des coups et lève les yeux. Une forêt de points apparaît aussi sur son visage. Je regarde la salle de rédaction au-dessus. Du sang coule sur mon œil gonflé, troublant encore plus ma vision, mais je peux tout de même percevoir les formes noires postées aux fenêtres. Il y a toute une unité d'intervention, fusils braqués sur nous.

UNE VIEILLE PROMESSE

La SnowTower, le bâtiment le plus vital de tout Snowglobe, qui abrite également les riches célébrités, est placé sous haute surveillance. Et même si je n'étais pas assez naïve pour croire que tout le personnel de sécurité serait aussi gentil et accueillant que les gardiens du hall au rez-de-chaussée, je n'imaginais pas tomber sur une unité d'élite. Aujourd'hui, il semblerait que l'escouade ait obtenu le renfort des biathlètes invités au banquet du 111e étage.

Je scrute les visages derrière les fusils à la recherche de celui de Jehno. Quand nos regards se croisent, il se détache de sa lunette pour me fixer d'un air hébété. À peine sorti de l'événement, il porte encore son beau costume en soie, tout comme Chun Sahyun, tapie derrière son fusil à quelques mètres à sa gauche, dans une élégante robe de cocktail. Je reviens à Jehno. Ses yeux sont perdus dans le vague, sous le choc de reconnaître sa Haeri dans mon visage couvert de sang séché.

Environ une dizaine d'agents de sécurité de la SnowTower se cache nerveusement dans l'ombre derrière les snipers. Leurs uniformes noirs, gilets pare-balles et armes à feu ont beau être intimidants, ils n'ont pas l'air à la hauteur de la crise qui se déroule. Et qui pourrait leur en vouloir ? C'est probablement la première fois de leur carrière, voire de l'histoire de Snowglobe, qu'ils sont confrontés à une telle situation.

– Lâchez vos armes. Je répète, lâchez vos armes, posez les mains sur la tête et mettez-vous au sol, aboie de nouveau le mégaphone.

Je me demande s'ils se rendent compte à quel point les fenêtres insonorisées du studio sapent la puissance et l'autorité de la voix dans l'appareil.

– Rendez-vous, ou nous tirons, tonne celle-ci, ou du moins essaie-t-elle.

Nous échangeons toutes trois un long regard. L'instant suivant, nous fonçons d'un air de défi vers le bureau des présentateurs. Si ensemble, nous parvenons à nous mettre côte à côte dans le champ des caméras du direct, la moitié de notre mission aura été accomplie.

Des bruits d'explosions et de verre brisé retentissent. Des tirs d'avertissement. Nous parvenons à plonger derrière l'équipement du studio, tremblantes. Serin est en boule sur le sol, les mains sur les oreilles, hurlant de pure terreur.

– Lâchez vos armes et plus un geste, enjoint la voix. Nous n'hésiterons pas à recommencer.

Dans la Salle de Contrôle, Hyang est dans tous ses états.

– Ne bougez plus ! Stop ! hurle-t-elle à pleins poumons.

Les coups de fusil ont dessiné des fissures sur les fenêtres de la salle de rédaction, mais n'ont pas percé de trous. Pas encore. La prochaine salve, en revanche, y parviendra, et risque de se révéler fatale.

– Inutile de résister. Rendez-vous, ordonne la voix de nouveau.

– Je ne suis pas avec elles ! Vous savez qui je suis ! C'est moi, Haeri ! Goh Haeri ! crie Serin encore au sol, les cheveux ébouriffés, sa tenue blanche comme neige froissée et tachée de mon sang.

– Vous avez commis un acte terroriste en attaquant la chaîne de télévision, reprend la voix. Ne commettez pas d'imprudences maintenant.

Tout à coup, Serin laisse échapper un rire fou.

– Non ! hurle-t-elle. Vous avez tout faux ! Regardez ! Regardez juste ! Vous ne voyez pas comment ces usurpatrices me ressemblent ? Je n'ai rien à voir avec elles !

Je ne sais pas s'ils peuvent entendre quoi que ce soit, dans la salle de rédaction. Même avec un mégaphone, la voix est tout sauf méga. Que l'agent ait entendu Serin ou non, il ne réagit pas.

– Lâchez vos armes et rendez-vous, entonne la voix qui a l'air de s'échapper d'une boîte de conserve.

– Qu'est-ce qu'on fait ? demande Somyung en se tournant vers moi.

Gardant les yeux sur elle, je lève les mains au-dessus de la tête et me redresse en me tournant lentement vers la salle de rédaction au-dessus. L'homme derrière le mégaphone, c'est Tyrr Schwarkel, un ancien policier devenu célèbre grâce à une série à suspense, avant de se faire virer misérablement pour abus de pouvoir.

Vêtu du même uniforme entièrement noir que l'unité d'intervention, il est apparemment à la tête de l'opération. Mais les lunettes haute couture sur son nez ? Dans ces circonstances ? C'est si vain que j'en rigole, l'expression *le style avant tout* me traversant rapidement l'esprit. Puis je me souviens. Même maintenant, il y a une dizaine de caméras qui filment partout autour de nous. Tout le monde ici joue dans une série ou une autre, et les images de ce qui s'y déroule finiront par apporter leur lot d'action à toutes les émissions qui en auront besoin.

Pour Schwarkel, ça pourrait être une opportunité en or de renaître des cendres de sa disgrâce en héros, d'où les lunettes noires, l'expression pieuse et la mise en scène excessive.

Levant le mégaphone à ses lèvres, il se met à gronder de nouveau, la voix pleine de la suffisance et de l'autorité d'un homme chargé de sauver le monde.

– Nous ne négocierons pas avec des terroristes qui mettent en péril la paix et la sécurité de Snowglobe. Afin de protéger les citoyens et servir le public, nous… pérore-t-il, encore.

Et encore.

Étant donné que nous sommes encerclées par l'élite des tireurs de Snowglobe, tandis que la seule d'entre nous à être armée n'a que deux petits pistolets, le discours de Schwarkel est plus qu'excessif. Je ne serais pas surprise si c'était lui qui avait poussé les biathlètes à se mêler de ça.

– Merde. Dites-moi ! se déchaîne Shinae, en larmes. Comment voulez-vous qu'on s'oppose à Cha Seol, autrement ? C'est à elle que vous devriez vous en prendre ! Pas à nous ! Vous comprenez ?

– La ferme, bande de terroristes ! couine Serin.

Elle veut montrer clairement de quel côté elle se trouve.

– Je répète… reprend Schwarkel, ignorant le tout.

Shinae, tremblante, lève des yeux noirs vers l'homme grondant dans le mégaphone. Mais soudain, son expression se fige. Je suis son regard, et vois une silhouette qui s'approche de la fenêtre derrière Schwarkel.

Bonwhe.

Il arrache le mégaphone au policier, et se tourne vers l'équipe autour de lui. Seulement un mot ou deux nous parviennent, dont *maintenant* et *téléphone*.

Serin bondit sur ses pieds.

– Jeune Maître ! s'écrie-t-elle en le regardant d'un air ravi à travers son mascara dégoulinant, comme si elle assistait à l'arrivée de son sauveur. C'est moi, Jeune Maître. Haeri !

Elle ne comprend pas que le titre qu'elle utilise la trahit. Elle tend les bras vers le haut comme une enfant qui voudrait qu'on la porte. Somyung l'observe, dégoûtée.

Il est 21 h 06 sur la grande horloge digitale au mur du studio. Contrairement aux habitudes, le bouton DIRECT sur la caméra en face du plateau brille toujours en rouge, et le pouvoir reste à la Salle de Contrôle, où Hyang tient bon.

Je jette un œil à l'étage de la rédaction. Les yeux de Bonwhe vont et viennent entre Serin et moi, avec une expression que je ne parviens pas à déchiffrer. Schwarkel, qui avait disparu brièvement, revient à ses côtés, tenant un téléphone de bureau. Le regard rivé sur moi, Bonwhe décroche le combiné et appuie sur un bouton. L'instant suivant, la cabine téléphonique en verre dans le coin se met à clignoter en blanc à intervalles réguliers.

Bonwhe, un peu impatient, me fait signe de la tête de décrocher. Mais Serin me bat à la course.

– Oui ! Allô ! bêle-t-elle, laissant la cabine grande ouverte. Jeune Maître ! C'est Haeri, se met-elle à débiter de façon incontrôlable. Il y a eu une terrible erreur ! Je jure que je n'ai rien à voir avec ça. S'il vous plaît, j'ai peur. (Elle tourne la tête pour m'envoyer un regard de haine.) Elles n'arrêtent pas de parler de se débarrasser de moi, de me tuer. S'il vous plaît, Jeune Maître, s'il vous plaît, aidez-moi…

Je ressens une pointe de tristesse pour cette fille qui s'accroche si désespérément à son rôle en tant que Haeri qu'elle continue encore de jouer pour les caméras autour d'elle. C'est peut-être bien la performance d'une vie. Quand on y pense, retenait-elle ses coups quand elle se battait avec moi il y a seulement quelques minutes ? Haeri ne frapperait, ne donnerait de coups de pied ni n'étranglerait jamais comme une sauvage. La fille qui m'a planté une seringue dans le cou doit rester cachée.

– Oui, bien sûr. Mais… proteste-t-elle, sa voix se changeant en un gémissement pitoyable. Oui. D'accord.

Elle raccroche le combiné, tremblante et se mordant la lèvre, les yeux baissés. Finalement, elle sort de la cabine, respirant par saccades, et lève le visage pour me fusiller du regard.

– Le prochain appel est pour toi.

Je regarde Bonwhe, debout derrière la vitre de la salle de rédaction. Lentement, je tends le bras vers le casque de Mme Yi, que j'avais jeté par terre. En le ramassant, je lève de nouveau les yeux vers lui. Au bout d'un moment, il acquiesce. Schwarkel intervient avec une objection quelconque, mais Bonwhe ne fait même pas mine de remarquer que l'homme a parlé. Sans quitter l'héritier des yeux, je mets le casque et m'adresse à Hyang dans la Salle de Contrôle.

– L'électricité de la station, dis-je à voix basse. Tu es sûre qu'elle vient seulement de la Centrale Interne ?

– Oui, j'en suis sûre. Pourquoi ? demande Hyang, avec un espoir naissant dans la voix. Quel rapport ?

– Tu as dit que la station s'éteindra si la Centrale Interne s'arrête, et qu'il n'y a pas de relais, c'est bien ça ?

– C'est ça.

– Bien. C'est tout ce que j'ai besoin de savoir.

– Qu'est-ce que tu…

La voix de Hyang grésille encore dans le petit haut-parleur, mais je retire le casque et le repose sur le sol. Puis j'entre dans la cabine et ferme la porte avant de décrocher le téléphone.

– Allons-y, je déclare, d'un ton que je veux volontaire. (Et quel autre choix ai-je, que de parler pour Yeosu, qui ne peut pas être là parmi nous ?) Tu as promis qu'un jour, tu lui ferais payer, dis-je en fixant Bonwhe. (Quelque chose semble frémir derrière son visage de marbre.) Tu n'as rien à faire. Laisse-nous simplement agir. S'il te plaît.

Mon cœur se serre en pensant à Yeosu, qui lui a fait confiance pour la libérer du jeu cruel de Cha Seol. Il ne dit rien. Puis je vois ses épaules s'affaisser.

– Je suis désolé, répond-il enfin, la voix coincée au fond de la gorge, et les mots qui suivent ne pourraient pas être plus décevants. Actuellement, le Yibonn Media Group n'est pas en mesure d'accéder à votre requête.

LA DÉMONSTRATION

Une phrase toute faite de la part du grand patron. Luttant pour masquer ses émotions, il prend une voix encore plus grave.

– Toutes ces années, la paix et la prospérité de Snowglobe ont été assurées par le maintien de la justice et de l'équité. Nous ne pouvons pas récompenser ceux qui menacent notre système par la violence et l'intimidation, peu importe l'excuse ou la justification.

– La justice et *l'équité*? je pouffe.

Jetant un œil hors de la cabine, j'aperçois Somyung et Shinae recroquevillées devant le plateau, attendant n'importe quel signe d'espoir – ou de désespoir – de ma part. Leurs yeux se tournent par moments vers la lumière rouge sur la caméra, comme si leurs vies en dépendaient, et c'est le cas.

– De quoi tu parles? je rétorque, la colère montant en moi face à cette trahison. Tu sais ce qui se passe hors champ! Tu sais quel genre d'ordure est Cha Seol! Il faut qu'on la dénonce, ne serait-ce que pour empêcher d'autres de…

– Je parle en tant que représentant de la corporation, me coupe-t-il, d'un air presque irrité.

Et alors ? C'est censé être des excuses détournées ? Pour les désagréments qu'il pourrait causer ? Un plaidoyer pour que je comprenne sa position difficile ? Est-ce qu'il vient de sortir du rôle qu'il dit endosser ?

Pourquoi tu tiens à moi ?

Parce que tu es toi.

Le Bonwhe de Yeosu, la seule personne à Snowglobe qui ait eu une connaissance intime de son cœur, a été écrasé par le Bonwhe P-DG adjoint du Yibonn Media Group. Tant pis, je compte bien renverser ce dernier.

– Très bien. Alors prouve-moi que tu ne fais pas que te cacher derrière ces vertus de justice et de paix. Arrête-nous sans utiliser la force, dis-je avec un regard noir. Éteins la Centrale Interne.

Je le vois reculer d'un pas, apparemment sous le choc.

– Je ne peux pas couper le réseau entier juste pour vous arrêter, répond-il au bout d'un moment.

– Pourquoi pas ? Ça ne serait pas plus pacifique que de nous arrêter avec des balles ? (Il ne dit rien.) C'est bien ce que je pensais. La diffusion ininterrompue est au-dessus de toutes les vertus, après tout, n'est-ce pas ? Bien sûr que vous n'éteindrez jamais la Centrale Interne. Ni *aucune autre* centrale, d'ailleurs. (À ces mots, il penche la tête et prend un air intrigué.) Parce que Snowglobe gèlerait littéralement à l'instant où il y aurait un problème avec l'approvisionnement électrique.

Le miroir dans lequel j'ai foncé à la fête de Noël m'a envoyée devant ce que mon cerveau enfiévré a supposé être une nouvelle prison, pas encore dévoilée au public. C'est là que j'ai vu l'homme avec le cœur rose tatoué sous l'œil, transpirant dans sa roue à côté de centaines d'autres prisonniers.

Puis, lors de ma première visite au studio, j'ai appris que ce détenu avait été exécuté le 23 décembre. Alors comment pouvait-il être en train de travailler dans les entrailles du manoir la veille de Noël ?

Qui étaient ces gens, et que faisaient-ils ? Pendant les heures interminables sur la route avec Hyang, je me suis creusé la tête sur la question, et je suis parvenue à une théorie.

Snowglobe est l'unique endroit au monde ayant échappé au froid meurtrier, soi-disant grâce à son abondance d'énergie géothermique naturelle. Mais si c'est la vérité, comment se fait-il que je sois passée à deux doigts de mourir de froid ce soir-là ? Pourquoi l'air était-il aussi glacial que dans le monde extérieur, en plein centre de Snowglobe ? Se pourrait-il que cette énergie providentielle soit un mensonge ? Que l'électricité nécessaire à contrôler la température provienne d'une centrale secrète fonctionnant grâce à des prisonniers esclaves dont nous pensons tous qu'ils ont été exécutés ?

– Tu m'as menti, m'accuse la voix de Bonwhe à l'autre bout de la ligne.

Dis-moi ce que tu as appris. Depuis le moment où tu es passée à travers le miroir jusqu'à maintenant. Sois concise.

Quand il m'a interrogée dans les bois, je n'ai pas parlé de la prison, ou centrale électrique secrète, même si je n'étais pas encore au courant de son importance vitale pour Snowglobe.

– Toi aussi, tu m'as menti. Tu n'avais aucune intention véritable d'aider Yeosu, j'insiste en l'entendant marmonner son incompréhension. Comment le pourrais-tu ? Tu es un Yibonn, après tout.

Il se raidit à la mention du nom de Yeosu, confirmant ses soupçons : je ne suis pas elle. La terreur s'installe alors dans ses yeux : *Où est-elle ?*

Je lui assène alors le coup final.

– Tu l'as torturée avec de l'espoir alors que tu savais au fond de toi que tu n'y pourrais rien.

– Est-ce qu'elle est… commence-t-il, luttant contre ses pires craintes, mais il ne peut pas continuer.

– J'aimerais croire que tes intentions étaient bonnes.

Or je suis forcée de le reconnaître. Dans la forêt ce soir-là, ses yeux, pleins d'émotion tandis qu'ils me regardaient – contemplaient Yeosu –, m'ont presque fait craquer pour lui, moi aussi.

– C'est ta chance d'honorer la promesse que tu lui as faite, je poursuis. Laisse-nous démolir Cha Seol, et je garderai la mienne à propos des miroirs.

Son visage se ferme de nouveau.

– Compris, dit-il enfin.

Je le vois se retourner et renvoyer les forces tactiques qui nous encerclent. Puis il rappuie le combiné contre son visage.

– Je suppose que j'apprendrai ce qui lui est arrivé en temps voulu, lâche-t-il. Comment tu t'appelles ?

J'hésite un moment, grattant le sang séché sur mon visage.

– Jeon Chobahm.

– Jeon Chobahm. C'étaient donc tes chaussures.

Serin reste étalée sur le sol, la tête en arrière, observant vaguement la salle de rédaction. Je m'approche d'elle et lui arrache l'écouteur et le micro ensanglanté attaché à son pull. Elle n'oppose pas de résistance, et ne réagit pas non plus. Ses yeux sont vides, fixés sur la pièce au-dessus, même quand je glisse l'écouteur dans mon oreille gauche et pince le micro sur ma chemise. En levant le regard, je vois le visage sonné de Jehno qui passe de Serin à moi, tentant de comprendre l'incompréhensible.

J'allume le micro, et tends les mains vers Somyung et Shinae pour les faire venir. Nous nous dirigeons alors de concert vers le bureau des infos et nous alignons devant la caméra, Somyung et Shinae de part et d'autre de moi.

Bonwhe, toujours immobile comme une statue, nous observe de là-haut. Schwarkel aussi, les bras croisés, attend ce que nous allons dire sans bouger.

– L'écran est prêt. Ça rend bien, les filles, résonne la voix de Hyang dans l'écouteur. Quand vous voulez.

Une grande inspiration, et je me lance.

– Bonsoir à tous. C'est moi, votre meilleure amie, que vous aimez et soutenez depuis si longtemps. Mais saviez-vous que cette amie n'a jamais vraiment existé ? J'ai été mise au monde pour un jour incarner l'illusion de Goh Haeri. Et je l'ai fait. Je m'appelle Jeon Chobahm, et j'ai été Haeri un moment.

Somyung et Shinae me suivent dans une veine similaire. Alors, en nous serrant les mains, nous exposons le projet Goh Haeri. La voix de Hyang dans l'écouteur nous informe que les preuves en images sont prêtes à être diffusées, et nous regardons ce que les spectateurs voient de chez eux sur le retour vidéo au-dessus de la caméra.

J'ai à peine le temps de me rendre compte que le clip est terminé, que je me remets immédiatement à parler.

– Nous demandons que des sanctions soient prises contre toutes les personnes ayant participé à ce crime organisé par Cha Guibahng et Cha Seol.

Juste au moment où je commence à me détendre – enfin, nous avons révélé la vérité –, la voix de Hyang me parvient dans l'oreillette.

– Il y a plus, dit-elle.

Je ne sais pas quoi lui répondre – ce n'est pas dans le script. Je me bouche l'autre oreille pour me concentrer sur sa voix.

– Ce n'est pas fini, Chobahm, insiste-t-elle. Maintenant, dis-leur : « Ceux qui ont fermé les yeux sur leurs actions abjectes doivent aussi être reconnus coupables de complicité. »

Je détourne le visage pour cacher ma surprise aux spectateurs. Sérieusement ? Ça n'a jamais fait partie du plan.

– Pas de temps mort, s'il te plaît, me pousse Hyang.

Je reste sans voix. Est-elle en train de se rendre ? Heureusement, avant qu'elle ne puisse me presser de reprendre la parole, Somyung vient à ma rescousse.

– Que sont les réalisateurs, après tout ? demande-t-elle. Qui leur a offert le privilège de jouer avec la vie des gens ? En fait, j'ai une question pour vous, réalisateurs tout-puissants. (Elle marque une pause pour planter ses yeux droit dans la caméra, les lèvres pincées.) Vous pensez que les autres ne sont là que pour jouer des rôles mineurs dans vos existences si importantes ? S'il est acceptable de s'immiscer dans la vie d'autrui et de réorganiser les choses au nom du divertissement ou de l'éducation, où placez-vous la limite ?

Sa voix gonfle de colère, et je vois que sa rancœur dépasse ceux à qui elle s'adresse directement. Devenue orpheline à treize ans, Somyung a dû affronter la cruauté de la vie seule, et du peu que je sache, Cha Seol a été l'une des nombreuses personnes à être venues la trouver avec de fausses promesses de secours.

Quant à moi, oui, la femme m'a flattée pour me laisser croire que je corrigerais le cours de la vie de Haeri pour le bien de tous. Mais ce n'était même pas la peine. Au fond de moi, j'avais déjà accepté le marché que Somyung avait rejeté catégoriquement.

Sa main tremble dans la mienne. La serrant fort, je répète la phrase que Hyang m'a dictée.

– Ceux qui ont fermé les yeux sur leurs actions abjectes doivent aussi être reconnus coupables de complicité... (Je m'arrête pour reprendre mes esprits, et me lance.) Je considère avoir volontairement participé à dissimuler le crime en me faisant passer pour Haeri, que je savais morte.

Serin, sur le sol, grogne de dégoût, et Somyung et Shinae me dévisagent avec de grands yeux.

– Qu'est-ce que tu racontes ? proteste Somyung.

– Chobahm, c'est pas vrai ! soupire Shinae.

– C'est n'importe quoi, et tu le sais ! Tu n'as jamais eu le choix là-dedans ! aboie Hyang dans l'écouteur.

Peut-être. Le plus gros, comme ma conception et ma naissance, était prédéterminé, mais j'avais toujours mon libre arbitre. Étais-je obligée de dévaluer ma propre vie au point de bondir sur l'occasion de prendre celle de quelqu'un d'autre ?

Je me rappelle les mots de Somyung.

Pourquoi je voudrais vivre en tant que Haeri si je suis née Somyung ?

Face caméra, je continue.

– Je ne peux pas prétendre être une victime innocente. Au bout du compte, j'ai laissé Cha Seol profiter de mon insatisfaction... et de mon ambition.

Je voulais tellement devenir quelqu'un un jour, et si c'était réalisatrice à succès, tant mieux. Mais pourquoi ne pas expédier l'affaire en prenant simplement la place vide d'une des actrices favorites du public ? L'unique prix à payer était d'effacer ma seule existence.

Shinae pousse un profond soupir.

– Eh bien, je suppose que moi aussi, j'ai à me confesser... commence-t-elle. (Le jappement de désapprobation de Hyang me poignarde le tympan.) Je ne suis là que pour l'argent. Pour la compensation. Qui devrait être faramineuse, si le système judiciaire fait bien son travail.

– Très bien. Allez-y, dites-leur tout, grogne Hyang.

– Je ne suis pas aussi noble que Somyung ou aussi cool que Chobahm, poursuit Shinae. Je suis juste… en colère. J'ai grandi en voyant mon père maltraiter ma mère pour m'avoir donné naissance. Et ma mère ? La pauvre n'a jamais réussi à se défendre, à cause de la fille bâtarde qu'elle devait protéger. (Sa lèvre se met à trembler, et il lui faut un instant pour se reprendre. Elle nous regarde, et quand elle parle à nouveau, ses mots sont plus assurés, plus calmes.) Nous ne savons pas combien nous sommes. Peut-être que certaines nous voient en ce moment même, se reconnaissent à l'écran. Si c'est le cas, unissons-nous. Toutes. Unissons-nous et reprenons nos vies. Cha Guibahng et Cha Seol nous doivent des excuses. Et réparation. Excuses et réparation.

Nous échangeons alors toutes trois un regard et acquiesçons.

– Vous savez tout. Merci de votre attention, annonçons-nous à l'unisson.

– Fin du direct dans : Trois. Deux. Un. Coupez ! lance Hyang dans mon oreille.

Puis la lumière rouge de la caméra s'éteint, enfin.

Le silence s'abat sur le studio. Plus rien ne bouge. Serin est assise immobile sur le sol, le regard inexpressif. Au-dessus, Bonwhe nous surplombe comme une statue de pierre, son visage toujours aussi indéchiffrable.

Soudain nous parvient le vacarme de la police qui tente d'enfoncer la porte du studio. J'aperçois Bonwhe s'écarter de la fenêtre, une file de personnel à sa suite. Nous restons comme enracinées face à la caméra, nous serrant mutuellement les mains au cas où l'une de nous trébucherait.

La promesse d'une vie géniale et brillante est morte avec le projet Goh Haeri, et tout ce qui m'attend à présent, c'est le vide de l'inconnu. Le truc bizarre, c'est que je me sens enfin en paix. Je suis de nouveau libre : libre de rêver mon propre rêve, de faire mes propres erreurs, et par-dessus tout, de dire à mes proches que je les aime. Je pourrai faire tout ça et encore plus – aujourd'hui, demain et tous les jours.

AU REVOIR, CHANNEL 60

Vêtue d'un uniforme de détenue bleu, Cha Seol est assise en face de moi, derrière la vitre de sécurité. Ses cheveux rouge feu ont déteint en un marron terne, mais la couleur fait ressortir l'intensité crépitante de ses yeux d'ambre. Elle me tient fermement de son regard, un sourire triste sur les lèvres. Il lui faut un moment pour enfin décrocher le téléphone.

– Regardez qui voilà, ronronne-t-elle.

– Tu sais au moins laquelle je suis ? dis-je, luttant pour garder mon calme.

Elle pouffe.

Je me répète lentement, chargeant de haine chacun de mes mots.

– *Tu sais au moins laquelle je suis ?*

Cette fois, elle réfléchit à la question un moment, ou fait semblant. Puis elle pose négligemment les coudes sur le comptoir.

– Serin n'était pas une mauvaise Haeri, mais elle était nulle à être *toi*. (Un rire.) Juste. Nulle.

– Tu as laissé ma famille tranquille. Pourquoi ?

Elle penche la tête de côté, affectant l'incompréhension.

– La famille de Yeosu, je siffle, retroussant les lèvres. Tu l'as fait disparaître pour qu'elle n'ait plus nulle part où aller.

– Je les ai aidés à déménager vers une autre colonie. Dans une plus grande maison. C'est mal ?

Oh, comme j'exècre cette femme. Soudain, je me retrouve debout, frappant des poings sur la vitre.

– Yeosu était dévastée, je hurle. Elle croyait qu'ils étaient morts par sa faute !

Elle l'a écrit dans son journal, retrouvé pendant une perquisition de la maison de Maeryung après notre démonstration en direct. L'analyse graphologique a prouvé que le journal était une pièce à conviction admissible en justice, et les médias en ont publié une partie.

– Je ne lui ai jamais dit que j'avais tué sa famille. C'est dommage qu'elle en soit venue à cette conclusion, dit-elle comme si de rien n'était, ce qui ne fait que m'enrager encore plus.

La poignardant du regard, je plaque la une du journal d'aujourd'hui sur la vitre pour qu'elle la lise. Elle observe le gros titre : LA PEINE DE MORT POUR LE DUO CHA ? avant de laisser ses yeux glisser sur la page. L'article, qui se concentre sur le bébé que Sanghui a porté, détaille comment la sentence qui attend les deux criminels dépend du statut de la fille portée disparue.

Cha Seol se recule sur sa chaise d'un air placide.

– Elle s'est volatilisée un beau jour. En fait, je serais moi-même curieuse de savoir ce qui lui est arrivé.

Je serre les dents. Mensonges. Mensonges. Encore des mensonges.

– Tu es irrécupérable, je marmonne.

Si l'enquête ne parvient pas à prouver qu'il s'agit de plus qu'un simple cas de disparition, le duo échappera certainement à la peine capitale.

Le meurtre de Cooper n'a même pas été porté en justice, à cause d'une obscure clause dans la loi qui empêche les non-résidents et non-acteurs de témoigner à la cour: moi, le cas échéant. Cette loi inutile a aussi écarté mon implication dans toute cette entreprise. En tant que non-citoyennes, Hyang et moi ne pouvions même pas être poursuivies et jugées. Nous n'existions tout simplement pas aux yeux du système judiciaire de Snowglobe, pas au-delà de l'entrée illégale.

Pendant ce temps, Cha Seol soutenait son innocence, rejetant toute la culpabilité sur son grand-père invalide.

– Tu as dit à ta sœur que tu t'étais chargée de Haeri toi-même! je crie, dans une explosion de colère.

Mais la police doit encore découvrir une preuve de sa mort. Pas de corps, pas de preuves d'homicide non plus. Rien. Rien que des soupçons.

Cha Seol détourne les yeux un instant.

– Je n'avais pas le courage de dire à grand-père que je l'avais perdue. Je l'ai caché à Hyang, aussi.

– Menteuse! je rugis. Tu l'as fait sortir de Snowglobe et tu l'as tuée, pas vrai? Où est-elle?

– Si c'est la vérité, il devrait y avoir des images. Non? dit-elle d'un air innocent. D'elle et moi qui prenons l'avion, ou que sais-je?

Je frappe la vitre du plat de la main. Je voudrais la découper en morceaux.

– Je te pose la question parce que les images enregistrées par les caméras de Snowglobe ne peuvent pas être utilisées comme preuves!

Oui, le projet Goh Haeri était un scandale d'une rare ampleur, plus dévastateur que toutes les escroqueries, voire certains cas de meurtres que Snowglobe a connus par le passé. Pourtant, ça ne représentait pas une raison valable pour faire exception à l'un des principes fondateurs de Snowglobe : *Aucune image filmée pour le divertissement ne pourra être utilisée pour incriminer un acteur. La Yibonn Corporation ne fait pas dans la surveillance.* L'idéologie a été dûment respectée toutes ces années, et n'est pas sur le point d'être brisée aujourd'hui.

De plus, Haeri n'existe plus à Snowglobe. Nous l'avons tuée en direct à la télé. Cela signifie qu'il n'y a plus de réalisateur rattaché à son nom, et donc que légalement, plus personne ne peut accéder à ses images. Autrement dit, ces enregistrements ne peuvent être visionnés par personne et sous aucun prétexte, enquête ou non.

– Ce n'est pas comme si mettre fin à son existence inutile ne m'avait jamais traversé l'esprit, concède Cha Seol. C'est que je n'ai jamais pu me résoudre à le faire. (Elle soupire.) Pour qu'elle se soit enfuie comme ça… Elle avait dû pressentir ce que je n'avais fait qu'envisager.

– Tu mens encore ! je crie.

– Il y a des vidéos d'elle qui disparaît dans la forêt. C'est la dernière fois que je l'ai vue.

– La forêt ? Tu veux dire dans la zone hors limites ?

Elle acquiesce. Je saute sur mes pieds, renversant la chaise. Il faut que je parle à la police. Peut-être que ça pourrait nous mener à elle, ou au moins à son corps.

Alors que je quitte le parloir, je m'arrête et me retourne une dernière fois.

– Tu es une meurtrière, je gronde. Comment peux-tu te regarder dans le miroir, à détruire des vies comme si elles ne valaient rien ?

Son regard d'ambre semble vaciller un instant, mais je me fais peut-être des idées.

– Mon seul but, c'était changer le monde. Avec toi. Avec vous toutes.

Je ricane.

– De quel droit ? Qui t'a élue pour changer le monde ? Et nous, tu nous as demandé si on voulait participer ?

Elle m'adresse un long regard déconcerté. Puis elle pousse un rire sardonique.

– Tu ne supportes pas qu'on te dise ce que tu dois faire, pas vrai ? Vous vous ressemblez toutes tellement, j'aurais dû le savoir.

– De quoi tu parles ?

– Cherche par toi-même, répond-elle en souriant. J'espère pour toi que tu comprendras vite.

– De quoi tu parles ? je répète, mais pas de réponse.

Il n'y a plus rien à dire. Je sors de la pièce en claquant la porte, brûlant de haine.

Avant de quitter la prison, j'ai répété ce que Seol m'a raconté. La police et la Yibonn Corporation ont rapidement réagi. En quelques heures, des drones à caméras ont été déployés partout dans les bois où Haeri se serait enfuie. Malheureusement, ils sont revenus bredouilles. Toujours rien.

Channel 60, qui hébergeait *Let's Goh*, a été supprimée du réseau. Les gens pouvaient allumer la télé et rentrer le numéro, mais l'écran restait noir et silencieux. S'ils essayaient de passer de la 59 à la suivante grâce à la flèche sur la télécommande, l'écran sautait directement à la 61.

En faisant soudain disparaître la 60, la Yibonn Corporation a tenté de dissimuler son échec épouvantable quant à la surveillance éthique, et cela le plus vite possible. C'est sans doute dans cet esprit qu'ils n'ont que rapidement évoqué notre démonstration dans le

Journal de 20 heures le lendemain, puis plus jamais. Les dizaines d'acteurs, dont Jehno et Schwarkel, qui ont été tirés sur la scène de ce jour fatidique, auraient dû apporter leur pesant d'or aux différentes productions, mais tous les enregistrements de l'incident ont été jetés parce que « corrompus », c'est-à-dire dont l'usage a été rendu illégal par la présence de non-acteurs.

La production de *Let's Goh* a été interrompue pour une durée indéterminée, à la suite de la conclusion hâtive de sa dixième saison. Si elle venait à être renouvelée dans un futur proche, la série suivrait sûrement le parcours judiciaire de la matriarche aux côtés du duo Cha.

Quant à nous, Somyung, Shinae et moi, nous avons été installées dans l'une des dépendances du manoir Yibonn avec Hyang et Serin.

La presse, avec sa soif de scoops, s'est laissée aller à toutes sortes de spéculations. L'une des principales hypothèses, c'est que la cour condamnera les prévenus et confisquera leurs propriétés pour dédommager les victimes.

Et pour la météo en direct, Fran, dont le cancer est enfin en rémission, a repris le flambeau temporairement.

Demain, la température maximale sera de 27 °C.

Je me tourne vers la télé et vois Fran, le sourire étincelant, les cicatrices de son cancer cachées sous le Botox et le centimètre de fond de teint.

« Et la minimale s'annonce être une température agréable de 21 °C. »

– Vingt et un ! s'exclame Somyung. Vingt et un au-dessus de zéro ?

Dans le monde extérieur, une telle température est trop abstraite pour qu'on puisse la concevoir, peu importe combien de fois on la répète à la télé. Maintenant que nous pouvons la ressentir dans notre chair, nous la comprenons enfin. *Waouh, seulement 18 °C aujourd'hui, mais ça se réchauffe demain.*

Shinae est penchée sur les lettres de fans et les cartes postales qui s'empilent sur la table chaque jour. Elles nous parviennent de tous les milieux, de Snowglobe au monde extérieur. Les prix de la poste ne semblent pas décourager les gens de nous écrire, car le nombre de lettres venant de l'extérieur dépasse régulièrement le nombre de celles provenant de Snowglobe.

Toujours passionnée par les histoires d'argent, Shinae fait la somme des frais postaux dépensés pour nous aujourd'hui.

– Tant de soutien, soupire-t-elle. Comment va-t-on remercier tout ce monde ?

N'ayant pas un centime en poche, nous vivons uniquement grâce à la générosité des Yibonn, qui paient jusqu'à la papeterie et les timbres dont nous avons besoin pour communiquer avec nos familles, au moins pour celles d'entre nous qui en ont une.

Non pas que nous voulions rester à Snowglobe. En fait, nous avons eu l'interdiction de partir avant que la cour n'ait décidé que faire de nos statuts contradictoires de victimes-criminelles. C'est là que les Yibonn se sont portés volontaires pour nous prendre sous leur aile, peut-être comme un geste public de repentance pour tout ce qui s'est passé sous leur autorité.

Un paquet de cartes postales dans la main, Shinae se met à les lire une par une.

– C'est comme si les gens voulaient en savoir un peu plus sur nous tous les jours.

Grâce à la Yibonn Corporation, qui a soutenu notre volonté de suivre l'action en justice en personne, nous avons le droit d'assister à toutes les auditions concernant le projet Goh Haeri. Comme on pouvait s'y attendre, nos sorties génèrent une abondante couverture par la presse. De nombreuses photos de nous trois paraissent sur les unes des journaux après nos passages au tribunal.

Le plus souvent, Yujin est là, assise au dernier rang, pour m'attendre, afin d'échanger un regard secret et un sourire. Quelques fois, j'ai aussi aperçu le visage d'oncle Wooyo parmi les spectateurs, mais la foule de journalistes qui le bousculaient jusque dans le tribunal semble l'avoir découragé.

– Cette personne veut savoir comment ils nous traitent, ici, rapporte Shinae en levant les yeux d'une des cartes.

– Et celle-là veut savoir comment ça se passe entre nous, intervient Somyung, une lettre à la main elle aussi.

Je ris et jette un œil en direction des escaliers : Serin doit être en train de ruminer à l'étage du dessus.

– Eh bien… Il y en a une qui évite les autres, je blague.

Ça fait déjà un mois que nous sommes enfermées ici toutes les cinq, et Serin n'a pas encore prononcé un mot. À en croire son regard qui tue, elle nous en veut, surtout à Hyang et moi. Et comme Hyang est souvent en vadrouille ces temps-ci pour aider l'enquête, c'est surtout moi qui dois supporter le gros de sa fureur.

Shinae soupire en regroupant les lettres en jolies piles.

– Toujours rien, dit-elle d'un ton défait.

Chaque jour, elle parcourt le courrier à la recherche d'un signe, que ce soit de la fille qui a disparu dans la forêt, ou de l'un de nos clones inconnus à l'extérieur.

– Pas de nouvelles, bonnes nouvelles, tu ne crois pas ? je lance.

Et j'espère que c'est vrai, que toutes les Haeri à l'extérieur sont heureuses de leur vie et rechignent à la chambouler en nous contactant.

Dès que le bulletin météo de Fran se termine, Somyung éteint la télé.

– Quand est-ce que les Yibonn vont nous répondre ? demande-t-elle. Ça fait déjà une bonne semaine.

Nous avons demandé une audience à la famille Yibonn, mais ils se sont contentés d'un message tout fait, bien qu'élégamment formulé, apporté par le majordome, disant que ça pouvait attendre. Avec la présidente encore souffrante, la numéro deux officielle, sa fille Bonshim, doit être trop occupée pour se charger de ces affaires triviales. Enfin bref, ce dont nous voudrions parler avec les Yibonn, c'est de notre réponse à tous ces courriers de fans.

Dans un coin éloigné du salon, l'agent de sécurité s'éclaircit la gorge. Nous levons toutes la tête, nous rappelant soudain sa présence silencieuse, comme une ombre, à laquelle nous avons fini par nous habituer.

– Le Jeune Maître est arrivé, annonce-t-il. (Un doigt contre son oreillette, il écoute d'autres instructions.) Le Jeune Maître voudrait vous voir, mademoiselle Chobahm.

Les filles et moi échangeons un regard. Il est temps pour nous de remercier nos fans qui nous ont tant donné.

UN NOUVEAU DÉPART

La propriété Yibonn comprend le plus grand parc privé de Snowglobe, si vaste qu'emprunter un véhicule motorisé pour le traverser ne relève pas nécessairement d'une extravagance – ni de la paresse. Ce soir, néanmoins, Bonwhe et moi déambulons dans le jardin. Le coucher du soleil a activé une centaine de lumières d'extérieur, et non loin, près d'une dépendance, l'assistante Yu monte la garde.

– Alors, comment vous allez, toutes ? questionne Bonwhe.

– Bien. J'ai vu au journal que la présidente se remet. Je m'en réjouis.

Je me demande si je devrais commencer à l'appeler Jeune Maître, puisque je ne suis plus sa Yeosu.

– Merci. Oui, grand-mère va mieux. Mais elle ne va pas pouvoir reprendre toutes ses fonctions dans l'immédiat, comme assister aux événements officiels, etc.

La cérémonie d'entreprise a été réduite à l'essentiel cette année, et les commentateurs télé ont supposé que la sobriété de la célébration avait plus à voir avec la réparation de l'image publique du groupe, qu'avec la préservation de la santé précaire de sa présidente.

– Et toi, comment vas-tu ? dis-je.

Je ne sais pas pourquoi, mais je sens soudain une pointe d'espièglerie en moi, et ajoute : « Jeune Maître ».

– Jeune Maître ? Pourquoi maintenant ?

– Il n'y a que Yeosu qui peut enfreindre la règle. Non ?

– Je crois qu'on est au-delà de ça, toi et moi, répond-il au bout d'un long moment, ce qui m'intimide tout à coup.

Je laisse échapper un petit rire pour lutter contre le souvenir des menaces que je lui ai faites dans la cabine téléphonique ce jour-là. Poliment, Bonwhe se remet à marcher sans un mot de plus.

Nous avançons en silence. Les oiseaux et insectes gazouillent depuis leurs cachettes. L'air du soir apporte le parfum de fleurs et d'arbustes de toutes les couleurs imaginables.

– Le journal de Yeosu… il existait vraiment ? je m'aventure.

Il se présentait sous forme épistolaire, comme si chaque entrée était une lettre qu'elle avait écrite à un confident, réel ou imaginaire.

– Non, dit-il sans ambages. J'ai assemblé les lettres qu'elle m'avait envoyées et trafiqué un cahier. Puis je l'ai introduit dans la maison de sa grand-mère. Je ne pouvais pas laisser ma promesse se transformer en pur mensonge.

Tu l'as torturée avec de l'espoir alors que tu savais au fond de toi que tu n'y pourrais rien.

Ai-je été trop dure ? Je voudrais continuer à parler de son journal, mais quelque chose comme de la culpabilité et du regret me retient.

Nous continuons à marcher côte à côte en gardant un petit mètre de distance. La lune resplendit dans le ciel qui s'assombrit.

Au bout d'un moment, Bonwhe prend la parole.

– On est inondés de lettres de spectateurs qui veulent savoir comment vous allez et s'il y a une série de prévue avec toutes les Haeri…

– On reçoit les mêmes tous les jours, j'interviens, pressée de saisir l'opportunité d'amorcer le sujet. Et même si on apprécie le soutien et l'attention, on se rend compte que c'est aussi de la pression.

– C'est-à-dire ?

– Tu ne comprends pas ? Les spectateurs veulent connaître tous les détails, je poursuis avec un soupir fatigué. Nos origines, nos liens compliqués au-delà d'être clones, vraies jumelles, triplées, quadruplées, qui sait combien. Ils veulent tout savoir.

Il lève son visage vers le ciel et observe les faibles étoiles qui ont commencé à apparaître.

– Tu sais qu'il y a aussi des voix qui se plaignent du traitement préférentiel ? dit-il en baissant le regard sur moi. Ces gens-là n'apprécient pas tellement que vous ayez le droit de rester à Snowglobe sans travailler en tant qu'actrices comme tous les autres, et sur la propriété, qui plus est. Ils disent que le soutien que vous apporte la corporation est excessif. Injuste. (Il sort une petite pile de lettres de la poche de sa veste de costume et me la tend.) Ça n'est qu'un échantillon.

Je tire une lettre du paquet et la lis en diagonale. L'autrice, qui se présente comme la conductrice de la Ma-line, écrit que les terroristes, qui ont pris son train une semaine entière, étaient des filles insipides, obsédées par leurs cheveux et leur maquillage. Et ça, quand elles ne bavaient pas à propos d'argent. Elle insiste sur le fait qu'aucune d'elles n'avait l'air traumatisée par la vérité sur leurs origines, qu'elles venaient soi-disant d'apprendre, ni n'était en deuil, comme elles l'ont prétendu à la télé.

Sentant un goût amer monter dans ma gorge, je replie vivement la lettre et la rends à Bonwhe.

– Elle fait sûrement circuler la rumeur pendant ses voyages, reprend-il. *Les filles n'en ont qu'après l'argent. Leurs intentions sont suspectes. Les Yibonn ne devraient pas les entretenir*. Les plaintes nous viennent de colonies complètement différentes, à présent.

Je ne peux pas dire que ça me surprend. Nous regardons les infos, lisons les journaux et écoutons la radio. Et il y a aussi les manifestants en colère devant le tribunal.

« Les Haeri sont une menace pour Snowglobe ! »

« Jugez les Haeri pour entrée illégale et terrorisme ! »

« Jugez Cha Hyang, le cerveau derrière tout ça ! »

Leurs cris résonnent dans mes oreilles, et je respire profondément pour me calmer.

– Laisse-nous une chance de répondre à ces gens. On veut le faire.

– Répondre ?

– Oui. Laisse-nous nous expliquer à la télé, pour qu'ils nous voient comme nous sommes vraiment, au-delà de victimes ou de criminelles.

– Je croyais que vous aviez hâte de quitter Snowglobe.

– Au début, oui.

Maman m'a dit dans sa lettre que grand-mère et elle étaient tombées sur notre démonstration à la maison. Apparemment, grand-mère s'est levée de son fauteuil, est allée jusqu'à la télé, et sans hésitation, m'a distinguée de Somyung et Shinae d'un doigt tremblant, choquée et surprise de me voir blessée. La lettre tachée de larmes débordait d'amour, et j'étais submergée de chagrin et de gratitude. À ce moment-là, mon désir le plus urgent était de retrouver ma famille. Mais je sais que je ne peux pas repartir tout de suite.

– Si on rentrait maintenant, on resterait des victimes à prendre en pitié, ou d'affreuses profiteuses, et rien de tout ça ne nous convient, je lui rétorque, puis je marque une pause pour le regarder droit dans les yeux, et je laisse les mots se déverser. S'il te plaît, donne-nous une série. Laisse-nous inviter des témoins. Des gens de nos vies à l'extérieur, qui nous connaissent vraiment.

– Une série ? Donc vous avez déjà tout prévu ? Y compris la partie où vous inviteriez des témoins à Snowglobe ?

Il ricane. Je souris, mais je reste sur mes positions, bras croisés.

– Oh, allez. Tu savais forcément, je réplique. À moins que l'agent de sécurité et le majordome ne fassent semblant de faire leur travail.

– Une série avec des non-acteurs ? Ça n'a jamais été fait, dit-il platement.

– Il y a un début à tout. Elle serait différente de tous les formats existants, j'insiste, et même à mes propres oreilles, je sonne comme une réalisatrice chevronnée qui présenterait son idée à un panel de producteurs.

– Ah oui ? Et en quoi ?

– Pour commencer, ce serait la première série disponible aussi pour les résidents de Snowglobe.

Nous voulons répondre à tout le monde, pas seulement aux spectateurs de l'extérieur, mais aussi aux acteurs de Snowglobe, y compris les manifestants sur les marches du tribunal.

– Laisse-nous choisir qui inviter, je continue. Hyang pourrait la mettre en scène. Et avant que tu poses la question : non, nous déclinons poliment toute intervention de la corporation en dehors de la programmation et de la diffusion.

Il me regarde fixement, un sourire discret sur les lèvres, l'air sincèrement impressionné de mon effronterie.

– Pour tourner la page sur ce scandale, tu comprends ? Ça aiderait les gens à retrouver confiance en Snowglobe, aussi.

Soudain, je me sens délestée d'un poids énorme. Mais l'expression de Bonwhe s'assombrit.

– À l'instant où vous quitterez la propriété pour vous mettre devant les caméras, vous perdrez toute protection, déclare-t-il.

– On ne s'attendait à rien de moins.

– Je vous ferai savoir ce qu'en dit le conseil d'administration, répond-il en poussant un long soupir. Il va falloir qu'on vérifie la compatibilité avec les lois.

Nous repartons en direction de la dépendance, et mes pensées s'envolent. J'ai encore une question qui me brûle les lèvres, mais je la ravale pour une prochaine fois.

Malgré tout le temps que j'ai passé à fouiner dans le dos de l'agent de sécurité, je n'ai toujours pas trouvé un seul miroir magique dans la maison. Je ne sais pas s'ils ont été désactivés, ou s'il n'y en a tout simplement pas. Je n'arrête pas de penser à la Haeri qui a disparu de la surface de la planète. Pourrait-elle se trouver à cet endroit où les faux morts respirent encore, marchant dans une roue ?

Nous arrivons aux marches de la dépendance.

– Je te tiens au courant, lance Bonwhe.

L'assistante Yu surgit de l'ombre et l'escorte là où il doit se rendre ensuite. En les regardant partir, je me promets de rester à Snowglobe aussi longtemps qu'il le faudra pour retrouver Haeri, ou avoir l'explication de sa disparition. C'est comme ça que je compte me racheter.

Je prie pour qu'elle soit en vie.

Épilogue
JE PRIE POUR QU'ELLE SOIT EN VIE

Dix jours plus tard, Yibonn Media a officiellement annoncé notre série, décision stratégique démontrant son engagement pour arranger la situation. La nouvelle a rendu à Serin l'espoir qu'elle pourra se refaire une image. Somyung et Shinae, malgré leur inquiétude initiale, se sont faites à l'idée, tant que cela signifiait que nous passerions plus de temps ensemble. Hyang, notre cheffe experte en toutes choses illégales, a été nommée réalisatrice de la série et membre du casting.

Remplir le quota d'invités-témoins, trois chacune, s'est révélé plus difficile que je ne le croyais. Somyung, incapable de trouver qui que ce soit, a demandé un délai supplémentaire à la chaîne. Serin a convié ses parents, mais ils ont refusé. Heureusement, les deux invitées de Shinae, sa mère et une amie d'enfance, sont arrivées il y a deux jours et s'acclimatent au nouvel environnement.

De mon côté, j'ai aussi deux invités. Pour le moment. Ongi, d'abord, qui me fiche la honte à l'instant où il descend du jet privé de la présidente en tonnant: «Me voilà, petite sœur!»

Je retombe directement dans mon rôle et le réprimande, comme d'habitude, mais l'instant suivant, nous sautons sur place dans les bras l'un de l'autre.

Je vois alors au loin ma deuxième invitée. Ses yeux scrutent les visages rassemblés pour l'accueillir – avant de s'arrêter sur celui de Hyang, debout à côté de moi. Elle s'avance vers nous à pas mesurés, son regard soutenant tout du long celui de son amie.

– Ça fait longtemps, Miryu, lance Hyang. Dis-moi que tu t'ennuyais comme un rat mort sans moi.

Le visage de marbre de Miryu s'épanouit en un magnifique sourire, et elles s'enlacent en pleurant. Quand elles se séparent enfin, Miryu se tourne pour s'adresser à moi.

– Merci pour l'invitation. Du fond du cœur.

Je lui prends les mains et les serre. Il y a une nouvelle force, une nouvelle vie qui brille dans ses yeux. Ou peut-être est-ce de la chaleur ? Oui, de la chaleur aussi. Je ne peux pas m'empêcher de sourire.

Ongi, de son côté, se méfie toujours de Miryu. Je sens son coude dans mes côtes. Il lui envoie un rapide coup d'œil.

– T'as invité d'autres personnes ? chuchote-t-il.

– Pas encore. Mais je vais le faire.

Cet été promet d'être chaud à Snowglobe. J'ai déjà hâte d'y être, et d'en profiter avec les personnes que j'aime.

L'ÉVEIL

J'ouvre les yeux. Le geste me semble étrange, étranger même. J'ai le corps lourd comme du plomb, mais j'ai l'esprit clair. Sur la table de chevet, une bouteille d'eau et un verre. Je me soulève sur un coude, tends une main vers la bouteille, et remarque une cassette VHS avec un petit mot collé dessus. *Prépare-toi à ce que tu vas voir*, conseille la note.

Je vais au lecteur pour y glisser la VHS, et appuie sur le bouton lecture de la télécommande. L'écran s'allume sur un plateau de journal télé vide. Quelques instants plus tard, trois filles montent dessus, main dans la main. L'une d'elles a la moitié du visage couvert de sang et un œil au beurre noir, je vois à peine à quoi elle ressemble. Les autres sont en meilleure forme, bien que leurs cheveux ébouriffés témoignent d'une lutte intense – ou de folie.

« Bonsoir à tous. » La fille au visage ensanglanté se met à parler. « J'ai été mise au monde pour un jour incarner l'illusion de Goh Haeri. Et je l'ai fait. Je m'appelle Jeon Chobahm, et j'ai été Haeri un moment. »

Quoi ?

Tous mes sens s'aiguisent, et je me concentre sur les trois filles. Je reconnais leurs visages identiques. Une sensation de vide me prend au corps. Puis une terreur que je n'arrive pas à identifier envahit ce vide. J'aspire une grande bouffée d'air et la laisse s'échapper lentement, juste pour m'assurer que je le peux encore.

Une fille portant un bandeau crasseux a pris la parole.

« Nous ne savons pas combien nous sommes. Peut-être que certaines nous voient en ce moment même, se reconnaissent à l'écran. Si c'est le cas, unissons-nous. Toutes. Unissons-nous et reprenons nos vies. Cha Guibahng et Cha Seol nous doivent des excuses. Et réparation. Excuses et réparation. »

Elles regardent la caméra, sereines et triomphantes. Puis la fille au visage en sang remercie les spectateurs, et elles rendent l'antenne. L'écran devient noir.

Mon pouls cogne dans mes oreilles. Tout autour de moi, l'air semble suspendu. Je ne sais peut-être pas quel jour on est ni où je suis. Mais il y a une chose dont je suis certaine. C'est que je suis Haeri. Ce n'est pas cette vidéo qui vient de m'en faire prendre conscience. Je l'ai su toute ma vie. Absolument, et sans doute possible.

Toc, toc.

Quelqu'un est à la porte.

LE SOUHAIT D'UNE TUEUSE

QUELQUES ANNÉES PLUS TÔT

– Mi-Miryu ? bafouille Chiyub, qui n'en croit pas ses yeux.

Je tente de ne pas me laisser perturber par sa peur. En fait, j'appuie même un peu plus fort le canon contre son cou, et ses mains se dressent, tremblantes comme des feuilles mortes dans la brise. La terreur dans ses yeux est saisissante.

– Je suis désolé ? coasse-t-il.

Le collier qu'il voulait me passer autour de la gorge glisse entre ses doigts et tombe sur la table avec un bruit métallique. Dehors, les voitures qui passent beuglent des chants de Noël.

D'une voix étouffée, Chiyub gémit qu'il veut honorer mon choix de rester amis. Je regarde dans le bougeoir, dans la caméra cachée dedans.

– Cha Guibahng veut que tu exprimes ici ton amour inconditionnel pour moi, tu sais.

– Quoi ? murmure Chiyub, qui perd pied à mon affirmation insensée.

Les acteurs ne peuvent pas sortir de leur personnage ni faire allusion à la mise en scène devant les caméras. C'est le b.a.-ba du théâtre.

Je me lève, et fais monter le canon de mon pistolet contre sa tête. Juste pour m'amuser.

– Mon boulot, c'est de me débarrasser des hommes qui tombent dans mon piège, l'un après l'autre. Et le tien ? De m'aimer malgré tout.

Chiyub est arrivé à Snowglobe il y a trois ans. Après s'être installé dans la maison d'à côté, il a commencé à se faire une place dans ma vie. Un jour, quand la table rase s'est déclenchée, alors qu'il m'aidait à bouger des meubles, je lui ai demandé s'il avait déjà regardé ma série quand il vivait dans le monde extérieur.

« Tu penses bien, m'a-t-il répondu avec un sourire malin. Mais les séries, c'est juste des séries. »

Il m'a alors raconté que sa grand-tante avait été actrice. Maintenant, mon pistolet contre son crâne, il supplie pour sa vie. Un goût amer m'emplit la bouche. S'il me considérait comme une amie et non comme un monstre, il tenterait de m'en dissuader, mais à la place, il rampe comme tous les autres crétins que j'ai dû abattre. Il s'avère que lui aussi n'était là-dedans que pour s'arracher le premier rôle masculin, suivant aveuglément les directives de Cha Guibahng.

– Tu sursautais chaque fois que je te frôlais, même du bout des doigts.

Un bon montage trompe peut-être les spectateurs, mais pas soi-même.

– Non ! C'est… c'est faux ! couine-t-il. Je… J'étais juste…

– La semaine dernière, Guibahng m'a dit que je pouvais arrêter de tuer. Est-ce que tu peux imaginer à quel point ça m'a rendue heureuse ?

Pour les années d'exploitation sous la coupe de Guibahng, je ne peux m'en vouloir qu'à moi-même. Maintenant, il veut changer la formule avant que les fans ne se détournent d'une série dont le bain de sang est devenu répétitif. Il a même laissé entendre qu'il voulait changer de genre. Pourquoi pas un drame romantique ? Une folle meurtrière transformée par le pouvoir de l'amour ? Je vous en prie. Quel ramassis de conneries.

Je glisse mon pistolet jusqu'à l'épaule de Chiyub.

– Va-t'en, je lui ordonne avec une rapide pression du canon. Et pas un mot à Guibahng.

Encore une semaine avant que le réalisateur ait accès aux rushs. C'est peu, mais ça devrait suffire pour régler les derniers détails de ma vie à Snowglobe.

– M-merci ! murmure Chiyub, et il décampe.

Il n'a pas l'air d'avoir compris que je n'ai jamais tué personne sans l'ordre de Guibahng.

– Tu es sûre que tu peux venir chez moi comme ça ? demande Hyang, bien que l'expression sur son visage soit pure joie.

Je prends le verre de vin rouge qu'elle me tend et pars m'installer dans le canapé. Hyang se sert du vin pétillant. Sur la table basse, un plateau de hors-d'œuvre, du fromage et d'autres amuse-bouche qu'elle sait que j'aime. Derrière la baie vitrée de son appartement au quatre-vingt-huitième étage, des aurores boréales ondulent dans le ciel. Encore. Elle m'aurait invitée si je ne m'étais pas incrustée, insistant sur le fait que la vue est trop incroyable pour ne pas être partagée.

Je la regarde de nouveau, de l'autre côté de la pièce.

– Tu comptes jouer les idiotes encore longtemps ?

Elle lève les yeux de la collection de vinyles qu'elle parcourait.

– Quoi ? De quoi tu parles ? dit-elle, jouant justement l'idiote.

– Je sais que t'as demandé à ton grand-père de ne pas faire une histoire de ma rupture.

Toute image comprenant un réalisateur est coupée au montage, et un acteur capturé en train de passer du temps avec un autre réalisateur pour des raisons qui ne servent pas leur série constitue une violation, appelée rupture. Si le « où » et « avec qui » de ma transgression n'avait pas été ici même avec Hyang, son grand-père aurait tenté d'utiliser les images incriminantes contre moi dès qu'il en aurait eu vent. L'implication de sa petite-fille est l'unique raison qui l'en a empêché.

– Oh, ça ? concède Hyang, sourire aux lèvres.

Elle et moi nous sommes rencontrées à la fête d'anniversaire d'une connaissance commune. Une amitié instantanée est née quand nous avons constaté à quel point nous nous ennuyions toutes deux, et nous nous sommes échappées tôt de la soirée pour manger des pizzas, avant même que les bougies aient été soufflées.

« Pourquoi on n'oublierait pas ces histoires d'actrice-réalisatrice pour le moment ? m'a proposé Hyang. On va passer du temps ici comme des gens normaux, juste toi et moi. Qu'est-ce que t'en penses ? »

Eh bien, que c'était fantastique, évidemment, et l'alliance des pizzas dure encore à ce jour. Avec elle, je peux être moi-même, et non plus Jo Miryu qui ne peut pas s'arrêter de tuer.

Je l'observe placer prudemment le disque choisi sur la platine et abaisser le bras.

– Merci, je m'entends dire alors. Pour tout.

Une musique douce s'échappe des haut-parleurs. Hyang scrute mon visage un long moment.

– Qu'est-ce qu'il y a ? demande-t-elle, l'inquiétude s'insinuant dans ses yeux.

Je ne sais pas par où commencer. Mais je me mets bien vite à parler.

– Je crois que j'en peux plus.

Elle me regarde, l'air déconcertée, digérant ma déclaration.

– Alors c'est pour ça que tu vis comme si chaque jour était le dernier depuis quelques semaines ?

Elle n'a pas tort. Je l'ai vue à cinq reprises en cinq jours. Une fois, on s'est promenées ensemble dans la rue. Une autre, on s'est cuisiné un très bon dîner. Les autres jours, on a regardé la télé, lu, ou simplement profité de la compagnie l'une de l'autre, tout ça pendant l'unique heure de la journée où je m'autorisais à fuir les caméras sans provoquer d'inquiétudes ou de soupçons. C'était la meilleure semaine de ma vie.

– Je serais partie il y a bien longtemps si je ne t'avais pas rencontrée, je lui dis.

– Je ne veux pas parler comme une réalisatrice, répond-elle, donnant une fausse autorité à sa voix. Mais tes allées et venues ne dépendent pas de toi.

Comme si je ne le savais pas déjà. Le pouvoir de cette décision appartient aux spectateurs. Tant que les audiences indiquent qu'ils souhaitent que je continue, je ne peux pas démissionner. Mais la série semble avoir atteint son pic. Pas besoin d'une boule de cristal pour voir que ce n'est qu'une question de temps avant que je me fasse virer, alors quel mal y a-t-il à anticiper ?

– Dis-moi ce qui te tracasse. Grande sœur va s'en occuper, insiste Hyang, tambourinant sur sa poitrine comme un gorille.

Ses clowneries me font rire, mais de nouveau, la tristesse m'étreint. Je me relève du canapé et m'approche de la fenêtre.

– Hé, Miryu, m'appelle Hyang, d'une voix plus pressante. Si tu pars comme ça, on ne se reverra peut-être plus jamais. C'est ça que tu veux ?

Ses mots me poignardent. Je ne réponds pas. Je ne peux pas.

– S'il te plaît, reprend-elle. (Soudain, elle est à côté de moi, et me fait pivoter vers elle.) Tu sais que tu peux tout me… (Elle se raidit en voyant les larmes couler sur mon visage.) Qu'est-ce qui ne va pas, ma chérie ? C'est ta série ? Il se passe quelque chose que tu n'arrives pas à gérer ?

Hyang n'a aucune idée du chaos que je sème dans ma vie, dans ma série. La seule personne à Snowglobe ayant accès aux tourments d'une actrice, c'est le réalisateur, et puisque aucun acteur n'oserait enfreindre la loi anti-spoiler pour Hyang, elle-même réalisatrice en exercice, elle est dans l'ignorance totale. Occasionnellement, des gens qui nous reconnaissent chuchotent dans notre dos, mais ils se referment comme des huîtres quand Hyang se retourne en les fusillant du regard. Ça vaut peut-être mieux. Je préfère qu'elle ne sache pas qui je suis vraiment.

– Je te propose un truc, lance-t-elle, agrippée à mon bras, une touche de désespoir dans la voix. Je serai ta réalisatrice. Passe dans ma série. Tu peux être une épice. Un essentiel qui donne du goût.

Si seulement. Lentement, je secoue la tête.

– Je peux pas.

Ce que je ne lui dis pas, c'est que je ne m'autoriserais pas à apprécier une telle vie, une vie de joie ordinaire, même de félicité, que j'ai arrachée à tant d'hommes. Je pourrais remplir le reste de mon existence de culpabilité et de remords amers, et ce ne serait encore pas assez.

– Pourquoi ? Pourquoi pas ? s'obstine-t-elle, resserrant sa main autour de mon bras.

Dans un coin, le sapin que nous avons décoré ensemble scintille.

– Promets-moi que tu m'enverras une carte de Noël tous les ans, je réponds, la voix coincée dans la gorge. Pour que je sache que tu vas bien.

Une fois par an, peut-être, je peux m'autoriser une journée de bonheur. Ou est-ce égoïste ?

– Tant que tu en as envie, je veux dire, j'ajoute en luttant contre les larmes qui veulent ressurgir. Comme ça, je saurai que tu seras passée à autre chose, quand la carte n'arrivera pas une année.

– Arrête, me supplie-t-elle, enfouissant sa tête dans mon épaule. (Elle reste un moment en silence.) Tu sais que j'ai horreur d'écrire.

Sacrée Hyang. Je laisse échapper un gloussement, heureuse d'accueillir cette note comique. Mais elle s'effondre alors, me brisant le cœur de ses sanglots.

– Je suis désolée, parvient-elle à sortir. De vouloir que tu restes ici pour toujours. Je n'ai aucune idée des difficultés que tu traverses, ni de la douleur que tu ressens.

– Je suis restée parce que je le voulais.

C'est la vérité. Mais continuer était sans espoir. Une actrice et une réalisatrice ne pourront jamais être ensemble. Une fois par semaine, et jamais plus de trente minutes, c'est la limite d'une rupture acceptable, au-delà de laquelle elle et moi sommes coupables d'avoir enfreint la loi.

Au cours de cette relation vouée à l'échec, j'ai commis cinq meurtres de plus. Pour deux d'entre eux, j'ai été arrêtée par la police en tant que suspecte, ce qui en soi était un écart par rapport à la routine. Je ne laisse jamais de preuve ni de témoins, jamais, et quiconque a suivi la série le sait. Cette fois encore, j'ai été relâchée faute de preuve. Surprise, surprise. Cela va sans dire, le tout n'était qu'un tour de passe-passe de mise en scène gnangnan pour provoquer un peu de tension et de drame dans la série, qui a commencé à décliner.

Nous nous tenons en silence près de la fenêtre.

– Combien de lumières de Noël sont allumées en ce moment, tu crois ? je demande.

Hyang répond en se tendant un peu plus, retenant sa respiration. En ce moment, quelque part à l'extérieur, quelqu'un transpire dans sa roue pour illuminer cet arbre.

– Ce maudit monde ! Au diable ! explose tout à coup Hyang.

Je la serre plus fort contre moi.

– Pas vrai ? Au diable Snowglobe, les Yibonn, et tout le reste.

Je regarde vaguement par la fenêtre la superbe silhouette de la ville. Quelqu'un pourrait-il redresser ce monde tordu ? Je serais heureuse de lui proposer mon aide, si on accepte une femme avec du sang sur les mains.

À SUIVRE…

L'autrice

Soyoung Park vit en Corée. Diplômée dans le domaine des médias, elle a remporté avec *Snowglobe* le prestigieux prix du roman Young Adult Changbi X Kakaopage.

Ce livre est imprimé sur du papier
issu de forêts gérées durablement.

Cet ouvrage a été composé par IGS-CP
à L'Isle-d'Espagnac (16)

N° d'éditeur : 10298978
Achevé d'imprimer sur Roto-Page en décembre 2024
par l'Imprimerie Floch à Mayenne
N° d'impression : 105926
Imprimé en France